櫓《やぐら》太鼓《だいこ》がきこえる

鈴村ふみ
Suzumura Fumi

集英社

目次

【主な登場人物】

朝霧《あさぎり》部屋

篤《あつし》　高校中退後、呼出の見習いとして朝霧部屋に入門した、十七歳の少年。相撲に興味はなかったが、叔父の勧めで角界の一員に。

武藤《むとう》（善治《よしはる》）　朝霧部屋の部屋頭。無口で、誰よりも真面目。四股名は春昇《はるのぼり》。最近は幕下十五枚目前後の番付にいる。

坂口《さかぐち》（翔太《しょうた》）　高校相撲を経て入門。部屋で一番身長が高く、体重も重い。四股名は浜昇《はまのぼり》。幕下と三段目を行ったり来たりしている。

柏木《かしわぎ》（将志《まさし》）　スカウトされ中学卒業後に入門。中学生のときに県大会で準優勝した経験をもつ。現在は三段目で低迷。宮川《みやがわ》と同期。

宮川（凌平《りょうへい》）　母子家庭で育つ。相撲は未経験だったが、母に苦労をかけまいと高校卒業後に入門。柏木と同期で、プロレスが好き。三段目。

山岸《やまぎし》（秀雄《ひでお》）　部屋で最年長の力士であり、ちゃんこ長を務めている。七福神の中にいそうな見た目で、性格も優しい。四股名は秀昇《ひでのぼり》。序二段。

小早川《こばやかわ》（健次《けんじ》）　部屋で二番目に年長の、小柄な力士。男前だが口調がきつく、弟弟子をよく叱る。山岸とともにちゃんこ番を任されている。序二段。

師匠　元小結。現役時代の四股名は霧昇《きりのぼり》。厳しいながらも、弟子たちをしっかり見守っている。

白波《しらなみ》部屋

直之《なおゆき》

篤と同い年で、兄弟子に当たる呼出。呼び上げが上手く、愛らしい顔立ちで人気がある。土俵を離れると、お喋りが好きで社交的な少年。

進《すすむ》

ベテランの幕内呼出で、俳優のような男前。若手呼出の憧れの的でもある。篤が入門した際の指導役で、その後も篤を気にかけている。

畠野《はたの》（透也《とうや》）

篤と同い年で、一足先に入門した力士。ざんばら髪で、体が細い。序ノ口でなかなか勝てずにいる。

櫓太鼓《やぐらだいこ》がきこえる

秋場所

大相撲の朝は早い。

鳥のさえずりも駅へ急ぐ人の足音も聞こえぬ明け方から、相撲部屋の稽古は始まる。

しっかりと足を上げ四股《しこ》を踏み、左右の手で、力いっぱい柱を突く。そうした相撲の基本動作を繰り返すうち、力士たちの背中には朝露に似た汗が光り始める。

眠気をこらえ、強くなるために汗を流す。それが、力士たちの朝だ。

朝からキツい運動するとか、俺には無理だな。みんなよくやってるよな。まあ、朝早いのは俺も変わらないけど。

いつもの朝稽古を思い出し、篤《あつし》は電車を降りた。

JR両国《りょうごく》駅のホームに立つなり、残暑の厳しさを感じさせる、むわっとした熱気とともに、鬢《びん》付《つ》け油の甘い香りが漂ってくる。前を見やると、ひょろひょろとした体格でざんばら髪の新弟子らしき力士が、白い浴衣《ゆかた》を着て、下駄をカランコロン鳴らしながら歩いていた。

この時間に来るってことは、まだ序《じょ》ノ口《くち》だな。先場所呼び上げた奴なんだろうけど、後ろ姿じゃ誰かわかんねえや。

新弟子のあとに続き階段を降りると、歴代の横綱の手形や、角界《かっかい》を沸かせた力士たちの優勝額が出迎えてくれる。ここがまがう方なき大相撲の聖地だと言わんばかりの光景だ。電車を降りてから改札を抜けるまでの間、かすかではあるが駅には甘い香りが漂い続けていた。その原因は目の前を力士が歩いていたからに他ならないが、両国駅そのものに、鬢付け油の香りが染みついているかのように、篤には感じられた。

しかし両国駅とは違い、目の前の新弟子も篤も、角界という世界にまだ馴染《なじ》んではいないのだろう。

もっとも、新米といっても篤は力士ではなく、取組前に力士の四股名を呼び上げる、呼出《よびだし》という名の角界の構成員だ。

ニュース番組で大相撲の話題が取り上げられるとき、その話題の主は大抵決まっている。誰それが優勝した、昇進を決めたなど、そこに映るのは十中八九が力士だ。そのニュース番組でも、視聴者の目につくのは原稿を読み上げるキャスターばかりで、音声や照明など、裏方と呼ばれる存在を気にする人は、あまりいない。篤が就いているのもそれと同じで、どこの世界にも存在する、めったにスポットの当たらない仕事なのだった。

篤の前を歩いていた新弟子は、痩せていて髷《まげ》も結っていないが、鬢付け油の香り、浴衣に下駄という着こなしで、ひと目で力士とわかる。しかし、半袖のワイシャツにスラックス、まだ幼さが残る顔に坊主頭の篤は、ぱっと見ればそこらの高校生だ。

呼出って地味だよな。下の奴はみんな坊主だし。

あっという間に両国国技館《こくぎかん》まで着き、篤は関係者専用の入り口から中に入った。まだ午前七時にもなっていないのに、外では当日券を求める人々が列をなしていた。外国人や就学前と思《おぼ》しき子どもなど、さまざまな人間で構成される行列は関係者用の出入り口の前で折れ曲がり、江戸東京博《えどとうきょうはく》物館《ぶつかん》の手前まで続いていた。さきほどの新弟子が通ったときは、少し後方で並んでいた二人組の中年女性が、「さっきのお相撲さん、誰?」「浴衣に白波《しらなみ》って書いてあったから、たぶん白波部屋の子じゃない?」とひそひそ話をしていたが、篤が列を横切っても誰一人、見向きもしなかった。

朝早い時間から始まるのは、稽古だけではない。本場所での取組も同じだ。

体育会系特有の、下っ端ほど朝が早い法則にしたがい、新弟子の篤も朝一番に出勤しなければならない。少し手間取りながら着物とたっつけ袴《ばかま》に着替え、準備を始める。手持ちと呼ばれる、力士の四股名が書かれたカンニングペーパーのようなものを作ったり、土俵の砂をならしたり、取組前から何かと仕事があるのだ。篤のあとに出勤してきた兄弟子たちと準備を進めると、八時前にすべての作業が終わった。

取組開始までは、花道に設置された呼出用の椅子に腰かけてひと休みする。やがて開場時間になったようで五十名ほどの観客が場内に入ってきた。その客を待たせるかのように、まだ薄暗い館内に相撲甚句《じんく》が流れ始めた。好角家《こうかくか》はこの甚句を聞きたがるそうだが、はああーだのえええーだのやたらこぶしをきかせていて、なんか演歌みたいだなとしか思えなかった。

歌が途切れて十分ほど経つと、黒い羽織を着た審判部の親方衆が入場してきた。おのずと客席から拍手が湧く。親方たちが土俵周りの座布団に腰を下ろすのとほぼ同時に、先輩呼出が拍子木《ひょうしぎ》を打ち鳴らした。

場内は一瞬にして静まり、カン、カンと小気味のよい音だけが響く。それから間髪を入れずに、「大変長らくお待たせいたしました。ただいまより大相撲九月場所、初日の取組を開始いたします」と、行司《ぎょうじ》によるアナウンスが流れた。

甚句が途切れ、取組が始まるまでの時間は、神聖で緊張感のある空気に満ちている。場内を支配する厳かな雰囲気を崩さぬよう、篤は土俵に足を踏み入れる。ひと呼吸おいて、篤と同じく一番下っ端の行司も土俵に上がる。

行司が正面を向いたのを確認すると篤は東側を向き、白扇《はくせん》を広げた。

ひがあああしいいいいーーー　うえええだあーーー

そう呼び上げると、今度は土俵の反対側に向き直る。

にいいいしいいいいーーー　みねえあーらあしいーーー

篤の声を合図に、ざんばら髪の力士たちが土俵に上がった。幼い風貌の行司が、篤が呼んだ四股名をもう一度唱えて軍配をかざすと、また拍子木が鳴った。その音を聞きながら、篤は扇子を着物の帯に挟んだ。それから今度は、土俵に立てかけてあった箒《ほうき》を手にした。ぎこちなく四股を踏む東西の力士の邪魔にならないよう、蛇《じゃ》の目《め》と呼ばれる、俵の外側に敷かれた砂を箒で整えていく。呼出として初めて土俵に上がった先場所は、先輩呼出が篤のあとについて一緒に砂を掃いてくれたが、今場所からは一人で箒を持たなければならない。それに、足袋《たび》を履いているため窮屈で動きづらい。円を描くようにして俵の外側を掃いている間、きちんと砂をならせているかどうか気になって仕方がなく、結局同じところを何度も箒でなぞってしまった。

土俵を下りて向正面《むこうじょうめん》の審判の横に腰を下ろし、行司と力士たちが立つ空間を見つめる。行司の「構えてっ」という声が響き、軍配が返る。

行司の軍配が返れば、直径四百五十五センチの円の中は、閉じられた空間になる。ぽつぽつ聞こえる力士への声援がぴたりと止《や》み、これからまさに勝負が始まるのだと、一瞬の静寂が教えてくれる。今しがた自分もそこに立っていたのにもかかわらず、この瞬間になると土俵上は行司と二人の力士、その三人しか立ち入ることのできない聖域であるかのように感じる。たとえそれが、番付が一番下の者同士の取組であっても。

西方力士《にしかた》が立ち合いから突っ張っていくと、あっさりと東方力士《ひがしかた》は土俵を割った。行司が軍配を西方に上げるのを見て、篤はふたたび土俵に上がる。

一番下の番付である序ノ口には、相撲経験のない新弟子や、何場所経っても強くならない力士たちが多く名を連ねている。身も蓋もない言い方をすると、彼らは力士としての実力も一番下だ。

幕内同士の取組とはやはり気迫が違うようで、観客の拍手もおざなりに感じる。どこからともなく、小さい女の子の「つまんなーい」という声が耳に飛び込んできた。観客もまばらなこの時間は、案外客席からの話し声がはっきりと聞こえる。それがよく通る女性や子どもの高い声ならばなおさらだ。女の子をたしなめる母親の声もしたが、見どころがないのは事実だしなと、篤は冷めた頭で彼女たちの声を聞いていた。

そんな見どころのない時間帯でも、篤はあと数番呼び上げをしなければならない。

ひがあああしいいいーーー　はあああたあああーのおーーー
にいいいしいいいーーー　すうううみいいーーだあーーー
マス席に敷かれた臙脂《えんじ》色の座布団に、二階にずらりと並んだ赤い椅子。どこを向いてもほとんど人が座っていないこの時間は、目に入る景色がやたら赤い。まあ客も来ねえよなと思いながら俵の外を箒で掃いていると、「ねえ、さっきも思ったけど、あの呼出の子、下手じゃない？」とくすくす笑う女性の声が聞こえてきた。「聞こえるよ！　入ったばっかりの子みたいだし、そんなもんじゃないの？」と連れがフォローしたようだが、篤は顔が熱くなるのが自分でもわかった。

呼出の中で地位が一番下。そしておそらく、呼び上げも一番拙《つたな》い。観客の言葉通り「入ったばっかりの子だし、そんなもん」というのが篤の現状だ。

さきほどと同じルーティンで仕事をこなし、ふたたび土俵下で勝負を見届けようとしたそのとき、「東方、畠野《はたの》。茨城県日立《ひたち》市出身、白波部屋」とアナウンスが入った。駅で見たひょろひょろな後ろ姿と、出勤時に聞いた二人の中年女性の会話を思い出し、篤は今土俵に上がっている畠野という力士が、あの新弟子であることに気づく。ところがその畠野は、相手の引きにはまってしまい、叩《はた》き込まれてあっさりと負けた。

その後も東方、西方の順に四股名を呼び上げ、箒で土俵を整えていった。三十分もしないうちに秋場所初日の序ノ口の取組がすべて終わった。

次に呼び上げを行う呼出に手持ちを渡し、短い休憩に入る。二十分ほど休憩を取ると、今度はまた別の呼出が土俵を引き継いでいた。花道に戻って椅子に座り、兄弟子の声や所作を確かめるべく、土俵を見つめる。兄弟子たちを見て技術を盗んだり、所作を学んだりするのも新入りの仕事の一つだ。先場所もなるべく土俵上に意識を傾けた結果、各々の声は判別できるようになったが、兄弟子たちのように声をなめらかに出す方法は、いっこうにわからないままだった。

俺、呑み込み遅いんだろうな。バイトもいつも叱られっぱなしだったし。

半ば諦めのような気持ちで眺めていたが、取組が進んで序二段の中盤に差し掛かったとき、篤は猫背気味だった姿勢を正した。次の一番から呼び上げる、直之《なおゆき》さんの声を聞くためだ。

ひがあしいーーー　わかみいーりゅうーーー
にいしいーーー　いよのおーくうにいーーー
館内いっぱいに響く声で直之さんが四股名を呼び上げると、客席からは拍手が聞こえてきた。「なおゆきー」という声援も飛び交う。客の少ない時間帯で、しかも裏方にそこまでの反応があることは珍しい。ただ、まだ半人前の篤でもわかるぐらい、直之さんが上手なのは確かだった。ひときわ伸びやかな、よく通る声で、客が声援を送るのももっともだよなとすら思う。

ひがあしいーーー　さわにいーしいいーーきいーーー
にいしいーーー　いずみいーーーはあまあーーー
次の一番でも、土俵上の直之さんをじっと見た。直之さんは背筋をぴんと伸ばして四股名を呼び上げていた。今までは声ばかりに気を取られていたが、その姿を注意して見ると、広げた扇の色と同じ白い着物、若手呼出のしるしであるかのような坊主頭、声を伸ばすときに寄る眉間《みけん》の皺《しわ》まで、土俵に立つ直之さんは、何もかもがさまになっていた。

三段目の力士が土俵に上がる頃、呼出の控室に飲み物を差し入れるよう命じられた。外に買いに行くのは面倒なので、売店横の自販機で適当に缶コーヒーを選んだ。コーヒーを抱え控室に向かおうとしたとき、見覚えのある二人が歩いてきた。

あ、直之さん。と、畠野。

取組時に顔を見たうえに、今朝と同じ浴衣を着ていたので、今度はひと目であの新弟子だとわかった。新弟子は無表情で直之さんの後ろを歩いている。

「おー、お疲れ」

篤に気づき、直之さんが駆け寄ってくる。新弟子の歩くペースはずいぶんゆっくりだが、それでもあとをついてきた。

「直之さんもお疲れっす。今休憩ですか？」

「そうだよ。あ、こいつは畠野。うちの部屋の新弟子ね。序ノ口だし、お前もさっき呼び上げてたはずだよ。付け人やってるから、この時間でもまだ帰れないの」

呼出としては若手きっての実力でも、普段の直之さんの口調はその辺の若者と何ら変わらない。一方の畠野は、紹介されても「どうも」と頭を下げたきり、黙り込んでいる。

「畠野の方がお前よりちょっと兄弟子だから、失礼な態度取るなよー。でも、俺たちと同じで十七だからさ。今度、一緒に遊ぼうぜ」

土俵を離れると直之さんはお喋《しゃべ》りで、人懐っこい。今のように、よく遊びや食事にも誘ってくる。ところが畠野は相変わらずボーッとした顔をして突っ立ったままだったので、様子を窺《うかが》っても何も面白くなかった。代わりにもう少し視線を動かしてみる。

同じ十七歳でも無口なこいつの方が自分に近いのでは、と畠野を一瞥《いちべつ》する。

改めて見渡してみると、この辺りの賑《にぎ》わいぶりはやたら目に付いた。

売店には関取《せきとり》のイラストをあしらったストラップやタオルハンカチなど、さまざまな土産物が所狭しと並んでいるが、その色彩の多さに、目がチカチカする。さらに通路では、十数名ほどの客がうろうろと歩き回っている。どうやら出待ちか入り待ち目的のようだが、あまりにあてもなく歩くものだから、水槽をひらひらと泳ぐ金魚みたいにも見える。扉の向こう側では、力士たちが全力でぶつかる取組が繰り広げられているというのに、ここはまるで縁日のようだ。

たった一枚扉を隔てるだけで、広がっている世界はこれほどにも違う。その事実が、篤には不思議でならなかった。

もう一度直之さんに視線を戻そうとしたとき、二十代前半くらいの女性が二人近づいてくるのが見えた。一人は黒のロングヘアで背も高く、なかなか美人だった。もう一人は柔和な顔つきで、美人というわけではないが、栗色に染めたセミロングの髪と白い肌は若者らしくてまぶしかった。年は背の高い方が少し上で、栗毛の方はまだ学生だろうか。彼女たちはまっすぐこちらへやってきて、「すみませーん」と声をかけてきた。口を開いたのは背の高い方だった。甲高《かんだか》く、大きな声だったので、通路にいた客が何名か振り返った。

「直之さんと写真撮りたいんですけど。いいですか?」

やはりそうか。

直之さんがいいですよーと快く引き受け、背の高い方がわあっと手を叩《たた》いて喜ぶ。栗毛も黙ったままだが、嬉しそうにはにかんでいる。同じ呼出でも、二人とも篤のことはまったく眼中になさそうだ。

俺、この場にいない方がいいな。

篤は「じゃあ直之さん、またあとで」と早口で言い残し、回れ右をした。背の高い方の声は、その場を離れてもよく聞こえた。今日もいい声でしたとか会えて嬉しいとか、終始はしゃいでいた。

直之さんは上手《うま》い呼出であるうえに、キューピー人形に似た愛らしい顔つきなので、観客によく呼び止められる。しかもどんな人にも笑顔で対応するので、ますます人気を集めている。

どうせ俺のファンになるような人なんて、いないんだろうな。

甲高い声はまだ聞こえていたが、そちらを振り返りもせず、早足で控室を目指した。

直之さんは中学校を卒業すると同時に入門したので篤の兄弟子に当たるが、二人は同い年の十七歳だ。そのせいか、直之さんは最初から篤によく話しかけてきたし、休みには遊びに誘われて、一緒に映画を観に行った。あまり社交的ではない篤にとっても、直之さんはもっとも親しい呼出だった。呼出として二年以上もの経験の差があるとはいえ、同い年、親しい間柄であるがゆえに、篤は直之さんと自分との違いを感じずにはいられなかった。

ふたたび花道まで戻ると、ちょうど部屋の兄弟子である宮川《みやがわ》さんが土俵に上がっていた。宮川さんは体重百二十キロだが、力士にしては軽量な方らしい。入門当初は、百二十キロが細いという基準が信じられなかった。篤の倍近い肩幅で、下腹の突き出た宮川さんはどう見ても大柄な男だったからだ。ところがいざ土俵に上がると、なぜだか宮川さんは一回り小さく見えた。

軍配が返り、宮川さんはまっすぐ頭から相手にぶつかっていく。が、最初は押し込んでいたものの土俵際で相手にいなされ、突き落とされてしまった。勝機を逃したことを惜しむように、宮川さんはゆっくりと立ち上がった。その腕と足には砂がべったりとついていた。礼をして土俵を下り、うなだれながら花道を下がっていく。篤も同じ方角の花道に待機していたので、軽く頭を下げる。すれ違う瞬間、宮川さんと目が合った。元々垂れ目だが眉もハの字に下がっていて、余計にがっかりしているように見えた。

篤の所属する朝霧《あさぎり》部屋には六人の力士がいるが、全員が幕下以下の、いわゆる「養成員」だ。相撲部屋には、幕下以下の力士たちを育てるための養成費、相撲部屋維持費、稽古場経費などが支給される。部屋の収入源であるそれらの費用は、弟子の人数に応じて支払われる。そのため弟子が少ない朝霧部屋は、必然的に収入も少なくなる。しかも、朝霧部屋には関取がいない。一人前の力士と認められ、目立った存在でもある関取には、タニマチと呼ばれる後援者が多くつく。力士にお金を落としてくれるタニマチが増えれば、当然相撲部屋の懐も潤う。

弟子も少なければ関取もおらず、資金にも恵まれていない朝霧部屋は、はっきり言って弱小部屋だった。

一方で直之さんや畠野が所属している白波部屋は、三人の関取が在籍している。弟子の数も三十名を超えていて、角界でも五本の指に入る多さだという。その話を聞いたときは、俺と直之さんは相撲部屋に入った時点でも違うのかと、心の中で苦笑したものだった。

入門前、篤はインターネットで師匠について検索してみたことがある。部屋のホームページを流し見て、誰もが編集できるフリー百科事典のサイトも覗《のぞ》いた。そこでまず目に飛び込んできたのは、化粧まわしを締め仁王立ちをする、若かりし頃の師匠の画像だった。

きれいに筋肉が盛り上がった肩、つぶらではあるが意志の強そうな目を見て、この人は相撲取りだったんだと、当たり前のことを思った。師匠の経歴も下に書かれていたが、読み進めていくうちに篤の表情は曇っていった。

師匠の最高位は小結《こむすび》だが、かなり番付運に恵まれた昇進だったらしい。前の場所、師匠は東前頭《まえがしら》四枚目で、八勝七敗の成績で勝ち越した。しかし西の小結と、前頭の筆頭から三枚目までが全員負け越していた。さらに下の番付にも大勝ちしている力士がいなかったため、普段なら上がる番付と成績ではない師匠が新小結となったそうだ。最高位の小結で迎えた場所も四勝十一敗と大きく負け越し、その後小結に返り咲くこともなかったので、「思い出三役《さんやく》」と揶揄《やゆ》されている。

そんな趣旨の記述を読んだところで、師匠について調べるのはやめた。

篤はふと、入門して間もなかった四ヶ月前、夏場所千秋楽に行われた朝霧部屋の祝賀会を思い出していた。会がお開きになる頃、兄弟子たちと一緒に篤も金屏風《きんびょうぶ》の前に立たされ、呼出見習いの橋本《はしもと》篤くんですと師匠に紹介された。

その祝賀会は、部屋の最寄り駅から電車で十分程度のところにある、結婚式場も兼ね備えたホテルの広間を借りて行われた。小さいホテルながらも、塵《ちり》一つ落ちていない清潔感に気後れしていたことに加え、慣れないスーツを着て、生まれて初めて金屏風の前に立ったものだから、「来場所から頑張ります」と短い挨拶をしたときは緊張で顔が引きつっていた。ひたすら平静を装い、参加者たちを眺めたことだけは、やけに記憶に残っている。きちんとアイロンのかかったスーツを着ている客。ポロシャツにチノパンという、明らかに普段着な客。部屋の将来を語る師匠の話に耳を傾けている客。話はそっちのけで、残り少なくなったビュッフェの料理をつついている客。壇上から見えたのはまるで統一感のない光景だった。そのときは客が多く集まっているように感じたが、他の部屋の話を聞くと、あれでも少ないのだと知った。おそらく集まっていたのは百人程度だったはずだ。一方の白波部屋は、朝霧部屋の会場よりも名の知れたホテルを借り、毎場所三百名近くの客が訪れるらしい。

二ヶ月前の名古屋場所も小さなホテルで千秋楽祝賀会が行われ、金屏風の前に並んだが、似たような光景が広がっていたこと以外はうまく思い出せない。先場所も先々場所も、客の服装や振る舞いはバラバラでも、来ていたのはほとんど中高年だった。そこだけ見ると何かの群れっぽかったなと思い出して、少しおかしくなった。

幕下以下の力士は、一場所につき七番のみ相撲を取る。そのため、毎日ではなく、およそ二日に一度のペースで取組が組まれる。秋場所の初日、朝霧部屋は三段目と幕下、計四人の取組があった。宮川さんの取組の約三十分後、そのうちの一人である柏木《かしわぎ》さんが土俵に上がった。

柏木さんは十九歳と、部屋の力士の中では一番若い。つるりとした肌に凛々《りり》しい眉はいかにも十代らしく、背も未だに伸び続けているという。ただ、身長に関しては百七十五センチとさほど大きくないので、そんなに伸びている感じはしない。

相撲が盛んな石川県の出身で、中学三年生のときには県大会で準優勝した経歴もある。その実力を買った師匠からスカウトされ、中学卒業を迎えるのと同時に入門したそうだ。体重も百三十キロと均整の取れた体つきだったため、番付をどんどん駆け上がっていくだろうと、当初は期待されていたらしい。しかし番付が上がるどころか、二年間も三段目で低迷しているのが現状で、師匠がいつも気を揉《も》んでいるそうだ。

何度か四股を踏むと、柏木さんは仕切りの体勢になった。両者が手をつき、行司の「はっけよーい」の声がかかる。

立ち合いが成立すると柏木さんは、左を差して速攻で寄り切った。相手に何もさせない完勝。「石川県二位」の人らしい相撲だ。この内容なら、師匠も少しは安心するだろう。

勝ち名乗りを受け、柏木さんも篤が控えている方の花道を引き下がった。小さく頷《うなず》いて通り過ぎると、あっという間にその姿は見えなくなった。

三段目の取組の途中でもう一度休憩を取り、戻ってくると幕下の取組が始まっていた。

「にいーーしいーー　はまのおおーーぼおおーーりいーーー」と、馴染みのある四股名が呼ばれ、部屋の兄弟子の浜昇《はまのぼり》こと、坂口《さかぐち》さんが出てきたのだと知った。

神奈川県出身である坂口さんは、県内屈指の相撲の強豪高校を経て入門した。百八十八センチ百七十二キロと、体格も部屋の中では一番大きい。しかし番付はいつも二番手で、幕下下位と三段目上位を行ったり来たりの状態が続いている。

ちなみに朝霧部屋はほぼ全員が番付の上がり下がりを繰り返し、ここ数年番付があまり変わっていないという。

手をついてっ。

行司の掛け声がかかると、ばちんと鋭い音が響いた。立ち合いで頭から力士がぶつかり合う音だ。幕下にもなると土俵上から聞こえてくる音も、それまでより鋭さや重みが増す。

頭で当たりあったが、相手の突きの威力の方が勝《まさ》っていた。

坂口さんは胸を繰り返し突かれ、そのまま土俵を割った。宮川さんのように落胆する姿は見せず、淡々と礼をし、ゆっくりと花道を下がっていく。

以前、坂口さんが「幕下つえーわ」とぼやいているのを聞いたことがある。あの痛そうな立ち合いの音を聞くと、その言葉通り、幕下が過酷な番付であることを篤も実感するのだった。

土俵の進行が早かったのか、あっという間に十両《じゅうりょう》土俵入りまで残り数番となった。土俵入りまでの番数《ばんかず》を脳内で数えようとしたそのとき、十枚目格の行司が土俵に上がったらしく、薄暗かった場内がぱっと明るくなった。吊り屋根の照明が点灯したのだ。

この照明はひとたび点《つ》いたら、結びの一番までずっと土俵を照らし続ける。明るく照らされた土俵で相撲を取れるのも、関取に許された権利だ。だが、これから相撲を取る幕下力士たちも例外的に、明るい土俵の上で戦うことができる。それはつまり、彼らが関取の地位に近づいているあかしでもある。ふと四方を見渡してみたら、客席も徐々にではあるが埋まり始めていた。

目線を土俵に戻すと、下に見知った顔が座っていた。朝霧部屋の部屋頭《へやがしら》、春昇《はるのぼり》こと武藤《むとう》さんだ。武藤さんの今場所の番付は、東の幕下二十枚目。先場所は幕下十五枚目以内だったが負け越したため、少し下がってしまった。兄弟子たちの話によると、武藤さんは今年に入ってからずっと幕下十五枚目前後の番付にいるらしい。

幕下の十五枚目以内となると、全勝優勝すれば十両に昇進できる可能性もある。しかしそこには、

「絶対に関取になるのだ」という闘志を燃やした強者《つわもの》が、どの番付よりも多くひしめいている。再起を狙う、実力は折り紙付きの関取経験者。強豪の大学で揉まれてきた学生相撲出身のエリート。そのいずれでもないが、磨けば光る素質を持った新進気鋭の力士たち。強敵ばかりを相手にする幕下十五枚目以内には、高くて厚い、関取への壁がそびえ立っている。部屋の稽古場で他の力士を圧倒する武藤さんでも、まだその壁は打ち破れないようだ。

ひがーーしいーー　はるのーぼおりーーー

にいーしいーー　いこまあーりゅうーーー

低く、それでいてよく響く声で武藤さんの四股名が呼ばれた。今土俵に上がった呼出も十枚目で、年齢は三十代後半だったはずだ。

強くなればなるほど番付が上がる力士とは違い、行司や呼出は基本的に年功序列だ。優秀であることも当然昇進の条件となるが、大抵は長く勤めていればある程度の地位に上がることができる。「呼び上げが下手」と言われてしまうような篤でも、仕事を続けさえすれば、いずれその地位にたどり着けるかもしれないのだ。

あの人は三十七、八くらいか。十枚目に上がるなら、まあそれくらいの年にもなるよな。俺は今十七だから、あの地位に上がるだけでも、あと二十年。長《なげ》えな。っていうか俺、三十七になったとき何してるんだろう。そもそも、まだ呼出やってるのか？

そこまで考えて、今は武藤さんの取組だということを思い出す。西方に上がった対戦相手は生え際が後退し始めていて、体も充分に張っていない。おそらく二十一歳の武藤さんよりも一回りくらい上の年齢だろう。よく知らない力士だが、もしかすると関取経験者なのかもしれない。現に、相手には野太い中年男性の声や、子どもの甲高い声など、声援がいくつか飛んでいた。一方で、武藤さんを応援する声はまったく聞こえない。

有望株なはずなのに武藤さんは人気がない。それは、一重瞼《まぶた》で唇も薄い、印象に残りにくい顔だからだと篤は睨《にら》んでいる。実際、篤も武藤さんの顔だけはなかなか覚えられなかった。

それでも武藤さんは、相手の声援の数なんて関係ないとでも言うように、両手をひらりと返し塵《ちり》手水《ちょうず》を切っていた。

やがて制限時間になり、行司の軍配が返った。

武藤さんは突っ張って相手を懐に入れさせず、ほんの四回の突きで、相手を土俵の外へ吹っ飛ばした。

仕切りの時間の方がよっぽど長いような、あっという間の勝負だった。西方を応援していた人が大きくため息をついたのか、ああーと落胆した声が聞こえた。

しかし武藤さんは、やはりいかにも気にしていない様子で、きちんと四十五度に礼をして去っていった。


十両土俵入りと幕下上位五番の取組も終わり、十両の取組が何番か進んでいくと、客席からはざわざわとした声が聞こえてきた。どうしたんだろうと首をかしげそうになったとき、直之さんに肩を叩かれた。

「お前、なにボーッとしてんだよ。次、協会ご挨拶だぞ」

直之さんに言われてようやく次の進行を思い出した。すいませんと小声で謝り、箒を持って土俵へと急いだ。小走りで駆けだした瞬間、しっかりしろよーと直之さんがこぼすのが聞こえた。呆《あき》れたような声音《こわね》だったので、やっぱり俺は何をしてもダメなんだろうなと、かすかに胸が痛んだ。

やがて拍子木が打ち鳴らされ、いかめしい黒の紋付袴を着た大男と、ニュースでもお馴染みの力士たちが東西の花道からぞろぞろと入り、土俵に上がった。途端に拍手が湧き起こり、あちこちから老若男女の声が飛び交った。

「初日にあたり、謹《つつし》んでご挨拶申し上げます……」

紋付袴の大男が挨拶を始めても、観客たちの声は鳴りやまない。そこに立っているのは協会のトップである理事長に、横綱や大関たち。あまたの協会員の中でも、選ばれた存在ばかりだ。

自分が真ん中に立ち、力士の四股名を呼び上げた土俵。直之さんの後ろに突っ立っていた畠野が、あっさりと崩れ落ちた土俵。坂口さんが頭で当たる音が響いた土俵。幕下二十枚目の武藤さんが、ちっとも声援を浴びなかった土俵。

全部同じ場所であるのに、今見えているのはまったく知らない空間のようだった。客席を見上げると、空席はほとんど目立たなくなっていた。


時間が経てば経つほど、客席から聞こえる声援は叫び声に近くなる。時刻はもう十六時を過ぎ、幕内の取組に入っていた。

ひがあしぃーーーーー　いわみぃーーーーさあーーーーーとおーーーーーー……

土俵上にはベテラン呼出の進《すすむ》さんが立っていた。

観客が叫んで力士を応援する中でも、進さんの声はそれに負けないくらいの存在感を放っていた。呼び上げが終わると、進さんは白扇を箒に持ち替えた。すっすと流れるように土俵を掃く、その動作も美しい。

隣をちらりと窺うと、いつも俊敏に仕事をこなす直之さんですら、目を輝かせて土俵上の進さんに見入っていた。その様子を見て、たしか進さんも白波部屋所属だったよな、と思い出した。

一度、どうして呼出になったのか直之さんに聞いたことがある。その理由はあまりにシンプルだった。

「どうしてって、なりたかったからに決まってるじゃん。他に理由があんの？」

呼出になりたかったのは事実だろうが、きっと直之さんは進さんに憧れて入門したに違いない。あんなにきらきらした目で進さんを見つめているのだから。


呼出になって間もない頃に受けた研修で、指導をしてくれたのが進さんだった。

すらりと背が高く彫りの深い顔立ちで、第一印象は、呼出よりも俳優っぽいと思った。しかしお手本としてその声を聞いた瞬間、周囲の空気がきりっと澄んでいくのがわかった。進さんの声は伸びやかで、力強かった。

この人には、声だけで空気を変えられる力がある。そう気づいた瞬間、素直に「かっこいい」と思えた。五十歳を過ぎた、父親より年上の人にそんなことを思うのは初めてだった。

ただ、進さんをかっこいいと思うのと、呼出の仕事にやる気を出すのはまた別問題だった。

篤は小学生のとき、野球を少しやっていた。最初はプロの選手にうっすら憧れを抱いていたが、すぐさま自分にはセンスがないと気づき、諦めた。その後もプロの選手は輝いて見えたが練習はサボりがちになり、結局三年で野球をやめた。

どうせ俺にはできないから。

そう心の中で呟《つぶや》く癖が、昔から篤にはあった。

いよいよ土俵上は結びの一番を迎えた。先場所、十回目の幕内優勝を果たした横綱と、最近上位に定着し、小結まで番付を上げた若手力士との一番だ。この取組には五十本以上の懸賞がかけられていた。

懸賞旗を掲げて土俵をまわるのも呼出の仕事だ。懸賞の本数が多いと、若手の呼出が総出でまわらなければならない。しかも一度ではなく二度三度、旗を持って土俵を歩くことになる。

一番下っ端である篤が先頭になって、呼出たちは列をなす。後ろがつかえないようにペースを保ちながら、懸賞旗を広げて歩いていく。

会場の盛り上がりは、最高潮を迎えていた。

観客一人一人の声援が、束になって耳に突き刺さる。客席から漂う興奮した空気と、土俵上の照明で背中が熱い。この瞬間だけは、全力士の頂点に君臨する男と同じ土俵に立っている。今手にしている懸賞旗も正直どこの会社なのかよく知らないし、篤は時々自分のしていることが信じられなくなるのだった。

横綱と小結との対戦が始まった。

横綱が低く、鋭く踏み込んで右ののど輪を繰り出し、相手の上体をのけぞらせると、そのまま一気に出て小結を押し出した。

横綱が勝ち名乗りを受けると、行司が懸賞金の入った熨斗《のし》袋のぶ厚い束を差し出した。右手で三つ手刀《てがたな》を切り、懸賞金を受け取る横綱は神々《こうごう》しかった。完璧な相撲を取ったことはもちろん、堂々とした所作は、角界の最高位に君臨する男の姿そのものだった。

一日の興行を締めくくる弓取り式まで終わると、観客はいっせいに帰り始める。満員の館内からみなが一度に出て行くのだから、帰路につく人々の行列はいっこうに進まない。のろのろと歩く観客たちとは裏腹に、興行終わりの裏方は慌ただしい。翌日の取組の準備があるのだ。

　二十分で準備を終わらせ、西の支度部屋近くにある呼出の控室へ戻った。「呼出」と書かれた白扇が染め抜かれている、紺地の暖簾《のれん》をくぐると、進さんの姿が見えた。進さんはすでに着替え終え、帰り支度を始めていた。すかさず、近くまで寄ってお疲れさまですと一礼する。

「おう、お疲れ。どうだ、二場所目は。もう慣れたか？」

「いや、ダメですね。全然ダメです」

「そうか」短く返事をして、進さんがわずかに目を細めた。

　あ、今こいつ無能だって思われたかも。

「ところで、直之さんって上手いですよね」

　話題を変えてみたものの、よりによって一番比べられたらまずい人の名前を出してしまった。しくじったな、と思ったが進さんは表情を変えずに「まあ若手にしてはな」と頷いた。

「直之は入ってきたときから何でも聞いてきたし、やる気があるよ。それにあいつは、毎晩呼び上げの練習をしてるはずだよ」

　直之さんが？　と間抜けな声が出たが、毎晩練習をする直之さんはたやすく想像ができた。すげえな。やっぱ俺とは大違いだ。

　感心しきったところで、直之さんが控室に戻ってきた。どうやら今日もファンにつかまっていて遅くなったらしい。

　篤と直之さんが国技館をあとにしたときには、すでに十八時半をまわっていた。さすがに観客はほとんどいなくなり、出待ち狙いらしきファンの姿がぽつぽつ見られるくらいだった。

「そういや今日、うちの部屋の畠野と会っただろ？　あいつ本当バカでさー。この前なんか『旅館にいる仲居さんって、みんなナカイって苗字の人じゃないんですか？』とか真顔で言ってて。そんなに同じ苗字が集まるかよ」

思い出したように、直之さんはくすくす笑っている。

畠野の勘違い話はどうでもよかったが、よく笑いよく喋る普段の直之さんを見ると、今日の前にいる少年と、太い声で堂々と力士を呼び上げていた若手呼出が、なかなか結びつかない。

「まあバカだけどさ、いい奴だから。お前とも仲良くなれると思うよ」

そう言って、直之さんがちらりと篤を見上げる。並んで歩くと、直之さんの背の低さがよくわかる。篤は同年代の男子の中でもほぼ平均くらいの身長だが、直之さんは篤より十センチほど背が低いので、相当小柄だ。きっとそんなところも、「かわいい」と女性ファンに言われる理由なのだろう。現に、国技館から駅に向かうわずかの間でも二回、出待ちのファンに声をかけられていた。

ＪＲ両国駅の改札の前で二人は別れた。これから直之さんは駅から徒歩五分の白波部屋に、篤は電車で十二分の朝霧部屋に帰るのだ。明日も朝いちで顔を合わせるのに、直之さんは「じゃあなー」と大きく手を振っていた。


部屋の玄関を入ると、出汁《だし》と醤油が混ざり合った匂いが鼻腔《びこう》をくすぐった。その匂いにつられるように、まっさきにちゃんこ場の扉を開ける。

朝霧部屋のちゃんこ場は調理場と食事をする空間がひと続きになっていて、兄弟子たちは食事が終わっても、大抵だらだらとその場にとどまっている。篤は帰る時間が遅いため、場所中は一人で食事を摂《と》るが、今日も兄弟子たちはちゃんこ場に残っていた。携帯ゲームに興じたり食器を洗ったり、各々が自分のことに集中しているようだった。

　それでも篤が「お疲れさまです。ただいま帰りました」と声をかけると、「おー、おかえり」「お疲れー」「うっす」と、兄弟子たちは顔を上げ、めいめいの挨拶を返してくれた。実家では、篤が帰宅しても両親が出迎えることは近年まったくなかったので、兄弟子たちの声を聞いていると、帰る場所があることを実感する。

　通勤かばんをおろすと、いきなり目の前にお椀がぬっと差し出された。

「腹減っただろ。ほら、食え」

　声の主は、今日取組がなかった力士だ。秀昇《ひでのぼり》こと、朝霧部屋のちゃんこ長の山岸《やまぎし》さんである。お椀を差し出すと同時に、細い目がさらに細くなり、まるで糸のようになった。細い目に、ぷっくり膨れた頬を持つ山岸さんは、七福神の中に紛れ込んでいそうな風貌だ。山岸さんの第一印象は「優しそうな人」だったが、実際山岸さんは優しかった。三十四歳と部屋では最古参の力士でもあり、掃除の仕方から着物の畳み方など、右も左もわからなかった篤に、雑用のこなし方を丁寧に教えてくれた。

　汗でシャツが濡れているのが気になっていたが、せっかくなのでちゃんこを優先する。どうやら今日は醤油ちゃんこらしい。他の部屋と同じように、野菜や鶏肉が入っているが、キャベツと油揚げをたっぷり加えるのが朝霧部屋の醤油ちゃんこの特徴だ。

　お椀の中では、鶏もも肉と油揚げから出た黄金の油が浮き、キャベツがしんなりと柔らかく煮えていた。テーブルには、豚の生姜焼《しょうがや》きとポテトサラダ、スライストマトも並んでいた。三段目の取組が行われていた十二時頃に軽食を摂ったきり、何も食べていないこともあってか急激にお腹が空《す》いてきた。いただきますと手を合わせ、さっそく醬油ちゃんこを口に運ぶ。くたくたに煮えたキャベツは甘く、汁を吸って膨らんだ油揚げを嚙《か》むと、野菜と鶏肉の旨味《うまみ》が口の中に広がる。入門してから四ヶ月間、何度も食べた味なのに、いつ食べてもおいしいと感じる。夢中で箸を動かしていると、麦茶の入ったグラスが横に置かれた。他の兄弟子たちに比べひときわ細い腕だったので、顔を見なくても小早川《こばやかわ》さんだとわかった。

「お茶くらい自分で入れろよ」

そう言って小早川さんは眉をひそめる。すいませんと反射的に返事をすると、じろりと睨まれた。

「まったく、兄弟子の仕事増やすんじゃねえよ」

鋭い声が飛びつつも、篤の前には次々と、生姜焼きやトマトがのった皿が並べられていった。

小早川さんは、軽量なはずの宮川さんよりもさらに細く、体重は百キロにも満たない。よく見ると顔立ちは整っているけれど、小早川さんは部屋の誰よりも厳しかった。二十九歳と山岸さんに次いで年長者なので、篤をはじめ、弟弟子をしょっちゅう叱っている。そしていわゆる江戸っ子だからなのか、口調もきつい。

最初、篤は小早川さんが少し怖かった。しかし口先では文句を言いつつも、いち早くお茶を注いだり料理を取り分けたりしてくれるので、今では怖いと思わなくなったし、睨まれるのにも多少慣れた。ちなみに、怒られないようにと篤も率先してコップや皿を手に取ろうとするが、大抵いつも小早川さんに先を越されてしまう。

誰にでも優しくて、見た目も七福神な山岸さん。口が悪く、力士にしては細い小早川さん。この二人が主体となり、朝霧部屋のちゃんこ番をまわしている。正反対な二人なので、ちゃんこを作るときに支障は出ないものかと心配になるが、なぜか上手くやれているようだった。

ちゃんこを食べ終え、兄弟子たちと大部屋に上がったところで、幼馴染みの啓介《けいすけ》から電話がかかってきた。

八十畳の大部屋にプライバシーなどないので、廊下に移動して電話に出た。

特別仲がいいわけではないが、地元の友人で連絡をくれるのは啓介だけだった。啓介はテレビで相撲のニュースを見て電話したようだ。

「相撲って今日からなんだろ。ヨビダシってやつだっけ？　いい感じでやってる？」

「全然。今日も客に下手だって言われた」

「ふうん、大変だな。ところでさ、ヨコヅナっていう人にも会うの？　さっきニュースでやってたけど」

「会うっていうか、しょっちゅう見るよ。何なら今日も一緒に土俵に立ってたし」

そう言うと、啓介はえーめっちゃいいじゃん、すげえ人近くで見られるんだし、と返した。その軽い口調が少し癪《しゃく》だった。

「高校生は気楽でいいよな」

篤が思わずぼやくと啓介もむきになったように、そうでもねえよと早口で言い返した。

「センター試験って十科目くらい勉強しなきゃいけないんだぞ。頭パンクするわ。お前そんなに勉強できる？」

「無理だな」

「だろ？　これで大学行ってもいずれはシューカツが待ってるし。堅っ苦しいスーツ着て『御社を志望した理由は～』とか言うの、想像しただけで萎《な》えるわ。とはいえ高卒だって仕事限られてるしさ。中卒でも働けて、しかも住み込みっていう、お前の仕事の方がよっぽどいい」

啓介は小さくため息をつき、「で、お前帰ってくる予定あんの？」とさらに聞いてきた。

「ねえよ」

きっぱり答えると啓介は「だよなー。いいよな東京は。遊ぶとこいっぱいあって。東京行ったらなかなか帰る気しないよな」と羨《うらや》ましそうな声を漏らした。

そんな理由じゃねえよと思いつつ、記憶に蓋をするため適当な返事をして電話を切った。


篤は時折、やはり高校は卒業するべきだったのではと考えることがあった。しかし啓介の話を聞く限りでは、高卒で働くのも進学するのも、それなりに面倒くさそうだ。

結局、どの道を選んだって面倒なんだろうな。

電話を切ったあとでふと、直之さんが毎日呼び上げの練習をしているという話を思い出した。

面倒だけど呼出が今の俺の仕事なんだよな。

電話に出る前、宮川さんは趣味のプロレス動画を漁《あさ》っていたし、柏木さんも一緒になってスマートフォンを覗いていた。きっと篤が外へ出ても気づかないだろう。大部屋には戻らず、そのまま玄関へと向かう。

廊下を歩いている最中、明かりが漏れている部屋が一つあった。そこの前を通るときは足音をたてぬよう、自然と忍び足になっていた。

部屋から歩いて五分の場所に、ブランコとベンチ、水飲み場が置かれているだけの小さな公園がある。昼間でも親子連れを一、二組見かける程度の閑散とした場所なので、夜の八時を過ぎた今はまったく人の気配がなかった。そもそも朝霧部屋は、一本百円で大根が売られる八百屋や、創業七十年の銭湯が軒を連ねる下町エリアに位置している。繁華街の喧騒《けんそう》とは無縁なこの環境なら、多少声を出しても人目につくことはないだろう。

とりあえず背筋を伸ばし、息を吸い込む。直之さんの声を思い出しながら、今日覚えた四股名を唱えてみる。

ひがあああーーしいいいーーー　はあーたあああーのおーーーー

にいいしいーーー　すううみいいーーだあーーー

ひがあ……

「お前、何やってんの」

「うわっ」

背後から声をかけられて、悲鳴が出た。思わず目を見開いて後ろを振り返る。声の主は、縦にも横にも大きく、髷がついていた。突然のことに声も出せずにいたら、話しかけてきた当の本人、坂口さんはケタケタ笑っていた。

「お前、ビビりすぎ。さっきの声すごかったぞ？　うわって。あんなん、俺の方がびっくりするわ」

笑い転げている坂口さんは、ちっとも驚いたように見えない。坂口さんこそ何やってたんですか、と聞き返す声は、つい恨めしげになった。

いやあ、なんか急にこれ飲みたくなって、と坂口さんは手にしていたレジ袋からペットボトルのミルクティーを取り出した。部屋の横に置かれた自販機にはないメーカーのものだ。きっと近くのコンビニで買ってきたのだろう。

ミルクティーが坂口さんの喉に流し込まれ、あっという間に四分の一ほどの量になった。ミルクが優しく溶けた色に、思わず生唾を飲み込む。明日は国技館の自販機でミルクティーを買おう。

「ってかさ。お前、呼び上げの練習してたの？　なんだ、かわいいとこあんじゃーん」

坂口さんがバシンと篤の肩を叩いた。手加減してくれているようだが、なんせ相手は百七十二キロだ。それなりに痛い。

「練習っていうか、その」

からかわれるかと思い、言葉に詰まった。しかし坂口さんはそれ以上追及してこず、ふたたびレジ袋を漁った。どうやら買ってきたのはミルクティーだけではないらしく、今度はソーダ味の棒つきアイスを齧《かじ》りだした。それを見て、明日はアイスも買って帰ろうとぼんやり思う。

棒に刺さったアイスが小さくなったところで、坂口さんがぽつりと言った。

「お前、えらいな」

思わぬ反応に、え、と声が出た。別にえらくなんかない。今日の今日まで、自主練習をしたこともない。今日の練習だって、ただの気まぐれだ。

そう言おうとしたのに、正直な言葉は出てこなかった。坂口さんがひとつ、ため息をつく。アイスはいつの間にか食べ終えたようだ。

「俺も、本当は買い食いとかしてる場合じゃないんだけどさ。俺がこうしている間にも、武藤はトレーニングしてるって考えると、何やってるんだろうって、すげえ思うもん」

坂口さんの言葉に、黙って頷く。公園に来る前に見た、電気の点いていたあの一室。トレーニンググルームになっているその部屋は、自由時間になると出入りする者はほとんどいない。ただ一人、武藤さんを除いては。

坂口さんだけではなく、柏木さんや宮川さん、力士ではない篤でさえ、武藤さんが毎晩あの部屋でトレーニングをしていることは知っていた。しかしみな、見て見ぬふりをしていた。

「あいつ、俺より二年あとに入ってきたわけ。俺はちょうど武藤が入門したくらいに幕下に上がって部屋頭にもなって、まあ順調な出世だって褒められてたの。あいつは最初から真面目だったけど細くて相撲も下手で、ぶっちゃけ弱かった。なのに、気づいたらいつの間にか追い抜かされてた」

そう語る坂口さんの表情は硬かった。坂口さんは弟弟子をみんな下の名前で呼ぶのに、武藤さんの呼び方だけは「武藤」だ。

「もう稽古場でもあいつに勝てなくなって。年でいったら、あいつ俺より五つも下だよ？　なのに、あっさり俺の最高位よりも上に行ってさ。俺は、最近幕下でも成績残せないし、今日も負けたし」

坂口さんの言葉を聞きながら、篤は部屋での稽古を思い出していた。兄弟子たちが相撲を取った番数をノートに記すのも篤の仕事なので、稽古は普段からよく見る。坂口さんと武藤さんは毎回稽古で十番程度相撲を取るが、坂口さんが武藤さんに勝つことはほとんどない。坂口さんは、稽古場の壁に打ちつけられるほど、勢いよく押し出されることもある。そんなとき、坂口さんはいつも淡々と、でも悔しさを隠し切れないような顔で土俵に戻っている。

今の坂口さんは、そのときと同じ顔をしていた。元々は、丸顔で愛嬌《あいきょう》のある顔つきだが、その面影もないほど悔しさを滲《にじ》ませた顔に、篤は何も言えなくなってしまった。ここはどう反応するのが正解なのだろう。考えあぐねていると、

「ああもう、この話は、やめた！　俺はもう帰るから！」と、坂口さんが何かを放り投げてきた。さっき飲んでいたペットボトルだ。中身はもうすっかり空《から》になっていた。

「それ、捨てといて」

さきほどまで坂口さんは唇を固く結んでいたが、もう口元に力は入っていなかった。

「あとお前、練習するのはいいけど、公園はやめた方がいいぞ。人通りが少ないとはいえ、いきなりひがーしーとか聞こえてきたら、近所の人から通報されんぞ」

正論だ。とりあえず、そうっすね、気をつけますと返事をしておく。

「それから、大通りのセブンに行くときこの公園通り抜けると近いって、お前知ってた？　部屋の奴らはみんな知ってるから、ここで練習したってバレるぞ。まあ、今日のことは凌平《りようへい》とかには黙っておくからさ」

凌平とは宮川さんの下の名前だ。何かと篤をからかってくる宮川さんたちに見つかりたくないことまでバレていたらしい。

コンビニに行く近道は、今はじめて知った。どうりで、坂口さんがこの公園に現れるわけだ。

「練習するなら、うちの部屋の物置にしたら？　物は多いけど、さすがに足の踏み場くらいはあるだろうから。どっちにしろ、凌平とかにはバレるけどな」

坂口さんは兄弟子らしくアドバイスをくれたが、他の兄弟子に見つかるリスクを背負ってまで練習を続ける熱意は、今のところ持てなかった。

「まあ、お前のことは家出少年だと思ってたからさ。ちょっと意外だったよ。じゃあお先」

それだけ言って、坂口さんは部屋へ帰って行った。坂口さんの姿が見えなくなっても、練習を再開する気にはなれなかった。

「家出少年」と言った坂口さんの表現は正しい。篤はもう、実家を捨てたようなものなのだから。

篤が呼出になるきっかけをつくったのは、父方の叔父だった。高校を中退した篤に、相撲好きの叔父が裏方として角界に入ってはどうかと提案してきたのだ。叔父は相撲好きとはいえ、しょせんテレビ桟敷《さじき》で楽しむのが専門であって、相撲部屋とのパイプを持っていなかった。しかし叔父は、呼出の定員が空いているらしいと調べ、入る部屋を吟味するなど、ずいぶん積極的に動いた。そして、裏方がいないからちょうどいいのではとの理由で朝霧部屋を選び、わざわざ部屋に連絡をしてくれた。

その後、篤は部屋を訪れ師匠と会い、協会の面接を受けた。何もわからないまま、とにかく「頑張ります」と繰り返して乗り切り、入門が決まった。

叔父と違い、篤の父は相撲に興味を示さなかったので、篤も相撲を観たことはほとんどなかった。テレビをつけたらたまたま大相撲中継が放送されていて、五分ほど眺めていてもよくわからなかったのでテレビを消したという経験が、小学生のときにあったぐらいだ。当然、呼出という職業すら知らなかった。

相撲とはほぼ無縁だったにもかかわらず篤が呼出になったのは、早く家を出たかったからだ。

篤の家庭は母が市役所職員、父が中学校の教員と、両親揃って公務員だった。両親が篤を有名大学、ひいては役所か大手企業に入れたがっていたのは、昔から薄々感じていた。しかし篤は、勉強がちっとも好きではなかった。高校受験も本腰を入れられず、偏差値が中の下の高校を受けるしかなかった。志望校を決めたとき、両親が露骨に重々しいため息をついたことは今でも覚えている。

高校受験で後れを取っているからちゃんと勉強しろ。成績上位を保てば、いい大学に入れるかもしれないんだから。両親は口々にそう言い、篤が机に向かおうとしないことを、厳しく咎《とが》めた。受験、大学、安定した将来。そんな言葉を聞かされ続けるうち、教科書を開くことすら嫌になった。

それに、篤が入学した高校には、熱心に勉強や部活動に取り組む生徒はほとんどいなかった。篤もそのうちの一人とはいえ、空気の緩《ゆる》みきった教室にいるだけでもだるく、ますます高校生活へのやる気が削《そ》がれた。

その結果、入学してから一ヶ月も経たないうちに、毎朝吐き気がするようになった。ゴールデンウィークが明けた週、どうしても行きたくないと学校をサボった。一度きりのつもりだったが、次の日もその次の日も、ずるずるとサボり続け、夏休み前まで不登校の状態が続いた。両親は激昂《げきこう》し、ふたたび登校するように説得を試みたが、依然として篤は高校に行けなかった。結局、夏休みが明けた九月の末に、篤は高校を中退した。

しばらくは何もする気になれず、篤は毎日自室に籠《こも》っていたが、毎晩両親が深刻そうに話し合う声は、なぜだかよく聞こえた。母は「育て方を間違えた」とすすり泣き、父は集めてきた通信制高校のパンフレットを開いては、「ここに編入したらいいんじゃないか」と、篤の進路を立て直そうとしていた。しかし、篤はパンフレットですら開くことができなかった。ひと月もすると、まるで煙が立ち籠《こ》めるように家中が苛立《いらだ》った空気で満たされ、ついには両親が篤に声をかけることはほとんどなくなった。食事がいっさい用意されない、私物を勝手に処分されるなどの虐待めいたことはなかったものの、篤は空気同然の扱いになった。

篤も気まぐれでアルバイトに出かけたり、大して面白くもないのにゲームセンターで時間をつぶしたり、家に居なくて済む方法を模索していた。

早く家を出たい。でも職を見つけて自活できるとも思えない。途方に暮れていた篤にとって、相撲部屋で養われ、仕事が与えられるという叔父の提案は、またとない絶好の機会だった。両親から、家から離れられるならばこの際なんでもいい。そんな一心で、大きなリュックサックを背負い、朝霧部屋の門をくぐった。

実家の宇都宮から東京の朝霧部屋に越してきた日、師匠となる朝霧親方は「今日からここがお前の家だ」と篤を出迎え、部屋の全員を引き連れ、行きつけの天麩羅《てんぷら》屋でささやかな歓迎会を開いてくれた。ひとまず歓迎ムードであることにほっとしたが、その反面、この仕事も長くは続かないかもしれないのにと思うと、何だか落ち着かなかった。

それが四ヶ月前のことであり、高校を中退してから実に、一年半以上が過ぎてようやく迎えた門出であった。

秋場所の二日目も、朝早くから出勤することに変わりはなかった。平日である分、昨日より朝の客入りは少ない。しかし例によって今日も、篤は序ノ口力士の四股名を呼び上げなければならない。取組の始まりを告げる拍子木が鳴った。二日目だから今日は西方から呼び上げるんだなと確認する。まだ、ここまではよかった。
にいいいいーーーしいいいいーーー　のおおおーもおおおーとおおおーー
そう呼び上げたとき、ざわめきがはっきり聞こえた。何だろうと訝《いぶか》ったときにちらりと力士の表情が見え、ようやく篤は自分の失敗に気づいた。力士はぎょっとしたような顔で篤を見ていた。四股名を間違えたのだ。
一瞬にして血の気が引き、慌てて手持ちで正しい四股名を確認する。どうやら一行見落としていて、次に相撲を取る力士の四股名を呼んでしまっていたようだ。白扇を持った右手には、汗が滲みだしていた。土俵下で控えている親方や力士、遠くから土俵を見つめる、兄弟子の呼出たちに目を向けるのが怖い。

篤は西方に体を向けたまま、改めて声を発する。

にいいいーーーしいいいーーー　あわのおおーーしいいまあああーーー
それから何事もなかったかのように東方に向き直り、四股名を呼び上げた。

土俵周りを箒で掃き整えたが、おそらく初めて土俵に上がった先場所の初日と同じくらい、ぎこちない動きをしていたはずだ。

円の上を一周し土俵を下りたところで、ある審判の親方に呼びとめられた。

「お前、何してくれてんだ」

眼光の鋭い親方なので、小声で注意しても威圧感があった。観客に聞こえないように、篤も蚊の鳴くような声ですみませんと謝罪する。親方の名前は出てこないが、このほんの数秒のやり取りで、心臓がすっかり縮んでしまった。

四股名を間違えられた力士は引き落としで勝ったものの、複雑そうな顔をして下がっていった。それを見て、すまなかったと心の中で詫《わ》びる。

なんとか最後の一番まで呼び上げを行うと、審判部の親方全員に頭を下げて謝った。

花道を下がっていく途中、どうして手持ちをちゃんと見なかったのかと後悔の念がこみあげてきた。ぐっと奥歯を噛みしめ、売店横にある自販機に向かう。息苦しいほど、喉が渇いていた。

昨日と同様、通路には力士を待つ客がうろうろしていた。

突然「あっ、さっきの呼出の子」と大きな声がした。聞き覚えのある声だった。振り向くとそこには昨日、直之さんに声をかけてきた女性二人組が立っていた。

背の高い方が一瞬笑ったように見えて、篤は咄嗟《とっさ》に踵《きびす》を返した。栗毛の方の顔はよく見えなかったが、きっと彼女も篤を笑っているのだろう。直之さんにきゃあきゃあ言っていた彼女たちからすれば、篤など嘲笑《ちょうしょう》の対象に違いない。呼び上げも下手で、しょうもない失敗をしてしまうのだから。

喉はいっそう渇いていった。

その後は、朝霧部屋ちゃんこ番の二人が揃って負けたことと、いつものように直之さんが声援を受けていたことしか覚えていない。飛ぶような早さで取組が過ぎていった。

全取組と明日の準備が終わり、控室で帰り支度をしていたところに、篤より四、五歳ほど年上と思しきスーツ姿の呼出が近づいてきた。

「お前、今日別の力士の四股名呼んでたな。普通、そこ間違えるか？　やる気あんの？」

そう篤に声をかける顔には、冷ややかな笑みが浮かんでいた。

「答えられないってことはやる気ないんだな。だったら辞めれば？　明日もバカみたいな失敗されたら迷惑だもんな」

兄弟子は続けて言った。その口角が鋭く持ち上がった。これは、誰かを嘲《あざけ》るのを楽しんでいる人の顔だ。瞬時に悟り、背筋が急に冷たくなる。何か言わなければと思うけれども、舌がもつれたように動かない。するとそこへ、進さんが割って入ってきた。

「光太郎《こうたろう》、そんなこと言うな。こいつはまだ二場所目なんだから。失敗することだってあるさ」

そう言って、篤の肩に手を置く。

「お前だって、新弟子の頃はしょっちゅう声裏返ってただろ」

進さんにまっすぐ見つめられ、光太郎と呼ばれた兄弟子はふんと鼻を鳴らして、そそくさと部屋を出て行った。進さんの手が肩から離れる。

「すみません。進さん、ありがとうございます」

頭を下げたが、みっともない失敗をしてしまったのにフォローしてもらった申し訳なさで、目を見ることができなかった。

「いいんだよ。あいつは昔から困った奴なんだ。お前は何も気にするな」

同じ呼出でも、さきほどの兄弟子とはほとんど口を利いたことがなかった。接点は少なくとも、場所中は毎日顔を合わせる人だと思うと、ひどく気分が塞《ふさ》いだ。

「でも、本当に四股名間違えないようにしろよ。今日は間違えられた奴が勝ったからまだよかったけれど、下手したら力士が相撲に集中できなくなるからな」

声のトーンを一段下げ注意されたところで、やっとまともに進さんの顔を見ることができた。目尻にはしっかり皺が刻まれていて、進さんが自分の父親より年上だったことを思い出す。

この人くらいの年齢まで、俺は呼出を続けられるだろうか。

ふたたび、篤は自分に問いかける。続けられる自信なんて、まだない。答えは簡単にはじき出された。それでも進さんのてのひらは温かかった。

返事をしたところで、直之さんが控室に入ってきた。最初はお疲れさまですと大きな声で挨拶して入ってきたが、向かい合う進さんと篤を見てからは、なぜか黙って帰り支度を始めた。


朝霧部屋の玄関の扉に手をかけた瞬間、今日の献立はカレーライスだとわかった。相撲部屋の食事は、いつも鍋というわけではない。醤油ちゃんこも好きだけれど、ほどよい辛さで、具がごろごろ入っているカレーは、篤の一番の好物だ。

「やっと帰ったか。お前、今日ミスって審判の親方に叱られて泣いてたってな」

ただいま戻りましたとちゃんこ場のドアを開けた途端、小早川さんの声が飛んできたので少しひるむ。泣いていたというのは事実無根だが、相変わらず小早川さんは手厳しい。

「別に、お前が好きだからカレーにしたわけじゃないからな。昨日のうちからカレーって決まってたし、慰めようとか、全然そんなつもりはねえぞ。勘違いすんなよ」

そう言いつつも小早川さんはカレーを多めにすくい、皿に盛ってくれた。篤も、それをありがたく受け取った。


篤がカレーを食べ終え、食器を洗っているときに師匠が帰ってきた。師匠が帰ったときは、足音でわかる。部屋の誰より、重々しい音を響かせて歩くからだ。この足音が聞こえるといつも、部屋は一瞬で緊張した空気になる。

「おい、帰ったぞ」

師匠がちゃんこ場に入ってくると、ゲームをしていた兄弟子たちは立ち上がって、お疲れさんでございますと頭を下げた。篤も皿を洗う手を止めて、師匠に挨拶をする。師匠は大股でずんずん突き進み、篤の前で足を止めた。

「篤、ちょっと上に来い」

上、とは三階にある師匠の自室のことだ。朝霧部屋では、三階で師匠とおかみさんが暮らしている。師匠の自室には過去に一度、呼ばれたことがある。宮川さんと柏木さんに連れられ渋谷へ遊びに行き、門限を破ってしまったのだ。前回は説教で呼び出されたので、今日も叱られるのだろう。ひやひやしながら行くと、案の定、「お前、今日みたいに四股名間違えるんじゃねえぞ。気を抜くからああいうことになるんだ」と叱られた。

はい。すみません。

今朝審判部に注意されたときのように、師匠に向かって頭を下げる。

「顔上げろ」

言われた通り顔を上げると、「心技体」と書かれた書が見えた。同じものが稽古場の上がり座敷にも飾ってあるが、師匠の知り合いの書道家の作品らしい。

「心技体」の文字を篤が目にしたことがわかっているのか、師匠は「力士は、心技体揃ってようやく一人前と言われるが、技でも体でもなく、心が一番大事なんだ。心を強く持っていなければ、技も身につかないし、丈夫な体も出来上がらない」と話を続けた。

突然話題が変わったことに戸惑いつつ、はいと頷く。

「呼出のお前には心技体の体はまあ、そんなに関係ないけれど、それでも心が大事ってのは力士と変わんねえぞ。自分の仕事をしっかりやろうと思わなければ、いつまでたっても半人前のままだ。お前だって、できないことを叱られ続けるのは嫌だろう」

はいと弱々しく返事をすると、師匠は語気を強めて篤に言い聞かせた。

「だったら、自分がどうすべきかちゃんと考えろ」

黒々とした大銀杏《おおいちょう》が結わえられていた現役時代に比べ、今の師匠は髪の毛がずいぶん薄い。加齢で顔の皮膚もたるんでいる。しかし、いつぞやインターネットで見た若かりし頃の写真と同様に、師匠の目には人を黙らせるほどの強い光があった。

何度目かのはい、という返事を口にすると、師匠の話が終わった。

師匠の自室を出て、一階まで降りると、篤は廊下の一番奥にある物置へ向かった。念のため、まわりに誰もいないのを確認する。

扉を閉めると、何も持っていない右手を胸の前でかざした。

ひがああしいいーー　はああたあああのおおおーーー……

にいいいしいいいいーーー……

息を継ぐ合間に、扉を叩く音が聞こえた。

「篤、そこにいるんだろ」

声がするのとほぼ同時に、扉が開いた。扉の外にいたのは坂口さんだった。手には、ミルクティーのペットボトル。二十四時間ほど前にも見た、デジャヴのような光景だ。

「ほれ、差し入れ。お前、昨日もの欲しそうな顔してたから買ってきてやったんだぞ。感謝しろよ」

坂口さんがぶっきらぼうに言ってペットボトルを差し出す。ありがとうございますと軽く頭を下げ、それを受け取った。結局今日はミルクティーを飲み損ねていたので、この差し入れはありがたい。顔を上げると坂口さんと目が合った。

「お前、今日も練習するんだな」

「ああ、はい」

「嫌になんねえの。せっかくやる気出した途端、失敗してめちゃくちゃ怒られて」

さきほどよりも声を落として、坂口さんが尋ねる。

「……なんか失敗したからこそ、やらなきゃいけない気がして」

光太郎と呼ばれた兄弟子の嫌味な口調を思い出すと、胃がきゅっと絞られるように痛む。それでも、進さんが助けてくれた。師匠も、わざわざ篤に話をしてくれた。

明日こそは失敗してはいけない。そう自分に言い聞かせ、篤は物置に籠った。

「まあそうだよな」

坂口さんは頭を掻《か》くと、もしも、と言葉を続けた。

「お前が昨日の一回きりで練習やめてたら、俺も今日普通にゲームしてたかもしれない」

え？　と聞き返すと坂口さんは遠くをちらりと見て、重々しく口を開いた。

「俺、一緒にトレーニングしたいって武藤に言おうと思う」

坂口さんの視線の先には、電気のついた一室があった。武藤さんが毎晩籠っているトレーニングルームだ。あの部屋で、武藤さんは今もダンベルを持ち上げているのだろう。

「そうなんすか」

坂口さんは真剣な目をしていたのに、ありきたりな相づちしか打てなかった。兄弟子としてのプライドをいったん捨て、弟弟子と一緒にトレーニングをしようと決意するまでに、当然葛藤があったはずだ。その葛藤は、きっと坂口さんにしかわからない。

「あ、俺のこと見直しただろ？　差し入れも買ってきてやったし、ちゃんと俺を敬《うやま》えよ」

わざとらしく口を尖《とが》らせ、坂口さんが篤の肩をつつく。坂口さんの葛藤はわからなくても、冗談を言って強がろうとしていることはわかった。

頑張ってくださいと坂口さんを送り出してから、篤はふたたび扉を閉めた。さすがに蒸し暑かったので、もらったミルクティーのボトルを開けた。口に含むと、ほのかな甘さが沁《し》みわたった。三分の一ほどを飲むと、また、ひがあああしいいいーー、と何度も繰り返した。

秋場所の三日目は前相撲《まえ》から始まった。

前相撲では、新弟子検査に合格したばかりの力士と、怪我《けが》などで長期間休場し、番付外に転落した力士が土俵に上がる。最初の一番こそ通常の呼び上げを行うが、その後は東方と西方に分かれて二人の呼出が呼び上げを担当する。しかも白扇を持たず、ただ土俵下に立って声を張り上げるだけなので、他の取組とはずいぶん勝手が違う。

前相撲の呼び上げは通常、何年かキャリアのある呼出が担当するので、篤は土俵のそばで控えているだけだった。先場所も見たはずの光景だが、直之さんや他の呼出が自分よりも先に声を発するのを、新鮮な気分で眺めた。

今場所は番付外に落ちた力士がおらず、新弟子も四名と少なかった。あっという間に前相撲が終了し、序ノ口の一番が始まった。

いつもと同じように、拍子木がカンカンと場内に響く。ただ、昨日までとは違い、篤はしっかりとした足取りで土俵に上がっていった。

ふいに篤の呼び上げを下手だと笑った客の声、光太郎と呼ばれた兄弟子の冷ややかに笑う顔が脳裏に浮かびそうになる。それらを振り払うように、見てろよと心の中で呟いた。

真っ白な扇を広げて東側を向き、腹から声を出すべく、篤は大きく息を吸った。

九州場所

ぺたん、ぺたんと土の塊《かたまり》を叩く音がする。朝から土を運んだり、叩き固めたりしているせいで、腕が重くしびれて感覚がなくなってきている。今朝出勤したときは寒かったのに、動き続けて体があたたまったのか、今はTシャツ一枚でも暑く感じるほどだ。背中や額にも、汗が滲む。いくら手を動かしても作業の終わりはいっこうに見えず、小さくため息をつくと、「なにこれくらいでバテてんだ。土俵はまだまだ完成してねえぞ」と怒声が飛んだ。

角界では本場所が行われるごとに、新たに土俵をつくる。その土俵づくりも、呼出が担《にな》っている。今週末に九州場所の初日を控え、今日から土俵築《どひょうつき》と呼ばれる土俵づくりの作業が始まった。呼出総出でおよそ三日間かけて行う土俵築は、大変な重労働だ。

今日は朝一番から土を運び出し、水を撒《ま》きながら土を盛り、土俵の形をつくっていった。土俵らしき土台ができ、今はタコやタタキと呼ばれる道具で土を叩き補強をしているところだ。タコとは円柱の形をした木材に二本ないしは四本の柄《え》がついた道具のことで、一人もしくは複数人で持ち上げ、落として使う。タタキはブロックのような木材に柄がついたもので、振り下ろして土を固めるが、こちらは一人で使う道具である。篤は兄弟子たちと一緒にタコで土俵を叩いていたが、重いタコを垂直に落とすことは案外難しい。それにこの作業は、兄弟子たちと息を合わせなければならない。

体力だけでなく神経も消耗する土俵築の日は、作業中に座り込みそうになるくらい、毎回疲れ切ってしまう。部屋の土俵も東京場所ごとにつくり直しているので土俵築は過去にも何度か行っていたが、未だに慣れる気配はない。

「ほら、直之を見てみろよ」

一緒にタコを持っていた兄弟子が正面の土俵下に目を向けた。

見ると、直之さんはしゃがみこみ、黙々とタタキで土俵の側面を固めていた。暑かったのか、直之さんも黒いTシャツ一枚になっていた。一定のリズムで振り下ろされる直之さんの腕には、ゆるやかに筋肉が盛り上がっている。その瘤《こぶ》は、相撲ファンの女性たちに「かわいい」と言われる、小柄で童顔の見た目に似合わない気もするが、土俵築の大変さを思えば筋肉がつくのは当然のことかもしれない。

「おい、休んでないでとっとと手ぇ動かせ」

しばらく手を止めてしまっていたので、いつの間にか進さんが横に立ち、作業を再開するよう促してきた。タタキを持った進さんの腕は日に焼けていて、やはり固そうな筋肉がついている。周りを見回しても、何本もの似たような腕が土俵を固めていた。筋肉で覆われた腕は、まるで土俵築を重ねた呼出の勲章のように見えた。一方で篤の腕はまだ、棒切れのように細い。

いつか俺も、あんな腕になるんだろうか。土俵築も、バテずにこなせるようになるんだろうか。

土俵を叩くたび、どしんとした振動が伝わり、しびれた腕が震えそうになる。疲れ切って頭まで重くなり始めていたが、それでも篤は必死に腕を上下し続けた。

十五時に一日の作業が終わり、宿舎として借りている一軒家に戻ると、おかみさんとは違う、中年くらいの女性の声が聞こえてきた。玄関にも黒の小さなパンプスが、きっちり並べられていた。

どうやら先週に続き宮川さんの母、悦子《えつこ》さんが来ているらしい。

宮川さんの実家は福岡市の隣の大野城市《おおのじょうし》にある。そのため、悦子さんが場所前によくやって来るそうだ。

篤が居間に入ると、悦子さんは料理の入ったタッパーをちゃんこ長の山岸さんに手渡していた。山岸さんは、いつもありがとうございます、助かります、と丁重にそれを受け取った。

篤がこんにちはと挨拶すると、宮川さんが先に口を挟んだ。

「もう帰るけどな。昼前から来てるし、長居しすぎなんだよ」

そう憎まれ口を叩く顔は、少し頬が緩んでいた。

「こんなにおじゃましちゃって、ごめんなさい。あ、そうだ。筑前煮、少し味が濃かったかもしれないから、手間だけどお出汁を足してもう一回煮て、味を調節してくれたら」

「もう、わかったからいいって。ほら、靴はいて」

申し訳なさそうな顔をする悦子さんに、宮川さんは早く帰るように促す。言葉遣いに品があって、物腰の柔らかい悦子さんは篤からしたら「ちゃんとした大人の人」だ。しかも小柄なので宮川さんのお母さんだとは、にわかに信じがたい。ただ、よく見ると宮川さんと悦子さんは、目尻が垂れ気味なところや口が小さいところが似ている。そして何より、悦子さんが来て嬉しそうな、照れているような宮川さんの顔を見ると、二人は親子なんだなとはっきり思う。

筑前煮はほんのり甘くて優しい味がした。宮川さんは「俺、これあんまり好きじゃないんだよな」と言いつつ誰よりも箸をのばしていて、小早川さんから「じゃあ食うなよ」と呆れられていた。

その様子を見て坂口さんも、「凌平はマザコンだからなー」と楽しそうに言い、宮川さんは「違います！」と即座に否定した。

宮川さんと同期入門の柏木さんの話によると、宮川さんは母子家庭で育ったらしい。小学生のときから柔道を習っていたが、母に苦労をかけさせまいと相撲に転向し、高校卒業と同時に角界入りしたそうだ。

しかし新弟子のときはホームシックで、何かと用事をこしらえ、週二のペースでお母さんに電話していたと聞いたときは、思わず篤も笑ってしまった。

宮川さんはマザコンであることを否定していたが、柏木さんの話を聞く限り、「お母さん思い」と「マザコン」は紙一重だなと篤は思う。嬉しさを隠しきれずに悦子さんを迎える宮川さんは微笑《ほほえ》ましくもあったが、その姿を見ても、篤は自分の母親を思い浮かべる気にはなれなかった。

呼び上げの練習は、今も時々行っていた。物置で声を出していたので、兄弟子たちには練習していることが早々にバレた。今では「せっかくなら俺のことも呼んでよ」と、宮川さんたちも練習に協力してくれる。もっとも、自分の四股名に続き幕内で活躍する関取の四股名も呼ばせ、あたかもその関取と対戦しているかのような気分を味わうのが、宮川さんたちの真の目的らしい。
ひがあああしいいーーー　みやああーーがあわあーーー
にいいいしいいーーー　あおばーーうううみいいいーーー
今日もちゃんこが終わってから、大部屋で坂口さんや宮川さんに囲まれ、四股名を呼び上げた。最初、兄弟子たちの前で呼び上げをするのは気恥ずかしくもあったけれど、今は慣れた。今日の宮川さんの仮想対戦相手は、最近めきめき力をつけているという学生相撲出身の力士だ。

序二段の宮川さんもこの大卒の関取も、普段篤が呼び上げることはない。だから練習になるのかは疑問だが、満足そうな宮川さんを見ると、まあいいかという気になってしまう。

「あー、俺も関取と対戦してみてえなー」

篤の呼び上げを聞いて、宮川さんがごろんと横になる。

「お前、そう言ってるそばからゴロゴロしてんじゃねえよ」と坂口さんは突っ込みを入れ、思い出したように顔をしかめた。

「でも俺こないだ元関取と対戦あったけど、めちゃくちゃ強かった。当たっても岩みたいに、びくともしねえの。あんな強くて、なんで幕下にいんの？　って思った」

「いいじゃないっすか。序二段に元関取なんていないから、関取経験者と当たるだけでも羨ましいです」

「まあなー。でも、次は俺も勝ちたいわー。善治《よしはる》みたいに」

坂口さんも、秋場所中に始めた武藤さんとのトレーニングを今も続けていた。その甲斐《かい》あってか、先場所は四勝三敗で勝ち越した。今場所は西幕下の四十六枚目と、番付が少しだけ上がった。そればかりか、坂口さんは武藤さんのことを「善治」と名前で呼ぶようになった。稽古場では相変わらず武藤さんに負けてばかりだが、悔しそうな顔をすることも減った気がする。二人の間でどんなやり取りが行われているかは知らないが、トレーニングの成果は番付が上がったことだけではないようだ。

いつもならば、二人はちゃんこ後にトレーニングを行う。しかし今日の武藤さんは珍しく微熱があるとのことで、トレーニングはせずに早く寝てしまった。

坂口さんも一人でトレーニングをすればいいものを、「善治が休んでるから、俺も休む」と高らかに宣言して、今日はこうして宮川さんと一緒に篤の練習に付き合っている。武藤さんと一緒のときは熱心にトレーニングをしているようだが、今日に限らず、たまに理由をつけてサボっているので、そこが坂口さんらしいなと篤は思う。

「坂口さん今場所番付上がったし、また関取だった人とも当たりそうですけどね。ってか、もう次の日曜から場所って早くないっすか」

「そうだなー。お前、お母さんも場所来るんだろ？　何日目？」

「七日目と中日《なかび》です」

まだ土俵は出来上がっていないが、坂口さんと宮川さんの会話で、場所がもうすぐであることを思い出した。明日も、朝一番から土俵築の仕事がある。その土俵築が終わったらすぐに本場所が始まり、十五連勤の日々が幕を開ける。そう考えると、急に昼間の疲れがぶり返してきた。坂口さんと宮川さんがすっかり話し込んでいるので、篤は二人の元を去ろうとした。ところが結局、宮川さんに「待てよ。もっかい俺の四股名呼んで。今度の相手は大関な」と引き留められ、ますます疲れが増した。


昨日の作業で土俵の土台は出来上がっていたが、呼出たちの肉体労働はまだ続く。

今日の篤は、勝負俵《しょうぶだわら》を埋めるための溝をスコップで掘っていた。勝負俵とは土俵上に円を描くように埋め込まれた俵のことだ。相撲のルールとして、足裏以外の体の一部が土俵につくか、もしくは相手より先に勝負俵の外に出た場合、負けとなる。土俵築は一見地味な作業の連続だが、どの工程も力士たちが相撲を取る上で必要なものばかりだ。筋肉痛で悲鳴をあげる腕を必死に動かしながら、篤は黙々と溝をつくっていった。溝を掘り終えるとそこに俵をあてがい、ビール瓶で叩いて俵を埋め込んだ。

その後もひたすら溝を掘り、勝負俵以外の俵も埋めていくと、本場所で見るのとほとんど変わらない土俵が姿を現した。

この日も兄弟子たちに「手を休めない」だの「もっと強く叩け」だのと叱責されながら、一日の作業を終えた。

次の日は、力士たちが上り下りするための段や、力水《ちからみず》を流すためのはけ口を土俵に刻んだ。それが終わると、兄弟子たちと一緒に土俵の表面をこてで磨き上げた。一心不乱に磨き続けると、土俵はチョコレートに似たなめらかな光沢を帯び始めた。

ここまで来たら、いよいよ総仕上げの作業となる。吊り屋根を土俵すれすれの位置まで降ろし、四隅にそれぞれ青、白、赤、黒の房を取り付ける。房を付けたら、ワイヤーで吊り屋根を持ち上げ、位置を調節する。土俵には、白色のエナメルペンキで二本の仕切り線が刻まれた。

最後に三役呼出がもう一度こてで周りを磨き、ようやく土俵が完成した。すべての作業が終わったときには、みながわっと喜びの声をあげた。直之さんも、ぴかぴかに磨かれた土俵やしっかりと埋め込まれた固そうな俵を見て、満足げに鼻の穴を膨らませていた。


土俵をつくっているときは暑く感じたが、外に出ると冷たい風がびゅうびゅう吹いていて寒かった。九州場所の会場は博多駅から少し離れているので、バスで行き来する必要がある。作業を終えたあと、篤は冷えた指先をこすりながら直之さんと二人でバスを待っていた。

篤の朝霧部屋も、直之さんの所属する白波部屋も、宿舎へ帰るときは博多駅を経由する。そのため、九州場所も帰るときは直之さんと一緒だ。

「さすがに疲れたな」

バスが到着するまであと二分というところで、直之さんがぽつりと呟いた。直之さんは普段弱音を吐かないので、珍しいことだった。三日間、ほとんど動きっぱなしなので、直之さんの目にも疲労の色が浮かんでいた。

「そうっすね。なんか、三日間なのに長かったですよね」

「だな。場所はもっと長いけど、ここまで体力使わないもんな」

直之さんは、秋場所後に十八歳の誕生日を迎えた。さらに最近、坊主頭をやめて髪を伸ばし始めた。「十八になったし、イメチェンしてみたくなって」と言っていたが、篤は直之さんが少し羨ましかった。髪が短いと今の時期は余計に寒く感じるし、そもそもこの髪型にしたのも、入門前に「呼出」で画像検索したらやたら坊主頭が出てきて、頭を丸めなければいけないと思ったからだ。実際そんな決まりはなかったが坊主率が高いのは事実なので、兄弟子の目を気にして、未だに髪を伸ばせずにいる。

まだ短いものの、伸びかけの髪を立てている直之さんは、今までよりずっと大人びて見えた。新しい髪型は似合っていたが、年齢も見た目も着実に大人に近づいていていて、ますます自分とは違う存在になってしまった気がした。

でも、直之さんも俺と同じで、土俵築の日は疲れるんだな。

そんな小さなことにほっとしつつ、篤は自分より低い位置にあるつむじを眺めていた。

博多駅行きのバスは予定の時間より三分遅れてやって来た。暖房がよく効いたバスに二人でいそいそと乗り込み、また場所後に遊びに行く約束をして、直之さんとは博多駅で別れた。

九州場所の初日を翌日に控えた土曜日、土俵祭《どひょうまつり》が行われた。

土俵祭とは、土俵の無事を祈願し、神様を迎える儀式のことだ。まず装束を着た脇行司と立《たて》行司が順に土俵に上がり、祝詞《のりと》を述べる。土俵には祭壇が置かれ、いかにも厳かな雰囲気の中、式は進行していく。

土俵祭が終盤に差し掛かると、鎮《しず》め物と呼ばれるお供え物を土俵に埋める儀式に入った。土俵築の際、土俵の真ん中に十五センチ平方の穴をあけていたが、立行司と脇行司がその穴の中に勝栗《かちぐり》など、縁起物とされる六つのお供え物を入れていく。その後はそこに御神酒《おみき》を注ぎ、穴を埋めた。

土俵には神様が宿っている。入門したばかりの頃、兄弟子たちからそう教えられた。自分たちで一から土俵をつくっていただけに、数日前はただの土の塊だったものに神様が宿るというのは、どうも信じがたい。それでも静粛に執り行われる一連の儀式を見ると、不思議とすがすがしい気分になった。

立行司が徳俵《とくだわら》に献酒をし、脇行司が土俵祭に参列している三役以上の力士や親方衆にも御神酒を捧げると、呼出たちによる触れ太鼓の番がやって来た。

大相撲の興行を行うのに欠かせない道具はいくつかあるが、太鼓もそのうちの一つだ。

本場所の前日、明日から相撲が始まると知らせる触れ太鼓。本場所中、朝一番に打ち鳴らされる寄せ太鼓。初日から十四日目までの間、すべての取組が終わったあとに響く跳ね太鼓。これらの太鼓を叩くのも、呼出の仕事とされている。

触れ太鼓は通常、街や相撲部屋をまわりながら叩かれる。新弟子は参加できないが、土俵祭の際は例外として、篤も触れ太鼓の班に参加していた。

土俵祭では、太鼓を括《くく》りつけた棒を兄弟子たちと担ぎ、土俵の周りを三周する。棒を担ぐほかに太鼓を叩く役もあるので、一班につき四人の呼出が駆り出される。それが二班あり、篤たちは前を歩いていた。

太鼓を叩く呼出や、後ろを歩く兄弟子たちと歩調を合わせてまわるのは、想像以上に神経を使う。しかも失敗が許されない場面なのだから、なおさらだ。

真横で聞こえる、トトントントンという軽やかな音に緊張を煽《あお》られながら、篤はゆっくり歩を進めていった。


九州場所の初日は、雨だった。バスから降りた瞬間、白く重たげな空からぱらぱらと雨粒が降ってきた。傘を忘れてしまったので、篤は急いで会場に入ろうと駆け足になった。バス停から会場までは駆け足で行けば三十秒程度の距離だったが、そのわずかな間にも雨脚は一気に強くなり、会場入りしたときには、地面を叩きつけるような雨音が響きはじめた。

「やべーよ。外すげえ雨」

たっつけ袴に着替えていると、ずぶぬれになった兄弟子が出勤してきた。どうやら彼も傘を持っていなかったらしく、前髪から水滴がぽたぽた滴り落ちている。大変でしたねと篤がタオルを差し出すと「それなー。朝出たときは曇りだったのに。こんなに雨降るとは思わなかった」と兄弟子はげんなりした顔で、ごしごしと髪を拭いた。

雨はまだ降り止まず、窓の外に目を向けた瞬間、まばゆい閃光《せんこう》が走った。それからすぐに、食器棚をひっくり返したような大きな音をたてて、雷が落ちた。窓を叩く雨音もいっそう強くなり、篤は思わず身をすくめた。

八時になると、トトントントンと、軽やかな音が場内に響き始めた。寄せ太鼓の音だ。普段、寄せ太鼓は外に設置された櫓《やぐら》の上で叩かれる。雨天の場合は会場の軒下に場所を移して叩くことになっているので、雨の日だけは場内にいても太鼓の音を聞くことができる。

入門時に受けた研修や、以前参加した巡業でも太鼓の実演があったので、音自体には馴染みがあった。それに寄せ太鼓は触れ太鼓と節回しが同じなので、昨日も聞いたようなものだ。しかし朝一番に鳴る、本物の寄せ太鼓は今日初めて聞いた。先場所も先々場所も晴れの日ばかりだったので、今までは聞く機会がなかったのだ。

トトントントン、トントントトトン。ストトントントン。

太鼓が打ち鳴らされている場所から数十メートルは離れているはずだが、その音ははっきりと聞こえる。軽快なのに、リズムはかなり複雑だ。

まだ本格的な指導は受けていないが、いずれは篤も太鼓の稽古を始める。最初は寄せ太鼓の打ち方から教えられるそうだが、今鳴っている音を聞いても、自分にもできそうだとは、到底思えない。しかも寄せ太鼓は八時から三十分間、絶え間なく叩かれる。技術を習得するばかりか延々と叩き続けるのだから、余計にハードルが高いと感じる。

俺ほんとに呼出やっていけんのかなあ。土俵築ですら、まだこなせてないのに。

ため息をつきかけたが、兄弟子たちの顔が目に留まり、すんでのところでこらえた。初日だからなのか、取組開始を待つ兄弟子たちの顔はいつになく引き締まっていた。こんなところでため息をついたら、きっとまた叱られる。

やがて寄せ太鼓の音が止み、審判部の親方衆が入場してきた。いつものように場内が静まり、拍子木の音が響く。先を考えると気が遠くなるが、それでも今は、とにかく呼び上げに集中しなければばならない。

篤はひとつ深呼吸をし、まっさらな土俵に足を踏み入れた。

初日の土俵は滞りなく進行していったが、幕下上位五番の取組に入った直後、不運な出来事に見舞われた。

そのとき東方には、体重百五十キロくらいの力士が上がっていた。一方の西方はさらに四十キロほど軽そうな、細身の体型だった。

行司の軍配が返ると、東方がどんどん前に突っ張った。西方はその突きをこらえて押し返そうとするが、じりじりと後退していき、最後に東方が放ったひと突きで、土俵の外に落とされ、倒れ込んだ。

西方の力士は倒れたまま、しばらく立ち上がることができなかった。観客のざわざわした声が次第に大きくなり、会場の空気が重く淀《よど》み始めた。相手の力士も心配そうに土俵に立ち尽くしていたが、行司に促され、東方に戻って勝ち名乗りを受けた。呼出や若者頭《わかいものがしら》たちがすっ飛んできて、西方力士の体を起こす。花道の奥からは、力士が座れる大型の車椅子が運び込まれ、西方を乗せて下がっていった。

力士が負傷するところを見るのは、別に初めてのことではない。しかし何度こんな場面に遭遇しても、力士の丸まった背中、ほんの一瞬で重くなる場内の空気に、毎回胸が潰れそうになる。身ひとつでぶつかり合う以上、力士たちに怪我はつきものだとわかっていても、できることならこんな場面は見たくない。

土俵の上では、何事もなかったかのように次の取組が進行していた。

続く一番は、両者が組み合い、膠着《こうちゃく》状態の末に、西方の力士が下手《したて》投《な》げを打った。二分を超える相撲だったので、会場は大いに沸いた。この一番で場内の不穏な空気はすっかり晴れたようで、じきにそれぞれの力士を応援する声が飛び交いはじめた。

元の空気に戻った会場が、ふたたびざわめきに包まれたのは、それからおよそ一時間後のことだった。十両の取組が終盤に差しかかったところでまた一人、怪我人が出たのだ。

怪我をしたのは長身の、まだ若そうな力士だった。対戦相手の投げをくらい、土俵下に転がり落ちたときに痛めたのか、左膝を押さえていた。さきほどと同じように、負けた力士は土俵下にうずくまり、車椅子で運ばれるまで動くことができなかった。空席が埋まり始めたぶん、観客の悲鳴のような声はいっそう大きく感じられた。車椅子に乗せられ花道を下がるとき、怪我をした力士は、絶望しきった目をしていた。その色を失った目は、篤の脳裏に強く焼き付いた。

「今場所呪われてるな。今日の大雨はその予兆だったんじゃないか」

「こんなに怪我人が出るとか、土俵になんか問題でもあるのかもしれないなあ」

花道近くのマス席に座り、ビール片手に観戦していた中年男性の一行《いっこう》が好き勝手に喋っているのが聞こえた。

「問題がある」って、この土俵は俺たちが必死でつくったんだよ。そもそも、人が怪我したことを茶化すんじゃねえよ。

腹を立てながらその戯言《ざれごと》を聞いていたけれど、短い間に二人もの力士が車椅子で運ばれたのは偶然とはいえ、どうにも不吉な予感がしてならなかった。

朝霧部屋の宿舎には、各力士の四股名と、勝敗を白と黒の丸で表した星取表が貼り出されている。九州場所の四日目を終え、黒丸が二つ、あるいは白と黒の丸が一つずつ並ぶ成績の中で、一人だけ白い丸を二つ重ねた力士がいた。宮川さんだ。今場所は東の序二段四十一枚目と少し番付を下げていたが、順調な滑り出しを果たしていた。

この日も宮川さんは篤の呼び上げの練習に付き合っていたが、それが終わるとすぐ「俺、今日はもう寝るわ」と腰を上げた。

「もう寝るんすか？」

一緒に練習を見ていた柏木さんが、意外そうに尋ねる。いつもの宮川さんなら篤の練習が終わったあと、年末に観に行く予定のＲＩＺＩＮ《ライジン》の試合がいかに楽しみか、延々と語っているのだ。

「ああ。お前も明日取組があるんだからとっとと寝ろよ。篤だって、朝早いだろ」

そう言って宮川さんは寝室へ消えて行った。思わず篤と柏木さんは顔を見合わせる。

「珍しいっすね、宮川さんが早く寝るなんて」

「だな。今場所、凌平さん気合入ってるからな」

番付発表直後、宮川さんはいつになく積極的に稽古に励んでいた。申し合いで三十番以上相撲を取り、武藤さんにも胸を借りた。一番も勝てず見事に転がされ、背中は土で真っ黒になっていたが、宮川さんは何度も武藤さんにぶつかっていった。

普段の稽古で宮川さんが相撲を取るのは十番ほどで、相手も柏木さんか、たまに坂口さんと取るくらいなのに、今場所は目の色が違っていた。師匠も「あいつ、毎場所九州場所だったらいいのになあ」とぼやいていたほどだ。

「地元だし、七日目と中日にお母さんが観に来るっていうから。明日と次も勝ってお母さんにいいところ見せたいんでしょ」

たしかに今、宮川さんは二連勝だ。このまま白星を積み重ねて、お母さんに勝ち越すところを見せたいと思うのは当然だろう。

「じゃあ俺も寝るわ」

柏木さんも立ち上がり、大部屋に一人残され手持ち無沙汰になったので、この日は篤も早めに床についた。


九州場所の初日以降はぐずついた天気が続いていたが、五日目の朝は今までの天候が嘘のように、雲一つない青空が広がっていた。久々に青く澄み渡った空を見て、会場に向かう篤はすがすがしさすら感じていた。

昨日早めに寝たおかげで、この日はいつもより声を出しやすかった。山岸さん、小早川さんと二人続いて部屋の兄弟子が相撲を取ったが、どちらも白星を手にした。気分良く土俵上の進行を眺めていると、宮川さんが土俵に上がった。

宮川さんは今日勝てば三連勝だ。対戦相手は宮川さんよりも少しだけ細かった。ただ、遠くから見ても相手の筋肉質なふくらはぎは目立っていて、細いわりには屈強そうな印象を与えていた。

両者が土俵に手をつき、はっけよーいっ、と行司の軍配が返った。

対戦相手が立ち合いで鋭く踏み込んだのに対して、宮川さんはやや立ち遅れたように見えた。しめたと言わんばかりに相手はどんどん腕を伸ばし、宮川さんを思いっきり押していった。追い詰められた宮川さんは、せめてもの抵抗で俵に右足をかけて踏ん張ったが、相手にのど輪で押されると、土俵上に崩れ落ちた。

どすんと重く、鈍い音が響く。その瞬間、会場がしんと静まり返った。

篤が見た限り、押し倒される直前、宮川さんの右足は弓のようにしなっていた。すぐさま行司が相手の方に軍配を上げたが、宮川さんは土俵上に仰向《あおむ》けになり、右膝を曲げたまま動くことができなかった。倒れる直前の足の曲がり方からして、ただの怪我ではないことは明白だった。

場内から音が消えたのはほんの一瞬で、すぐさま客が悲鳴や心配そうな声をあげたはずだった。しかし篤の耳には、何も聞こえなかった。ただ、顔から血の気が引いていくことだけは、はっきりと感じた。

なんで。なんで宮川さんがこんな目に遭うんだ。あんなに場所前、張り切っていたのに。なんでよりによってこのタイミングなんだ。今度、お母さんが観に来るっていうのに。お母さんの前で勝つところを見せたかっただろうに。

「なんで」ばかりが頭に浮かび、気づくと手が震えていた。例のごとく、大型の車椅子が出動してきた。若者頭たちの手によって宮川さんは土俵から下ろされ、車椅子に乗せられた。

車椅子が花道を下がる瞬間、宮川さんはうつむいて顔を上げようとしなかった。篤も宮川さんを直視できなかった。土俵には塩が撒かれ、ただちに掃き整えられた。やはり宮川さんの怪我などなかったかのように、そのまま次の一番へ移っていった。


宮川さんはあのあとすぐ医務室に運ばれ、応急処置を受けて、いったん朝霧部屋の宿舎へ戻ってきたらしい。部屋の兄弟子たちからのＬＩＮＥにはそう書いてあった。

入院と手術は避けられないということで、明日の朝に帰京し、病院で検査を受けるそうだ。当然、次の一番からは休場となる。

宮川さんは大部屋の奥で、ぶ厚いサポーターで覆われた右足を投げ出して座っていた。

「おお、おかえり」

いつものように「おかえり」と言ってくれたが、その声には張りがなかった。

「……ただいま戻りました」

宮川さんは自身の右足に巻かれたサポーターに目を落とし、「もう、ＲＩＺＩＮ観に行けねえかもな」と言ってへらりと笑った。

笑ってはいたけれど、それが強がりであることはすぐわかった。無理やり顔に力を入れて笑っていたからだ。篤はただ、困ったことがあったら言ってくださいとしか言えなかった。

その後宮川さんは篤と柏木さんに支えられて寝室に移動し、早くに床についた。この日は篤も呼び上げの練習に身が入らず、前日と同じく、早めに寝ることにした。

眠りについて何時間か経った頃、ふいに篤は目を覚ました。喉が渇いていたので水を飲むため起き上がろうとしたところ、虫の羽音より少し大きいくらいの、かすかな声が聞こえてきた。

相撲部屋は力士のいびきがうるさいとよく言われるが、朝霧部屋の寝室はいつも静かだ。いびきを改善するマスクを導入しているため、夜中に目を覚ますことはあっても、物音を聞いたことはほとんどなかった。

最初は心霊現象かと思い、慌てて布団を被《かぶ》ろうとしたが、寝ぼけていた脳が次第に起きだしてきて、それが宮川さんの泣き声であることに気づいた。極力声を漏らすまいとタオルか何かを口にあてているのだろう。しゃくりあげるような嗚咽《おえつ》がわずかに聞こえ、その中に時々、ずるっと鼻水をすすり上げる音が混じる。

昔もこんな風に、誰かの泣き声を聞いたことがある。しばらく考えて、思い出した。篤が高校を中退して間もない頃に毎晩漏れ聞こえていた、母の泣き声だ。

篤の母と宮川さんは、年齢も性別も違うのでその泣き声はまったく似ていない。それなのに、どちらの泣き声もひどく篤の心をかき乱した。

宮川さんと篤以外はみな、寝入っているようだ。水を飲むのは諦め、篤はただ目を瞑《つぶ》って、寝ているふりをした。宮川さんの泣き声はその後も続き、十五分ほど経ったところで、ようやく声が止んだ。おそらく宮川さんも、ふたたび眠りについたのだろう。しかし篤の目と頭はすっかり冴えてしまい、しばらく寝付くことができなかった。宮川さんの母、悦子さんも息子の怪我のことはきっとすでに聞きつけているはずだ。悦子さんも今頃、眠れずに過ごしているのだろうかと思いながら、何度も寝返りを打った。


篤がいつも通り五時に起きると、宮川さんもすでに起きていた。八時半に後援者が迎えに来て空港に送ってくれる予定だというから、もう少しゆっくりしていてもいいはずなのに。

「なんかいつもの癖で早く起きちまった」と宮川さんは言うが、目の下には青々としたクマができていて、昨日あまり眠れなかったことは一目瞭然だった。しかし、篤は決してそのことには触れなかった。

兄弟子たちも全員、五時半には起き出していた。

山岸さんは「引退した兄弟子がお世話になってたんだけど、あの病院の先生は腕がいいから」と宮川さんを励ましていた。他の兄弟子たちも、それぞれ宮川さんを労《いたわ》っていた。

時間はなかったが篤も「お大事にしてください」と宮川さんに別れを告げ、部屋を出た。

宮川さんは、おう、と少し笑っていた。無理に笑わなくてもいいのに、宮川さんはこういうところが優しい。

九州場所後、篤は巡業に参加するので、東京に戻るのは十二月の中旬だ。

せめて一ヶ月後、東京に戻ったときには少しでも宮川さんの怪我の状態がよくなっていますように。そう祈りながら、篤は九州場所の会場へ向かうバスに乗り込んだ。


「うわ、ひっでークマ。お前ちゃんと寝てんの？」

篤を見るなり、直之さんは呆れた顔をした。顔を洗ったときは鏡をよく見ていなかったので、クマができていたことに気づかなかった。夜中に目を覚ましたあとなかなか寝付けなかったので当然と言えば当然だが、クマを見て宮川さんも篤が起きていたことに気づいたかもしれない。

昨日あんまり寝れなかったんで、と答えると、体調管理はしっかりしろよ、とたしなめられた。

睡眠不足のせいか、この日の篤は散々だった。最初から二番目の呼び上げで白扇を着物の帯にしまうとき、手が滑って扇を落としそうになった。なんとか空中でキャッチできたものの、次の一番では声が裏返った。それから何度も、声が裏返った。最後の三番に至っては連続だった。案の定、土俵下に控える審判部の親方から注意を食らった。先場所のように審判部全員に頭を下げると、退場するとき、くすくす笑う観客の声が聞こえた。

呼出の控室は暖房が効いていて、今日のように寝不足の日は、座っているだけで頭がボーッとする。ここにいたらうっかり寝てしまいそうになるので、篤は二階の外にある喫煙スペースに出て休むことにした。未成年なので当然煙草《たばこ》は吸わないが、ぬくぬくした控室にいるよりは、外の空気に触れた方がいいと思ったのだ。

喫煙スペースには、誰もいなかった。しばらく風にあたっていたが、外の空気は湿り気を含んでいて肌に冷たく、着物に袴姿では寒くて仕方がなかった。早々に引き上げようとしたとき、喫煙スペースに誰か入ってくるのが見えた。その見覚えのある姿に、篤は身を硬くした。光太郎だ。手には煙草の箱と、ライターが握られていた。光太郎も篤に気づいたらしく、箱から煙草を一本取り出し、にやにやした顔でこちらに近づいてきた。

「なあ、昨日の序二段の大怪我した力士、お前んとこの兄弟子だってな」

「………」

「お前、土俵築のとき、もう疲れましたーって顔して休んでばっかだったな。お前が手ぇ抜いてたから、土俵の神様が怒ってそいつが怪我したんじゃねえの」

大して同情していなそうな、わざとらしい口調で光太郎が「あー、かわいそ」と言い、ライターで煙草に火をつけた。何も言わない篤に業《ごう》を煮やしたのか、光太郎は篤の方を向いて、煙草の煙を吐き出した。喉を刺激する、くすぶった匂いに篤はむせ返る。

「俺が話しかけてるのに無視かよ。ってかお前、こんなとこにいるけどもしかして未成年のくせに煙草吸ってんのか？　とんでもねえ奴だな。お前みたいなのが弟弟子だから、兄弟子もろくな奴じゃないんだろうな。それじゃ、怪我するのも当然か」

光太郎のその言葉に、一気に頭に血が上った。自分はともかく、宮川さんのことをそんな風に貶《けな》される謂《いわ》れはない。何も知らないくせに。

篤は、思わず光太郎の胸ぐらを摑《つか》みそうになった。けれどすんでのところで、伸ばしかけた腕の動きが止まった。憎たらしいとはいえ、自分よりも何年も先に入門した兄弟子に乱暴を働いてしまったら、きっと問題になる。篤はおそらく処分を受ける。宮川さんをかばったつもりでも、そんな結末は宮川さんも望まないだろう。

「……俺のせいでも、宮川さんが悪いわけでもないです。勝手なこと言わないでください」

声が震えそうになるのをこらえ、一言一句、はっきり言い切った。この兄弟子に、敬語を使わないといけないことが煩わしかった。

篤が反論して、光太郎が目を吊り上げたそのとき、別の人間が喫煙スペースに入ってこようとするのが見えた。らくだ色のくたびれたセーターを着た、六十代くらいの男性だった。さすがの光太郎も客の前では暴言を吐かないらしく、「下手くその、役立たずのくせに」と捨て台詞《ぜりふ》を残して、喫煙スペースの奥に消えていった。

光太郎が去ったあと、篤の足は震えていた。寒さのせいだけではなかった。

呼出の控室に戻ると、ちょうど直之さんもいた。あーお疲れ、と篤に声をかけるなり、直之さんは「お前喫煙所行ってたの？」と聞いてきた。どうやら直之さんは鼻がよく利くらしい。光太郎に絡まれたことは言わず、「ちょっと外の空気吸いたくて出たんですけど、近くに煙草吸ってる人がいて。思いっきり煙浴びちゃいました」とごまかすと、直之さんは少し間をあけて、「そうか」と返した。

その後光太郎と近くで審判交代や懸賞旗の準備などを行うことはあっても、この日はもう口を利くことはなかった。


いつものようにバスに乗っていたが、終点の博多駅に着く直前、直之さんが「今日このあと時間ある？」と、篤の袖を引っ張ってきた。部屋に帰れば兄弟子たちが待っているが、急ぐほどの用はない。時間なら大丈夫ですと答えると、直之さんは「じゃあちょっと付き合えよ」とにんまりとした顔で言った。

バスを降りると、先に降りていた直之さんが「こっちこっちー！」と大声をあげていた。

その声がする方に目をやった瞬間、篤は息を呑んだ。

そこにはまばゆいほどの青い光が、一面に広がっていた。

どうやら駅前の一帯に生えているケヤキの木に、青色のＬＥＤ電球がびっしりと施されているようだった。直之さんが手招きをしていたので、篤もそちらへ駆け出す。

近くに寄るとケヤキの木々が、星が無限に広がる夜空みたいに見えた。思わず「うわー……すげえ」と声が漏れる。

直之さんも、「きれいだろ？」と満足げに頷いた。

「博多駅のイルミネーションは、この季節の名物でさ。ちょうど昨日、点灯式だったんだ」

へえ、と相づちを打つ。昨日はたまたま直之さんとは別の便で帰っていたし、宮川さんの怪我でそれどころではなかったので、気づかなかった。

「なあ、ここで写真撮らねえ？」

どうやらイルミネーションの写真を撮るのではなく、イルミネーションの前で記念撮影しないか、という意味のようだ。

すでに直之さんはスマートフォンを取り出していた。断る理由もないので、そのまま篤もカメラに収まる。スマートフォンを顔の斜め上に掲げ、直之さんは慣れた手つきでシャッターボタンを押した。

「お前表情硬いなー。もうちょっと笑えよ」

ほいと直之さんがさきほど撮った写真を見せてくれた。そこには、青く光るイルミネーションをバックに、目を細め口角もきゅっと上がった完璧な笑顔を見せる直之さんと、目は笑っているものの、口元がこわばっている自分が写っていた。昔から篤は、写真撮影で表情をつくるのが苦手だ。

「これ、あとでツイッターにあげよ」

景色だけの写真もSNSにアップしたいらしく、直之さんはケヤキの木をパシャパシャと撮りだした。ついでに、駅前のイルミネーションをすべて見てまわった。駅の真ん中に設置された、巨大な光るクリスマスツリー。その横にたくさん吊り下がる、雪の結晶のかたちをした電飾。どれもきらきらと美しく、篤も何枚も写真を撮った。

写真撮影が終わると、直之さんは篤の方を振り返って、「どうだ？　元気になったか？」と聞いてきた。

え、とスマートフォンをしまおうとしていた手が止まった。イルミネーションを見せてくれたのも、すべて篤を心配してのことだったのか。つい、顔が熱くなる。

「ありがとうございます。……なんか、すいません」

感謝しているのか謝りたいのか、よくわからないことを口にしてしまった。篤のどっちつかずな台詞は気にも留めず、直之さんは「お前元気ないとき、わかりやすすぎるんだよなー。今にも死にそうな、暗い顔してるんだもん」と笑う。

直之さんに指摘され、そんなに俺は感情丸出しで過ごしているのかと、余計に恥ずかしくなる。結局「すいません」をまた言ってしまった。

「俺の部屋は人数多いからさ」

直之さんがいきなり話題を変えたので、なんのことかと一瞬思う。

「三十人くらい力士がいれば、兄弟子が怪我するところもまあ見るんだよ。見たくないけどな。

靭帯《じんたい》やっちゃって、復帰まで一年かかる人もいた。でも、みんな強いんだよ。肉体的なことだけじゃなくて、精神が。だいたいみんな、応援してくれる人のために頑張りたいとか、絶対また相撲取るんだとか思って、一生懸命リハビリして戻ってくるんだ。すげえよ、あの精神力。呼出もまあ大変だけど、力士なんて俺たちの比じゃないって、兄弟子見ると思うんだ。さすが、身ひとつで戦ってるだけあるよ。だから」

そこまで言って、直之さんは一拍、間をあけた。

「お前の兄弟子もそうだよ。絶対戻ってくる。大丈夫」

そう訴える直之さんの口調は力強かった。直之さんが言っていることは、昼間に光太郎が発していた、宮川さんを嘲るような腹立たしい言葉とはまったく正反対だ。大丈夫、と言われて胸が熱くなる。

「直之さん」

「ん？」

「ありがとうございます」

今度はちゃんと、ありがとうございますと言えた。

「まあ、元気になったならよかったよ。じゃあ、そろそろ帰るか」

さきほどよりも大きな声で言い、直之さんがくるりと背を向けて駅の方に歩き出す。

小柄な直之さんは、背中も小さい。それでも直之さんは「兄弟子」なのだった。

直之さんのようになりたい。ふいに、けれども強く、そう思った。呼び上げを失敗しないように。誰かにバカにされないように。ちゃんと人を励ませるように。

宿舎に帰ってすぐ、篤はＬＩＮＥの画面を開いた。

『手術がうまくいくように祈ってます。退院したら、一緒にプロレス観に行って帰りにラーメンでも食べましょう。あと、これはおすそ分けです』

そんな文面とともに、クリスマスツリーと青く光るケヤキの木の写真を宮川さんに送った。

それから連絡したいと思う人がもう一人いた。続けて指先を動かし、文章を打ち込む。

『夜分遅くに申し訳ありません。進さんにお願いがあります』


翌日の休憩時間、篤は会場裏に広がる海の前に立っていた。進さんがここに来るように指定してきたのだ。九州場所の会場の裏には港があり、海を一望できる。昼間の海は、太陽の光を反射して、いっそう青く澄んで見えた。昨日のイルミネーションといい、自分が気づいていないだけできれいな景色はたくさんあるんだなと思いながら、篤は海を見ていた。しばらく海を眺めていると、「すまん、待たせたな」と後ろから声をかけられた。振り向くと、スーツに上等そうなグレーのコートを合わせた進さんが立っていた。

「すみません、急にわがまま言って」

進さんの本来の出勤時間は、今より三十分遅い。早く来てもらったことが申し訳なくて頭を下げると、進さんは首を横に振った。

「いや、いいんだよ。むしろ、お前から呼び上げの練習を見てほしいって言葉を聞けてよかった」

昨日、篤が進さんに送った文章はこうだった。

『夜分遅くに申し訳ありません。進さんにお願いがあります。俺の呼び上げの練習を、もう一度見ていただけませんか？　少しでも上手になりたいんです。無理言ってすみません。お願いします』

返事はすぐに来た。『お安いご用だ』と。それから、昼に会場裏の海の前に来るようにと書かれていた。

「前は基本的なことしか教えてなかったからな。今回はちょっとしたコツを教えてやる」

「はい。ありがとうございます」

進さんが頷いて、「じゃあ始めるか。俺が先に手本を見せるから」と息を吸った。

ひがあぁーーーしいぃいーーーーー　あおばあーーーうううーみいぃいいいーーー
にいぃいいしいぃいいーーーーーー　りゅうせいぃいーーざあぁあんーーーーー
進さんの呼び上げを近くで聞いたのは、入門直後の研修以来だった。

その声は、どこまでも伸びていきそうだった。東方で呼び上げられたのは、以前宮川さんに頼まれて、篤も呼んだことのある力士だ。

しかし篤のときとは全然違った。篤の声が、海に消えていきそうなひ弱な声だとしたら、進さんの声は海の向こう側まで届くような、力強い声だった。

「いいか。一番後ろの、自由席に座っている人にまで聞こえるよう、イメージして声を出せ。具体的に言うと、二階とか三階のお客さんに届くように目線を少し上げるんだ。そうすると自然と喉が開いて、声も出やすくなる。ほら、やってみろ。お前が普段呼び上げてる力士でいいから」

進さんに言われた通り目線を上げ、大きく息を吸う。

ひがあぁーーーしいぃいーーーー　はあぁたあぁあのおおおーーーーー
にいぃいいしいぃいいーーー　たかばあぁあやあぁあしいぃいーーーーーー
第一声の「ひがし」を発音したときから、いつもと違った。普段よりずっと、声を出しやすい。

今までは何かが喉につかえていたのではないかと思うほどだ。息が続くまで声を出すと、篤は進さんの方を振り返った。

「ほんとですね。普段と全然違う」

「そうだろ、そっちの方がやりやすいだろ」と、進さんもにやりとした。

進さんが教えてくれたのは、別に難しいことではなかった。もっと早く、積極的に教えを乞えばよかったとすら思う。

「まあ本当は、節をつけて自分の色を出さなきゃいけないんだけどな。それはひとまず置いといて、今言ったことに気をつけてやってみろ。俺も、何回でも練習見てやるから。そのときは、またここに来い。お客さんや力士も通るから、ちょっと落ち着かないかもしれないけど」

進さんがそう言った途端、岸に泊まっている船から、力士が降りてくるのが見えた。どうやら船で宿舎と会場を行き来する相撲部屋もあるらしい。

「ありがとうございます。もっと練習見てほしいです。だから、またここに来ていいですか」

「おう」

こちらに向かって来た力士たちが、進さんに気づいて会釈をする。たしかに少し落ち着かないが、篤はこの場所がすっかり気に入った。空と海が近いからなのか、身も心も開放的になれる気がした。


夜、宿舎に戻ると、宮川さんからＬＩＮＥが届いていた。宮川さんは「前十字《ぜんじゅうじ》靭帯断裂」と「半月板《はんげつばん》脱臼」と診断され、明日手術を受けるらしい。見るだけで痛そうな文字の羅列に続いて、篤が送ったメッセージへの返信があった。

『イルミネーションきれいだろ？　今年は全然見られなかったから、お前の写真嬉しかった。ありがとうな。手術も頑張ってくるよ。退院したら快気祝いに、プロレスのチケットとラーメン奢《おご》れよ（^^)/』

圧を感じる最後の文はさておき、宮川さんが喜んでくれたようでよかったと、篤は胸を撫でおろした。

翌日、東京に残って宮川さんの手術に付き添っていたおかみさんから、手術が無事に終わったと第一報が届いた。

さらに次の日、『手術終わったーーー!! でも麻酔切れたから、普通に膝めっちゃ痛《いて》えｗｗ』と、宮川さん本人からもメッセージが届いた。それを見て、師匠や兄弟子たちとよかったなあと言いあった。柏木さんは少し目が潤んでいたし、小早川さんも「のんきな文送りやがって」と言いつつ、その口元はしっかりとほころんでいた。


宮川さんの母、悦子さんは十三日目の夜、朝霧部屋の宿舎に顔を出した。どうやら仕事帰りだったらしく、黒のパンツスーツを着ていて、少し疲れているようにも見えた。それでも、篤が出迎えると「師匠はもう帰ってらっしゃる?」と笑顔をつくって聞いてきた。

師匠は居間にいて、ちょうど食事を摂り終えたところだった。夜分遅くにすみませんと挨拶すると、師匠も「いえそんな、お構いなく」と立ち上がった。

「改めて、このたびは凌平がたいへんお世話になりました。おかみさんは、私の代わりに手術に付き添ってくださったそうで。本当にありがとうございました」

そう言って、悦子さんは深々とお辞儀をした。息子が大怪我をしたという、辛《つら》い状況下であってもやはり、礼儀正しい人だ。

「手術の日は、観戦に行くつもりで私も休みを取っていて……だから、予定を変更して東京まで行こうかと、凌平に聞いたんです。そうしたら、あの子に『来ないで』と言われて。あまりにもきっぱり言うものだから、結局その日は、家で何も手につかないまま過ごしました。私は母親なのに、あの子が大変なときに、何もできないで……」

そこまで言うと、悦子さんは突然言葉に詰まった。すると師匠がすぐさま、お母さん、と声をかけた。

「凌平は東京に帰る前、『母さんにこんな姿見せられないです』と言っていました。あいつは、お母さんに心配かけたくなかったんです。それで、手術が終わったとき、うちのかみさんにこう言ったそうです。『俺はまだ起き上がれないので、最初に、母さんに手術終わったよって伝えてくれませんか』と。手術の場にいなくても、あなたは凌平にとって、たった一人の、かけがえのないお母さんなんです。だから、安心してください」

一瞬、悦子さんの肩が小さく上下したように見えた。しかし、その目から涙がこぼれることはなかった。

「でも、お母さんから大事なお子さんをお預かりしている以上、私たちも責任を持って弟子たちを見ています。この相撲の世界にいる間は、私たちも朝霧部屋の子の親です。だから、ご自分を責めないで、もっと私たちを頼ってください」

師匠の言葉を聞いて、悦子さんはまたうやうやしく頭を下げた。

「ありがとうございます。親方にも本当にお世話になっていて、感謝しきれません。迷惑かけてばかりの息子ですが、これからもよろしくお願いします」

本当は、悦子さんもまだ宮川さんのことが心配なはずだ。しかし、師匠にお礼を言う口調は穏やかで、凛《りん》としていた。

やはり、宮川さんなら大丈夫だ。このお母さんに育てられたのだから。

そう思わせる強さが、悦子さんにはあった。

九州場所が終わった翌々日、篤は福岡市内のカラオケボックスにいた。直之さんと、序ノ口力士の畠野も一緒だ。「同い年の三人で遊ぼう」と直之さんは言い続けていたが、畠野が相撲教習所に通ったり、たまの休みに地元に帰っていたりしたため、三人が揃うのは初めてだった。

午前中にボウリングをし、昼食を摂ってからカラオケボックスに流れてきた。畠野と面識はあるものの、外で会うのは今回が初めてだ。もちろん今までろくに喋ったこともなかった。互いに口数が多いわけでもないので、直之さんが主に喋り、篤と畠野が均等に相づちを打つことでなんとか場が持っていた。

ひとしきり喋ったあと、直之さんは流行《はや》りの曲を歌った。音域の高低差が激しくリズムも取りづらい曲なのに、難なくなめらかに歌いこなしていた。呼び上げでいい声だと褒められるのだから、歌が上手なのも当然かもしれないが、直之さんは大体何でも器用にこなす。午前中のボウリングも、三人の中で一番高いスコアを叩き出していた。

一方篤は、知っている曲でも歌っているうちに音程がわからなくなる。呼出は歌が上手だと、多くの相撲ファンは思っているようだが、少なくとも篤はそうではない。

ちなみに畠野は、「俺ほんとに歌知らないんす」と言ったきり、ドリンクバーで取ってきたコーラをちびちび飲んでいた。ぼそぼそと話す声からして、おそらく音痴でもあるのだろう。畠野は先場所も今場所も負け越し、しかも相手に圧倒されてばかりだったので、運動神経もよくないだろうと踏んでいたが、実際ボウリングでもガーターを連発しまくっていた。篤は畠野よりましではあったが、それでも人に言えるようなスコアではない。

畠野って不器用なんだろうなと妙な親近感を覚えたが、畠野はほとんど氷だけになっているコーラをずっとすすっていて、こちらを見ようとしない。

そのとき、机の上に置いていた直之さんのスマートフォンが振動した。

「悪《わり》い、ちょっと電話してくるわ」

スマートフォンをちらりと確認して、直之さんがそそくさと部屋の外へ出ていく。狭いカラオケルームには、篤と畠野が取り残された。

マジかよ。この状況をどうしろと。俺と畠野、そんなに仲良くなってないんすけど。

心の中で叫んだが、直之さんがすぐに帰ってきそうな気配はない。相変わらず畠野はモニターの画面を眺めたまま、グラスに口をつけている。モニターでは、歌手をゲストに迎え、最新曲を紹介する番組が流れていた。シンガーソングライターだという顔のいい男がにこやかにインタビューに答え、ナビゲーター役のモデルっぽい女が大げさにはしゃいでいる。話すこともなく互いに黙っている中、番組のかしましさが救いだったが、篤は二分で沈黙に耐えられなくなった。

「俺、ドリンク取ってきますけど、何か飲みますか」

畠野に尋ねると、「……ファンタオレンジで」と、ひと言だけ返ってきた。

もう飲み物残ってないなら自分で取りに行けよと思ったが、結局二人分のグラスを抱えて戻ってきた。篤もファンタオレンジだ。つられて飲みたくなったのだ。こんなところまで同じじゃなくても、と篤は心の中で自嘲気味に笑った。

「直之さん、帰ってこないっすね」今度もまた篤から話しかけてみる。

「さっきの電話、たぶん彼女からっすよ。だからまだしばらくは戻らないいんじゃないんですか」

ようやく畠野が重い口を開いた。畠野にしては長い返事だったことに少し驚く。

「あー、じゃあ長くなりそうですね」

夏の終わり頃、直之さんは「いい感じの女の子」がいると言っていたが、どうやら秋場所後に、その子と付き合い始めたらしい。付き合ってすぐに地方巡業、九州場所と会えない日が続いたので、ついつい長電話をしてしまうのだと、さきほども嬉しそうに語っていた。

会話が終わったと思ったのか、畠野はまたしても口をつぐんだ。

「畠野……さんは、いつ入門したんすか」

「今年の三月。最近、ようやく髷が結えるようになって」

畠野は自分からは話をしないものの、篤が話題を振れば、ちゃんと答えてくれるようだ。

九州場所の七番目の相撲まで、畠野はひょろひょろとした体に、長めのざんばら髪だった。今目の前にいる畠野は、体は細いままだが、ちょこんと小さな髷を頭にのせて、ずいぶん力士らしくなった。髪の毛をひっつめていたため、ぼんやりとしていた顔も、以前に比べて引き締まって見える。

「へえ。じゃあ俺とそんなに変わらないですね。俺は五月から部屋にいて、六月一日に、正式に採用されたから」

「そうなんだ」

ようやく畠野から、ため口のような言葉が出た。

「何で、相撲部屋に入ろうと思ったの」

今度は篤もため口を使ってみた。

「えっと……俺、高校入学してすぐ、いじめられて。それで、不登校になって」

想像より重い言葉が返ってきて、少し戸惑う。

そんな話を聞きだして悪かったかと後悔しそうになったが、畠野はもうジュースを飲んでいなかった。単純に喉が潤っただけかもしれないが、それは篤と話をするためのようにも見えた。

畠野も俺と同じ時期に苦しんで、同じようなタイミングで相撲の世界に飛び込んだんだな。

もう篤には、畠野が他人とは思えなくなっていた。

「で、しばらく引きこもっていたんだけど、たまたまテレビで相撲を観て。それがうちの部屋の萩《はぎ》ノ海《うみ》関で、かっこいいなって思って。俺も相撲やろうと、部屋に電話したのがきっかけ」

「そうか」

萩ノ海と聞いてもぴんとこなかったが、篤は相づちを打った。直之さんが出て行った直後に比べ、ずいぶん畠野は喋るようになった。

「えっと……橋本さんはどうなんですか」

それでもまだ遠慮があるのか、畠野は篤のことを苗字で呼んだ。この世界に入ってから、篤を苗字で呼んだのは畠野だけだ。直之さんが篤、篤、と思いっきり名前で呼んでいたのに、わざわざ苗字に変換するところが奥ゆかしい。

「篤でいいよ」

「あー……篤、も俺と同い年で今年入門ってことは、高校は？　通ってた？」

「俺も、高校は途中でやめた。親が、勉強しろってすげえ言ってて嫌になって。しばらく何もしてなかったんだけど、叔父さんが見かねて呼出になったらって勧めてくれた」

ああ、と畠野は納得したような声を漏らした。

「……じゃあ、そこも俺と似てるっすね」

「だな」

せっかく共通点が見つかり、話が広がったと思ったのに、畠野はまた黙った。やはり二人で話を盛り上げるのは無理か。がっかりしそうになったところで、畠野は思い詰めたように口を開いた。

「篤は俺の相撲いつも見てると思うから、正直に答えてほしいんだけど……俺って、弱いよな」

いきなりそんなことを聞かれて、呆気《あっけ》にとられる。正直に答えて、と言われても「弱い」とははっきり言えず、「ああ……えっと、まあ」と、もごもごとした返答しかできなかった。聞いてきたくせに、篤が答えても畠野は無表情だった。

「俺、初めて番付に名前が載った場所は、七戦全敗して……で、それからは一勝六敗とか、よくて二勝五敗。一度も勝ち越したことなくて」

畠野は眉ひとつ動かさず、声も蚊が鳴くように小さい。モニターで流れている番組の音量に負けそうでも、篤はその声に必死で耳を傾ける。

「で、そのことを話すと、みんな『今の横綱だって、デビューの場所は負け越したんだよ』とか『序ノ口で十連敗しても、関取に昇進して親方になった人もいるよ』とか言ってくれるんだけど、そういうことじゃなくて」

ああ、うん。篤も時折相づちを打つ。

「萩ノ海関はかっこいいって思ったけど、そこを目標にするのはおこがましいっていうか……俺はガリガリだし、負け越しばっかりで、自分なんてたかが知れてるんだよ。だけど、もちろんいつかは勝ち越したいし、少しでも上を目指したい。関取目指してひたすら頑張れ、っていうんじゃなくて、弱いのは弱いんだけど、俺なりに必死になってやってることを肯定してほしくて……何言ってるか、わかんないよな」

話が途切れ途切れになりながらも、畠野は自分の感情を紡ごうとしていた。言いたいことを言い終わるまでに時間がかかったが、篤は最後まで畠野の言葉を待った。

「わかるよ」

篤が頷くと、畠野は目を丸くした。

「わかる。えっと、畠野さん、じゃなくて……」

直之さんが教えてくれたので畠野の下の名前は知っていたが、いきなりその通りに呼ぶのはためらわれた。

「透也《とうや》でいいよ」

透也。今どきな名前だ。許可を得たので、篤もそう呼ぶことにする。

「透也の言いたいこと、わかる。俺も呼び上げが下手って言われてて。この世界に入ったからには目標を高く持てって、たぶん人は言うんだろうけど、いつか一番上の立呼出《たて》になりたいとか思うの、今は滅相もないって感じで。でもせめて、直之さんみたいになりたいって思うんだよな。直之さんは上手くて人気もあって、しかも何でもできるから、充分高い目標かもしれないけど。それで今、進さんに呼び上げを教えてほしいってお願いしてて……」

なんでこんなこと話しているんだろう。部屋の兄弟子にも話したことはなかったのに。思わず耳が熱くなる。

今度は畠野改め透也が、頷く番だった。

「……なんか俺たち、ほんと似てるな」

「だな」

三十分前には石のように黙っていたこの男が、胸の内にこんな思いを秘めていたなんて知らなかった。

ふいにぱたぱたと小走りの足音が響き、ドアが開いた。

「ごめん！　長くなった」

申し訳なさそうに直之さんが手を合わせる。

「全然歌声聞こえなかったんだけど。二人でなんか話でもしてた？」

ああはい、と透也が答えると、え、何の話してたん？　と直之さんが身を乗り出す。

「まあ、秘密の話ですね」

篤がそうごまかすと、直之さんは「ええー。何だよ、教えろよー」とわざと拗《す》ねたような声を出した。

直之さんには、まだ内緒だ。少しでも直之さんに追いつけたと思うまで。透也はきっと、勝ち越しを果たせるまで。

九州場所が終わった直後のこの日、角界に入って初めて、呼出でも部屋の兄弟子でもない人の連絡先が篤のスマートフォンに登録された。「畠野透也」の真上にある「新しい友だち」の文字列が、少しくすぐったかった。

初場所

二ヶ月ぶりに帰ってきた東京はすっかり季節が進んでいた。寒波が到来しているらしく、むきだしになっている頬や耳に容赦なく冷たい風が吹きつけてくる。ひっきりなしに風の攻撃を受けるものだから、歩いているだけでしもやけになってしまいそうだ。

しかも今の篤の防寒具はコートだけだ。マフラーや手袋は、実家に置いてきてしまったので、余計に寒かった。つくづく、巡業で昨日一昨日《おととい》訪れた沖縄の温暖さと、冬とは思えないほど青い、空と海が恋しい。少しでも寒さを凌《しの》ぐため、身を縮ませながら朝霧部屋へと急いだ。

部屋に帰ると、サポーターで固定された膝をアイシングしている、宮川さんの姿が目に入った。宮川さんも篤に気づき、「おー！　久しぶり！」と片手を挙げて顔をほころばせた。

宮川さんは、手術後一週間で部屋に戻れたらしい。会うのはおよそ一ヶ月ぶりだったが顔色もよく、頬も少しふっくらしていた。聞けば、すでに松葉杖も必要なくなり、今は階段を手すりなしで降りられるようになったという。ただ、稽古はまだできないため体重が増えてしまったそうだ。

「そういや篤、昨日まで沖縄行ってたんだろ。なんかお土産ねえの」

氷嚢《ひょうのう》を外し、宮川さんが篤に向かって両手を差し出す。

九州場所で怪我をしたとき、宮川さんは数ヶ月の入院生活を送るものだと思っていた。まだリハビリは必要で初場所は休場するらしいが、早く部屋に戻れたことにほっとする。それから、お土産をねだるほど元気になっていることにも。

お見舞いに行けなかった代わりに、ちゃんとお土産は買っていた。紅芋《べにいも》タルトを渡すと、宮川さんはうまそ、と目を輝かせて喜んだ。

東京に戻った日の晩、久々に篤の母から連絡が来た。お正月は帰ってくるのかという確認だった。入門後、母から連絡があったのはこれで二回目だ。一度目は、朝霧部屋に入門した初日だった。一応部屋に着いたことは知らせた方がいいと思い、その旨を実家の留守番電話に吹き込んだ。それを受けて、『部屋の人に迷惑をかけないように』と簡潔なメッセージが送られてきた。それから、母からも父からも、連絡はなかった。

どう考えても、篤が帰省するのを期待している気配はなかった。ただ、念のために帰るかどうか確認したかったのだろう。

『帰りません』

ひと言打ち込んで送信したが、その後母から返信が来ることはなかった。

一年の稽古納めである十二月二十九日、篤は十八歳の誕生日を迎えた。

遅めの忘年会も兼ね、師匠の知り合いの店だという小料理屋で、部屋のみんなが祝ってくれた。師匠は「未成年とはいえ、十八歳も大人だ。ちゃんと自覚を持って行動するんだぞ」と諭すように言い、祝儀代わりのポチ袋を篤に手渡した。ポチ袋はおかみさんが用意してくれたもので『篤、十八歳の誕生日おめでとう』と、丸っこい字で書かれていた。

兄弟子たちも「なんでこんな年末のクソ忙しいときに生まれてきたんだよ」と言いつつ、全員がお金を出しプレゼントを用意してくれていた。それは黒のシンプルなデザインの、長く使えそうなマフラーだった。ちょうどマフラーがなかっただけに、このプレゼントはありがたかった。

それから部屋に帰ったあと、「これでお前も十八禁いけるな。今度俺のおすすめエロ動画サイト教えてやるよ。どういうのがいい？　巨乳？　それともロリ系？」と下衆《げす》な質問の洗礼も浴びた。

両親との関係が悪くなってから、誕生日は完全に無視されていた。誰かに誕生日を祝ってもらうことは久しぶりだった。最後の下衆な質問はともかく、こんな喜びはすっかり忘れていた。これから大事に使おうと、篤はもらったマフラーをもう一度眺めた。


翌日の十二月三十日は、部屋の全員がバタバタしていた。実家に帰省する者はみな、この日に出発するからだ。部屋に残るのは、篤と柏木さん、宮川さんだけだった。

実家に帰る兄弟子たちを見送ったあと、三人で軽い掃除に取りかかった。三十分もあれば終わる掃除とはいえ、みんな帰省しているのだと思うと、それなりにかったるい。結局、だらだらと喋りながら掃除をしていた。

「篤は、実家宇都宮じゃん。帰ろうと思ったら余裕で帰れるのに、本当に帰んなくてもいいの」

雑巾を絞りながら柏木さんが尋ねる。篤と柏木さんは拭き掃除担当で、師匠からは棚や窓の桟を拭くように言われていた。

「まあ、俺は親に勘当されてるようなもんなんで。柏木さんはあれですか、雪やばいんですか」

「俺んところの七尾《なな お》市は言うほど積もらないよ。ただ単に、遠くて面倒なだけ」

「石川県も新幹線通ったらしいじゃん」

玄関を掃き終えた宮川さんもやって来て、会話に加わる。

「そうですけど。みんなに比べたら、実家全然遠いから」

「そうなんすか」

喋りながらでもさすがに三人だと作業が早く、ものの二十分で掃除が終わった。

「あー、やっと終わったー。これで正月だー」と柏木さん、宮川さんが大きく伸びをする。いつもはみんなが集まる大部屋も今は三人だけなので、ずいぶん広く感じる。

「あの、お菓子とか買いに行きませんか？　せっかく正月なんだし」

兄弟子もいないし羽伸ばしましょうよ、と柏木さんが魅力的な提案をしたので二つ返事で頷き、三人で近くのコンビニへ買い出しに出かけた。

宮川さんがＲＩＺＩＮの試合を観に行くのを断念したので、大晦日《おおみそか》は結局だらだらと過ごした。昼前まで寝て、再放送のドラマをなんとなく観て、小腹が空けば何か口に入れる。見事なまでに怠惰な一日だったが、年に一度ならいいか、とひたすらごろごろしていた。

今年最後の食卓は、師匠とおかみさん、篤と柏木さん、宮川さんの五人で囲んだ。

普段食事を作るのは力士たちの仕事だが、今日は大晦日だからと、おかみさんが特別にすき焼きを作ってくれた。「ちょっと奮発して」買ったという肉はやわらかく、柏木さんと宮川さんは何度もおかわりをしていたし、師匠もぐいぐい酒を飲んでいた。

ところが、食事を始めてから三十分ほど経ったところで、師匠が突然「眠くなってきた。十五分だけ寝るから、あとで起こしてくれ」と立ち上がった。顔を赤くして、千鳥足で自室へ向かったのを見ると、どうやら酔いがまわっているらしい。まだ締めの年越しそばも食べていないというのに。

普段は威圧感のある師匠だが、実は酒に弱い。後援者たちと外食するときとは違って気を遣う必要がないためか、部屋で飲んだ場合は酔っ払うのも早く、すぐに寝てしまう。しかも、年々酒に弱くなっているらしい。

おかみさんは「ああ言ってるけど、爆睡して絶対十五分じゃ起きないんだから。きっと次に目を覚ましたときは年が明けてるわね」と肩をすくめていた。そのおかみさんも今日は珍しく酒を口にしていたが、顔色はまったく変わっておらず、酔っている気配もなかった。きっとおかみさんの方が酒に強いのだろう。

その後も残った四人ですき焼きを食べていたが、用意していた具材がなくなったタイミングで、おかみさんが師匠の様子を見に行った。戻ってくるなり、おかみさんは、「やっぱり爆睡してた」と苦笑いをした。

「もう、おそばは四人で食べようか。あの人は起こしても無駄だろうし」

そういたずらっぽい顔で提案するおかみさんに、全員が賛成した。

「じゃあ、ちょっとお湯沸かしてくる」

おかみさんが立ち上がろうとすると、柏木さんが「俺手伝います」と声をかけた。何もしないわけにはいかないので篤と宮川さんも加わり、結局全員で用意した。そばを茹《ゆ》でたり配膳したりと、簡単な手伝いしかしていないが、おかみさんは「助かるわ。ありがとう」としきりに感謝していた。有名だというそば屋で買ったものだからなのか、みんなで用意したからなのかはわからないが、そばは想像以上においしかった。

ごちそうさまでしたと手を合わせたとき、おかみさんがしみじみと呟いた。

「なんか、親方がこの部屋を継いだ頃を思い出すわ」

その日は、普段よりも皿が並んでいない食卓に向けられていた。

約二十年前、師匠が朝霧部屋を継いだときの話は、篤も聞いたことがある。

先代の朝霧親方は元関脇《せきわけ》だった。当時の朝霧部屋は、師匠と師匠の兄弟子、二人の関取を抱えていた。他にも弟子が十数名在籍していて今よりも活気があったが、師匠は元々部屋を継ぐつもりはなかった。先代と同じく関脇を数場所務め、幕内優勝の経験も持つ兄弟子が、いずれは継ぐのだと思っていたそうだ。

しかしその兄弟子が引退後、独立の意思を示したために師匠が後継者となった。兄弟子は引退から三年後に独立を果たしたが、朝霧部屋にいたほとんどの弟子は兄弟子と一緒に移籍してしまった。小結を一場所務めただけの師匠とその兄弟子とでは、やはり実績があまりに違ったのだ。

さらに間の悪いことに、先代の親方が予定よりも早く退職した。持病の悪化が原因で、定年まではあと三年あった。当時、師匠は部屋付きの親方として指導を行っていたが、現役を引退してからはまだ一年しか経っていなかった。

「いきなり継ぐことになったし、親方もこのときまだ三十代で若かったから新弟子の子もなかなか集まらなくてね。しばらくは弟子が三人だけっていう時期が続いたの。いくら料理を並べてもテーブルの上が埋まらなくて。食卓が寂しいから、いつもこうやってみんなで食事をしていたわ」

三人。今の朝霧部屋の半分以下の人数だ。それほどに弟子が少なく、がらんとした部屋を、篤はうまく想像できなかった。

柏木さんと宮川さんも「それはほんとに寂しいっすね」「大変じゃなかったですか」と相づちを打ったが、おかみさんはゆっくりと首を横に振った。

「親方はぶっきらぼうだけど、誰よりまっすぐな人でしょう。きっといい部屋を築いていけるって確信していたから、そんな時期でも楽しかった。それから親方はスカウトもするようになって、少しずつ新弟子の子も入ってきたけれど、この人なら大丈夫だっていう思いは昔からずっと変わってないの」

でもこの話は本人には内緒ね、と付け加えたおかみさんの顔は、相変わらず赤くもなっていないけれど、どこか嬉しそうだった。

「それに、みんなの成長を見られることが何より嬉しいし楽しいから、そんなに大変だと思ったことはないわ」

部屋の運営や弟子への指導など、師匠の方針におかみさんが口を挟むことはめったにない。いつも一歩下がって部屋を見守るおかみさんの思いを、篤は初めて聞いた。それは柏木さんと宮川さんも同じだったらしく、じんとした顔で、話を聞いていた。

弟子が多い部屋、儲かってる部屋もあるけど、俺にはたぶん、この朝霧部屋が一番合っていたんだろうな。

みなで囲んでいる食卓を眺めながら、ぼんやりとそんなことを考えていた。

食後、おかみさんは自室に、篤たちは大部屋に戻った。紅白歌合戦にテレビのチャンネルを合わせ、最後まで観た。紅組が勝利し、テレビ画面に色とりどりの紙吹雪が舞った。

「もう、今年も終わるな」

テレビ画面が切り替わり、ゴーンという鐘の音とともにどこかの寺の映像が映し出される。

「まあ、みんな色々あっただろうけど、来年も楽しく過ごそうな」

俺も来年は絶対いい年にする、と宮川さんは早くも意気込んでいた。

「そうっすね。ところでここ、どこの寺なんすかね？」

「さあ。あ、茨城だって。行ったことないからこれはわからんわ。浅草寺《せんそうじ》とかだったら一瞬でわかるんだけどな」

「そういえばうちの部屋って、初詣は浅草寺って決まってるんですよね。人やばいですか」

「やばいよ。もう人、人、人で、歩いても全然先に進まないから。覚悟しといたほうがいいよ」

「マジっすか」

「マジ。俺膝痛いから、初詣パスしたいんだけどなあ」

そんなことを言い合っているうちに、新年まであと三十秒だと、テレビの中のアナウンサーが伝えてくれた。それを聞いてすぐ、三人で三十秒を数え始めた。
五、四、三、二、一。
「あけおめー！」

「あけましておめでとう」

「あけましておめでとうございます！」

新年になった瞬間、みなで声を揃え、新たな年の到来を祝った。テレビでも、寺に集まった人々が白い息を弾《はず》ませ、年が明けたことを喜びあっている。

それからしばらくはテレビ番組をザッピングし、飽きてきたところで床についた。

いつもと違い、大部屋には三人分の布団しか敷かれていないので少し寒々しいはずだが、テレビから漂ってきた浮足立った空気の余韻が残っていて、それほど寂しさは感じなかった。

「お正月っていいですね」

「なー」

兄弟子二人が声を揃えて返してきた。

誕生日と同様、これほど穏やかな大晦日を過ごすのは久しぶりだった。実家にいたときは、無数の小さな針で肌を刺されるような、苛立った空気を常に感じていた。部屋から出ることができず、ここ二年間は誕生日も大晦日も、布団を被って過ごしていた記憶しかない。実家に帰らなかったのは正解だった。そう思った瞬間、篤は眠りに落ちていった。


いつもより寝坊して起きると、新着のＬＩＮＥが何件か届いていた。送り主は帰省中の兄弟子たち、進さん、直之さんと、みな相撲関係者だった。直之さんは初日の出を見に行ったらしく、『あけましておめでとう！　今年もよろしくな』というメッセージとともに、雲の隙間から覗く、オレンジ色の太陽の写真が添付されていた。新年早々、直之さんは活動的だ。

来ていたＬＩＮＥすべてに返信すると、隣の柏木さんや宮川さんも布団から這《は》い出るように、のっそりと起き出してきた。

「おはよー、今何時？」

「八時過ぎです」

「こうやって寝過ごしていられるのも正月の醍醐味《だいごみ》だな」と宮川さんはひとつ大きなあくびをした。充分眠ったはずなのに篤も柏木さんも、つられてあくびが出た。

起きてからは師匠たちと雑煮を食べ、その後は大部屋に戻って実業団駅伝の中継を観て過ごしていた。

二十位でタスキを受けた選手が前を走るランナーを次々とごぼう抜きし、順位をひと桁まで押し上げている姿が映し出されたときのことだった。

どうやらＬＩＮＥが届いたらしく、柏木さんが「あ」と短く声を漏らした。篤や宮川さんもテレビから目を逸《そ》らして、柏木さんの横顔を見る。

新着メッセージを表示させた柏木さんは目を大きく見開き、一瞬にして顔をこわばらせた。それからすぐにスマートフォンを床に伏せ、テレビの画面に目線を戻した。その一連の動作は、なぜかぎくしゃくして見えた。

「柏木さん、どうかしたんですか」心配になって聞いてみても、

「ああ……ちょっと知り合いからＬＩＮＥがきて」

と、歯切れの悪い答えが返ってきただけだった。

その後も相変わらずお正月の特番を観て時間を潰していたが、話しかけても、柏木さんはどこかうわの空だった。

兄弟子たちは二日の昼過ぎに帰ってきた。みなが上気した顔で部屋に戻ってきたので、家族と過ごしたり、ご馳走を食べたり、充実した正月を送っていたことがうかがえた。だが、本格的にお正月気分を味わえるのは二日までだ。明日からはさっそく、稽古が再開される。

新年を迎え気合を入れ直すためか、翌日の稽古はみっちりと行われた。いつもの倍、約二時間かけて、宮川さんを除く全員が四股、摺《す》り足、鉄砲、腕立て伏せをこなした。四日間稽古がなく体がなまっているところに基礎運動はきついだろうなと思いながら、篤は兄弟子たちの稽古を見ていた。

基礎運動が終わると、山岸さんと小早川さんは離脱してちゃんこの準備にかかり、武藤さん、坂口さん、柏木さんで三番稽古が始まった。

宮川さんが怪我をしてからは、相手を替えて十番ずつ、一人約二十番取ることで落ち着いていた。しかしこの日の柏木さんは、坂口さんと十番取ったあと「もう一丁、お願いします」と何度も繰り返した。

坂口さんは疲れたらしく頻繁に水分補給をしていたが、さすがに幕下と三段目の違いは歴然としていた。柏木さんが一度、坂口さんを寄り切っただけで他はすべて坂口さんが勝った。投げられたり寄り切られたりされるたび、柏木さんは「あーっ」と悔しげな声を漏らした。

ノートに正の字を三つと、横と縦に一画ずつ書いたところで、坂口さんと柏木さんの稽古が終わった。二人が俵の外に出てタオルで体を拭き始めたとき、上がり座敷で稽古を見ていた師匠が、「善治、入れ」と武藤さんに声をかけた。武藤さんは指示通り俵の中に入ると、「将志《まさし》」と柏木さんを呼んだ。

柏木さんが急いで体を拭くと、武藤さんは俵の手前に立ち、腰を落として前後に足を開いた。右足は九十度に曲げ、左足は後ろにぴんと伸ばしている。「さあ来い」と武藤さんが両手を広げると、柏木さんは自身のまわしをぽんと叩き、両脇を締め頭からぶつかっていった。ぶつかってすぐ、柏木さんが手を筈《はず》の形にして武藤さんの脇に差し入れる。そのまま押していくと、武藤さんはずるずると後退し、俵を割った。武藤さんにぶつかり、押し切ることを何度か繰り返すうち、柏木さんの息が上がり始めた。はあ、はあ、と荒い息が稽古場に響く。しかし稽古はまだ終わらず、武藤さんがもう一度柏木さんに胸を出した。柏木さんは力を振り絞って武藤さんにぶつかっていったが、今度は押し切れない。武藤さんは柏木さんの前に立ちはだかる壁のように、踏ん張って押しを受けている。柏木さんの腰が伸び切ったところで、武藤さんに首を押さえられ突き落とされた。受け身を取ってきれいに転がったが、なかなか立ち上がれなかった。さあもう一丁と声をかけて武藤さんが柏木さんを立ち上がらせ、またぶつかり稽古をさせる。体力が尽き果てたような柏木さんは、やはり武藤さんを押し切ることができず、ふたたび転がされる。柏木さんの背中は土で真っ黒だ。いつの間にか、稽古場についていたストーブの電源は切られていた。寒いはずなのに、二人の体からは、白い湯気が立ち上っていた。

さあ、前出ろ。

息じゃなくて、もっと力出せっ。

叱咤激励しながら、武藤さんは柏木さんの押しを受ける。普段口数の少ない武藤さんの大声を聞けるのは、土俵の上だけだ。

最後の力を振り絞り、武藤さんを押し切って俵の外に運んだときには、柏木さんの息は絶え絶えになっていて、背中ばかりか腕にまでびっしりと黒い土がついていた。

辛くなってからが本当の稽古だと、角界ではよく言われる。

稽古後、柏木さんは師匠から「新年早々、いい稽古ができてよかったな」と声をかけられていた。大変な疲労も残っていたのだろう、柏木さんはぐったりと頷いた。

稽古が始まったとはいえ、新年の行事はまだ続く。この日の午後は、全員で書き初めを行った。

「俺、筆持つのすごい久しぶりです」

硯《すずり》に墨汁を垂らしながら、篤は坂口さんに話しかける。鼻につくような墨の匂い。この匂いを嗅ぐのは、小学校の習字の授業以来だ。

「行司と違って、呼出は筆で字なんか書かないもんな。俺も入門するまでは習字なんて何年もやってなかった」

篤と無駄話をしながらも、坂口さんは迷うことなく筆を動かしていた。坂口さんは何と書くか決まっているようだ。

書き初めで今年の抱負を書くと聞いたとき、篤は正直困ってしまった。

抱負ならもちろんある。呼び上げが上手くなりたい。しっかりと土俵築を務めあげたい。師匠や兄弟子たちから叱られる回数を減らしたい。いくらでも思いつくが、どれも長すぎる。それに、直球すぎて子どもじみている。もっとことわざとか四字熟語とか、格好のつく言葉の方がいい。

悩みに悩んだ末、篤は「日進月歩」と書くことにした。昔、半強制的に両親から取り組まされた国語のドリルに、この言葉が載っていたのを思い出したのだ。「日進月歩」なら、篤が思い描いていることと、そう遠くないだろう。

墨を吸った筆は、書き初め用の紙にすべらせるとぐにゃりとしなり、なかなか思うような線を書けなかった。それに、文字の大きさのバランスを取るのが難しい。結局、「月」がやたら大きく、「歩」の字は縮こまったように小さくなってしまった。おまけに「月」のハネの箇所が一本の線ではなく枝分かれして、みっともない見栄えになっていた。

「お前下手くそだなー。行司じゃなくて本当によかったな」

篤の書き初めを見て、坂口さんが笑う。坂口さんも決して達筆ではないが、字のバランスはよかったのでそこは何も言い返せなかった。

ちなみに武藤さんは「一番一番」、坂口さんは「幕下上位」、宮川さんは「完全復活」、小早川さんは「穏やかに」、山岸さんは「健康」とそれぞれしたためていた。

柏木さんはまだ書き上げていなかったので、山岸さんが「将志は？」と柏木さんの書を覗きこんだ。柏木さんはたった今書き終わったところらしく、筆を置いてからこちらに書き初めを見せてくれた。

「最初はこれにしたんです」と言って柏木さんが掲げた紙には、「二十歳までに幕下」と書かれていた。

柏木さんは、今年の八月で二十歳になる。初場所では西三段目の四十三枚目に位置しているので、勝ち越しを続ければ実現できそうな目標だ。

「頑張ればできそうじゃん。最初はそれにしたって、書き直したってこと？」

坂口さんの問いに柏木さんが頷き、

「そうです。目標を高く持とうと思って書き直しました」ともう一枚、書き初めを見せてくれた。

そこにあった文字は、「二十歳で関取」。紙いっぱいに書かれた、大きくて力強い字だった。

今度はずいぶん大きく出たなーと一同が感嘆の声を漏らすと、「みんな、もう書けた？」とおかみさんがこちらにやって来て全員の書き初めを確認した。

朝霧部屋は今年からＳＮＳを始めることになった。珍しいことにおかみさんが、うちも時代の波に乗るべきだと提案したのだ。部屋を宣伝するのはもちろん、写真をアップして弟子たちの成長や思い出を記録するためでもあるらしい。

書けたみたいね、じゃあ撮るよ。そう言っておかみさんはカメラのシャッターを切った。


稽古始めの日、柏木さんは以前よりも多く相撲を取り、武藤さんにも果敢にぶつかっていた。それは書き初めにもしたためた、「二十歳で関取」という目標があったからだろう。しかし翌日、柏木さんに異変が訪れた。

まず全員で基礎運動を行ったが、武藤さんや坂口さんが股割《またわり》を終えても柏木さんはなかなか立ち上がろうとしなかった。ようやく立ち上がったと思ったら師匠に近づき、何か話をしていた。柏木さんの声は篤には聞こえなかったが、師匠が苦い顔で「そんじゃ、基礎運動をしっかりやれ」と言うのがわかった。

結局その日は、武藤さんと坂口さんが三番稽古を行っている間、柏木さんは隅の方で黙々と四股を踏み、腕立て伏せをしていた。

柏木さんが一人、申し合いの輪から外れて別の稽古をこなすことは以前にもあった。それはたいてい、柏木さんが体調不良を訴えたときだった。

篤は、柏木さんは風邪かもしれないと思っていたし、きっと師匠や兄弟子たちも同じように考えていたはずだ。だから誰も柏木さんを止めなかったのだろう。

最初に柏木さんの様子がおかしいことに気づいたのは、師匠だった。

「おい将志、大丈夫か」

そのときはちゃんこの時間で、師匠は席に着いていた。しかし、配膳しようとする柏木さんの顔を見て、突然立ち上がった。

師匠の声が耳に入り、篤を含め全員が柏木さんの方を振り返った。柏木さんは元々色白だが、今は血の気がなくなっていて、その顔はコピー用紙のように白かった。

「大丈夫じゃ、ないです。すごい、寒気がします……あと、頭が、めちゃくちゃ痛いんです」

絞り出すように柏木さんが言った。声を出すのも苦しそうだったが、昨日武藤さんに稽古をつけてもらっていたときとは、まったく違う。体の外側から負荷をかけられているのではなく、体の内側から何かに蝕《むしば》まれているがゆえの、苦しさなのだろう。

柏木さんの言葉を聞いて、師匠はさっと表情を硬くした。

「何で早く言わないんだ！」

師匠が怒鳴り、柏木さんが頭《こうべ》を垂れる。その仕草にも力が入っておらず、柏木さんの首は重力に引っ張られるかのように、だらんと深く垂れ下がった。

「だって、稽古も、部屋のことも、しないといけないですし……」

「バカヤロー！」

さきほどよりも厳しい声で、師匠が柏木さんを叱りつけた。最近、師匠がここまで怒ることはほとんどなかったので、篤は思わず震えあがってしまった。

「おい、病院行くぞ」

そう言って師匠は柏木さんの腕を取った。

「俺もう飯はいいから。秀雄《ひでお》、あとは頼んだぞ」

柏木さんを引っ張ったまま師匠は車の鍵を取り、どすどすと玄関へ消えていった。玄関の扉が閉まる音が聞こえ、残された弟子たちは顔を見合わせた。

「……柏木さん、大丈夫ですかね」

「いや、あれは大丈夫じゃないだろ。いつもの風邪に比べてずいぶん顔色悪かったし」あとを任された山岸さんも、首をひねった。

「……インフルだったりして」

小早川さんがぽつりと言うと、坂口さんが「だとしたらやばいじゃないっすか！」と身をすくませた。

インフルエンザが流行の兆しを見せているのでマスクや手洗いうがいでしっかり対策を、と年末年始のニュースでもさかんに注意が呼びかけられていた。

どうか柏木さんはインフルエンザではありませんようにと祈りながら、篤は師匠と柏木さんが帰るのを待った。

しかし篤の願いもむなしく、そして小早川さんの予想通り、柏木さんはインフルエンザA型と診断された。

現在は使われていないが、関取が誕生したときのために、朝霧部屋にもいくつか個室が用意されている。その個室に、柏木さんは隔離された。あなたたちはもうすぐ場所が控えているからと言って、おかみさんがほとんどすべての看病を請け負った。

部屋にはアルコール消毒液が買い足され、みな頻繁に消毒液を手に擦りこんだ。室内でもマスクを使用し始めた。兄弟子たちが「インフルにはなりたくねえ」と熱心に予防をするので、篤も手洗いうがいをし、部屋の中でもマスクをつけるなど、予防を心がけた。しかし集団で暮らしている以上、うつることは避けがたく、小早川さんもじきにインフルエンザと診断された。当然、二人は治るまで稽古場に降りないよう、お達しがあった。

初場所の初日まですでに一週間を切っており、土俵築も始まった。部屋にいる時間は減ったものの、どうやら他の部屋でもインフルエンザが流行っているらしく、土俵築の間もインフルエンザに罹《かか》る可能性と隣り合わせなのだと思うと、気が休まらなかった。

それでも、体を動かしていれば体力も免疫力も上がり、インフルエンザ対策になるだろう。根拠はないがそんな仮説を立て、篤は一心不乱に土を踏み、タコやタタキを叩きつけた。

その日の晩、篤は皿洗いの当番がなかったので、大部屋に上がり漫画を読んでいた。坂口さんも一緒で、漫画を読み終わってから、それぞれ呼び上げの練習やトレーニングをするつもりだった。

同じく宮川さんも、プロレスの動画を漁るのに夢中になっていた。

愛読している漫画雑誌の、一番好きな連載を読もうとしたとき、下の階から言い争うような声が聞こえた。坂口さんと宮川さんもそれに気づいたようで、眉をひそめる。

「なんか下、騒がしいですね」

今日の皿洗い当番は山岸さんと武藤さんのはずだ。二人とも普段決して声を荒らげない。何かあったのだろうか。

「ちょっと様子見に行ってくるか」

坂口さんがそう声をかけ、篤と宮川さんもあとに続いて階段を降りた。

どうやら声がするのは稽古場のようだ。一階に降りた途端、武藤さんの声が耳に入った。すぐさま別の声も飛んだが、そちらはよく聞こえなかった。いったい誰だろう。稽古場を覗くと、そこにいたのは柏木さんだった。

「何で将志がここにいるんだ。インフルじゃなかったのかよ」

坂口さんが驚いたような声をあげると、山岸さんが後ろから現れて、状況を説明してくれた。

「皿洗いが終わったら、将志がふらっと降りてきて……今稽古禁止だから、せめて四股踏もうと思ったんだって。で、善治がダメだって言って、押し問答が始まったんだ。俺も二人を止めようとしたけど、全然ダメ」

そう小声で説明し、山岸さんは困ったように眉を下げた。

武藤さんと柏木さんは睨み合っていた。一番の兄弟子である山岸さんが手をつけられないのだから、二人は周りのことなんてまるで目に入っていないのだろう。

小早川さんがいれば、少しはこの場が収まるだろうか。でも、小早川さんも寝込んでいる。さらに、今日は師匠も留守にしていた。どうしても外せない用事があるとのことでおかみさんと出かけていたのだ。他に二人の言い争いを止められる人がいないのだから、もはや収拾がつかないのかもしれない。

「だから、ダメだって言ってるだろ。何回言ったらわかるんだ。お前まだインフル治ってないし、だいたい他の奴らにうつったらどうするつもりだ」

武藤さんの声はぶつかり稽古のときのように鋭く、重かった。稽古以外で武藤さんがこんな声を出すのを、篤は初めて聞いた。

「熱は下がったって言ってるじゃないですか。みなさんにはうつさないし、もう大丈夫です。武藤さんだって、風邪引いてたって、すぐトレーニング再開しますよね。だったらいいじゃないですか」

一方の柏木さんの声は、少しかすれていた。病院に連れて行かれたときと比べて声は出ていたが、その音量は普段より明らかに小さい。

「いい加減にしろよ！」

武藤さんの口調は、いっこうに穏やかにならない。それどころか、ますます激しくなっている。

「お前インフルなめんなよ。いくら熱が下がったとはいえ、治りかけのときだって充分危ないんだぞ。俺たちは自分の体を一番大切にしないといけないのに、何かあったらどうするんだ」

そう一気にまくしたてる武藤さんの顔が赤くなっていた。武藤さんがここまで怒っているのを見て、篤ははっと気づいた。もしかしたら武藤さんは、この前柏木さんの体調不良に気づけなかったことを、悔やんでいるのかもしれない。

「そうだよ、将志。善治はお前のためを思って言ってるんだから、今はとにかく休め」

「お前あほか。インフルのときくらい、大人しく寝てろ」

「どう考えても武藤さんの言ってることの方が正しいだろ。お前、今無理して倒れたら元も子もねえぞ」

山岸さんも坂口さんも宮川さんもみんな、武藤さんの肩を持った。篤も何か言わなければと思うけれど、情けないことに武藤さんと柏木さんの勢いに怖気《おじけ》づいて、なかなか言葉が出てこない。

黙っていた柏木さんがまた、武藤さんを睨みつけた。

「自分の体を大切に、とか、そんなの綺麗事です。とにかく倒れてもいいから、今はやらなきゃいけないんです。そうでもしなきゃ、絶対上になんて行けないでしょう。怪我じゃなくてインフルなんだから、こんなの無茶のうちに入りません。俺の書き初め、見ましたよね。二十歳で関取にならなきゃいけないんです。ここで止まっているわけにはいかないんです」

かすれた声で、柏木さんは必死に訴えかけていた。いったい何が柏木さんをそうさせているのか、篤にはわからない。ただ相変わらず、おろおろすることしかできなかった。

柏木さんの訴えを打ち消すように、武藤さんはさらに大声をあげた。

「バカ言うな！　俺はお前より二年先にこの世界に入ってきてるんだ。お前よりもよっぽど、体調管理の大事さをわかってる。怪我も病気も、甘く見てたら大変なことになるかもしれないんだぞ。だから今はちゃんと休め。黙って俺の言うこと聞いてろ」

「……武藤さんにはわからない」

そう言った瞬間、柏木さんの目がわずかに泳いだ気がした。

「武藤さんは十八で幕下に上がって、今だって関取経験者相手にもばんばん勝って。俺みたいに、四年経っても未だに三段目の奴の気持ちなんて、全然考えたこともないでしょう」

柏木さんが吐き捨てるように言うと、武藤さんは無表情で柏木さんの胸ぐらを掴んだ。

「……お前がここまで話の通じない奴だと思わなかった」

胸ぐらを摑まれた柏木さんの体が、三十センチほど浮いた。その隙をついて、坂口さんが柏木さんの脇の下に自身の腕を通した。そして柏木さんの腕を取り肩に乗せて担《かつ》ぎ上げる。柏木さんの体が、ますます地面から浮いた。坂口さんが武藤さんに目配せをすると、武藤さんも、胸ぐらを摑んでいた手をすばやく離し、坂口さんと同じように柏木さんを担ぎ上げた。

二人に担がれた柏木さんは「じっと休んでるなんて嫌なんです！　時間がないんです！」と叫んでいたが、柏木さんはまだインフルエンザが治りきっていない。そのうえ、抵抗している相手は朝霧部屋の部屋頭と、二番手の兄弟子だ。敵《かな》うわけがない。柏木さんは、そのまま隔離されていた部屋へと連行される。篤と宮川さんも、柏木さんたちのあとを追った。

柏木さんが繰り返し叫ぶものだから、坂口さんが「うっせーな、お前は何をそんな焦ってるんだよ」と、今にも舌打ちしそうな口調で聞いた。その問いに、聞こえるか聞こえないかくらいの小さな声で柏木さんが「あいつが……あいつが入門してくる」と呟いた。

柏木さんを布団に下ろすと、武藤さんと坂口さんは急いで、外から部屋の扉を閉めた。

「もうお前、治るまでずっと寝てろ」

武藤さんはまるで柏木さんを幽閉するかのように、扉に寄りかかって動こうとしなかった。

扉の向こうでは、ぼすん、ぼすんと何かがぶつかる音がしていた。きっと柏木さんが枕を投げているか、叩いているかのどちらかだろう。

「……武藤さん、大変でしたね」

篤が思わず声をかけると、武藤さんはため息をついた。

「俺のことは別にいいんだよ。あいつは俺に怒っているというより、自分に対して腹が立っているように見えた。だってあいつ今まであんな、やけっぱちな態度取ったことなかっただろ」

たしかにそうだ。柏木さんは決して兄弟子に歯向かったり、まして喧嘩《けんか》を売ったりするような人ではない。それに武藤さんに暴言を吐く前、少しだけためらうような目をしていた。さきほど言ったことも、おそらく本心ではないのだろう。

篤は、柏木さんと一緒に過ごした年末年始を思い出していた。

あのときの柏木さんは、とても穏やかだった。だが記憶を辿《たど》ると、そういえばと思い至ることがあった。それと、さきほど言っていた言葉。

「柏木さん、元旦に来ていたＬＩＮＥを見たとき、なんか様子がおかしかったんですよ。急に思いつめたような顔になって。それと、さっき『あいつが入門してくる』って言ってたんですけど……もしかしたらなんか関係あるかもしれないです」

篤がそう言うと、「マジか。それっぽいな」「たしかに将志、あんときき変だったもんな」とその場に残っていた坂口さん、宮川さんも横から口を挟んだ。

「あり得る。でも、あいつって誰？」

「さあ」

おそらくその「あいつ」が柏木さんの様子がおかしい原因なのだろうが、心当たりがなく、ただ全員で首をひねるばかりだった。


兄弟子たちが目を光らせていたので、その後柏木さんが勝手に四股を踏もうとすることはなかった。「一週間の安静が必要」と診断されたが体調もほぼ回復し、なんとか初場所の初日に間に合った。小早川さんも同様に初日から休場届を出さずに済んだ。

しかし先日の言い争いが尾を引いているのか、柏木さんは誰に対しても最低限の口しか利かなくなった。

篤も柏木さんに話しかけようとしたが、「何だよ」とそっけなく返されると、準備した言葉は途端に出てこなくなった。同期の宮川さんでさえ「お前態度悪いぞって注意したら逆ギレされた。もうあいつほっとけよ」と柏木さんと話すことを諦めていた。「あいつ意地張って引っ込みがつかなくなったんじゃないか」と心配する者もいたが、柏木さんに構わなくなってしまった兄弟子も多かった。

篤も、柏木さんがずっとこの調子だったらどうしようと案じていたが、その一方でインフルエンザが治ったことにはほっとしていた。いつしかインフルエンザへの警戒心は薄くなっていて、マスクを着用する時間が短くなり、手洗いうがいもいくらか手順を省いたものになった。

それがいけなかったのかもしれない。

土俵祭の日の朝、起きたら喉が少しいがいがしていた。のど飴を舐《な》めると不快感が多少治まったのでそのまま土俵祭に参加し、触れ太鼓の披露を行った。

初日を迎えた日も、起き抜けは喉に違和感を覚えたが、またのど飴を舐めただけで、特に気にせず出勤した。

はっきりと異変を感じたのは、呼び上げの最中だ。進さんに教えられた通りの方法で呼び上げをしていたのに、喉に蓋をされたように声が出しにくくなった。かすかすになった声でなんとか土俵を務めあげ、案の定注意を受けて花道を引き下がると、遅れてひりひりとした痛みがやってきた。声を慌てて近くのドラッグストアでトローチを買ってきて舐めたが、今度は痛みが引かなかった。声を使う呼出にとって、喉に不調をきたすのは、どう考えてもご法度だ。まずい。篤の顔から血の気が引いていく。

しかし、今は新年最初の場所の初日だ。一同が気持ち新たに場所に臨んでいる中、喉が痛いとは言い出せなかった。休憩から戻り、結局なんでもない風を装って仕事を遂行しようとしていた。

そんな中、三段目の中盤で柏木さんの取組があった。喉の痛みを我慢しつつ見守ったが、柏木さんは足がついていかず、対戦相手にばったりと引き落とされた。

柏木さんの相撲を見たあとは、十両の途中までしか記憶がない。

喉だけでなく、頭までずきずきと痛み始めていた。痛くて、頭の中が白くなる。顔もやたら熱い。土俵上では協会ご挨拶が始まろうとしていたが、そのことに篤は気がつかなかった。他の呼出たちが、審判部の座布団を整えたり、箒で土俵周りを掃いたりと準備を進めているのに、篤だけが出遅れた。

「おい！　お前何ボーッとしてんだよ！」

直之さんが耳元で叱る声を聞きようやく我に返ったが、ほぼ同時に直之さんがはっとした顔つきになった。

そういえば以前にも、協会ご挨拶のときにぼんやりしていて直之さんに怒られたことがあった。あれは、いつのことだったっけ。足がふらつく中、篤は箒を握って土俵のそばまで行き、土俵下に散った砂を払った。

花道の奥に戻ってきたとき、直之さんは近くにいた若者頭を呼んだ。

「こいつを診療所に連れて行ってください」

それから篤は診療所へと連行され、しばらく横に寝かされた。しかし相変わらず喉も頭も痛く、症状は治まらなかった。結局国技館に近い内科に移り、鼻に綿棒を差し込まれた。普段刺激を受けることのない箇所だけに、異物がにょろりと侵入してきた不快感は強かった。

俺はもしかしてインフルなのだろうか。

検査の結果が出るまでの二十分間がとても長く感じた。火照《ほて》りを少しでも抑えようと、てのひらで顔を包んでいる間、ずっと気もそぞろだった。

不幸中の幸いだったのは、インフルエンザの検査結果が陰性だったことだ。しかし、熱が三十八度二分あった。篤がまっさきに思ったのは明日の予定だ。今日は途中で抜けてしまった。篤の代わりに誰かが土俵を掃き整え、懸賞旗を持って土俵をまわっていたはずだ。これ以上迷惑をかけるわけにはいかない。そう思うのに、医師からの「自分で帰れる？」との問いかけにもはっきり答えることができなかった。

医師は篤が自力で帰れないと判断したのだろう。協会に連絡を入れたのか、師匠が迎えにやって来た。時刻は十八時半を指していた。普段ならば師匠は、もう少し遅い時間に仕事が終わるはずだ。病院に駆けつけるなり、師匠はご面倒をおかけして申し訳ありませんと医師に頭を下げた。

ほら帰るぞ、と車に乗せられた瞬間、「バカヤロー！」と師匠の怒声が飛んだ。

「なんでずっと我慢してたんだ」

後部座席に寝かされているので師匠の顔は確認できないが、きっと眉が吊り上がっていることだろう。

「こんな新年のしょっぱなから休んだら、周りのやる気を削《そ》ぐと思って……あと、迷惑かけたらいけないので……」

そう答えると師匠は深くため息をつき、「とにかくもう休め」と言って車を発進させた。

車に揺られながら、こんな場面が一週間前にもあったと思い返した。

柏木さんがインフルエンザになったときだ。あのときの柏木さんも体調が悪いのを隠して、普段通り過ごそうとしていた。

俺、何やってんだろう。柏木さんが無理しようとして散々怒られたのを見ていたはずなのに。選択を誤った。たぶん、気を抜いてインフル対策を怠ったところから。

今の篤は、ただ横になることしかできなかった。


直之さんや進さんからは、体調管理の甘さを叱るメッセージが入っていた。それでも最後は篤を心配する文で締めくくられていた。

部屋の兄弟子たちからも「バカだなあ」と呆れられた。柏木さんは「お大事に」とだけ言って、口をつぐんだ。自身も同じことをしていたので、それ以上は何も言えなかったのだろう。

翌日から、篤は休場となった。力士だけでなく裏方も「休場」と表現される。たったの四場所目で休場する自分が情けなかった。先日まで柏木さんたちが寝込んでいたので、冷却シートは充分に蓄えられていた。冷却シートや処方された薬のおかげで熱はすぐ三十七度六分に下がった。安静にするように言い渡されていたが、早くも寝るのに飽きていた。体が少しだけ楽になったので、漫画雑誌を読破しようとしたが、懸命に土俵に上がっている力士たちや忙しく動き回っている呼出の姿を思うと気が引けた。結局、インターネットで相撲を観ることにした。時計はちょうど、序ノ口の取組が始まる時間を指していた。

スマートフォンの小さな画面にまず映ったのは観客もまばらな、がらんとした館内だった。すぐ、まっさらに掃き整えられた土俵に画面が切り替わる。そこに最初に立ったのは、いつもは篤の次に呼び上げをする兄弟子、達樹《たつき》だった。

序ノ口力士が相撲を取るこの土俵に、自分がいないことが不思議だった。ほんの一年前までは、国技館に行ったこともなかったというのに。

にいいしいいいーーー、と自分とは違う声や節回しで響く呼び上げを聞くと、自分が見ているのが、ますます知らない場所のように思えてくる。

しばらく相撲を観ているうちに、見覚えのある顔が土俵に上がった。透也だ。

「正月太りした」と本人からのＬＩＮＥには書かれていたが、相変わらず手も足も腹も、余分な肉がついておらず、どこが太ったのか全然わからない。

はっけよーい、の声がかかるとすぐさま透也は相手に組まれてしまって、そのままあっさり寄り切られた。

新年一発目から負けてんじゃねえかよ。透也の右かかとが俵の外に出た瞬間、篤は心の中で突っ込みを入れた。

その後も、なんやかんやで真剣に相撲を観ていた。直之さんは、一時間もしないうちに登場した。篤がいないぶん、いつもよりも出てくるのが早い。

直之さんは花道の奥から見るときと変わらず、しゃきっと背筋を伸ばして土俵に立っていた。そして直之さんが四股名を呼び上げた瞬間、スピーカーから漏れる声が、ぴりりと空気を振動させた。スマートフォンで視聴していても、直之さんが国技館いっぱいに響き渡る声で呼び上げをしているのがわかった。機械越しでも、やっぱり直之さんはいい声だ。

直之さんはきっと場所中に風邪っぴきになることもないんだろうなと思っているうちに、出番が終わった。

直之さんが退場して数分後、一件新着メッセージを受信した。見ると、透也からだった。

『直之さんから休場だって聞いたよ。お大事に。今日は篤じゃない人に名前を呼ばれたのでびびりました。おかげで調子狂った。なんか篤の呼び上げの方がしっくりくるので、早く風邪治してください』

それを見て、篤は思わず苦笑した。

俺は序ノ口くらいしか呼ばねえぞ。しっくりくるとか言ってないで、早く序二段に上がれ。

思ったままの文を打ち込み、返信を送った。

下手くそと言われているけれど、一人でも俺の呼び上げを待っている奴がいる。

体はまだ少し重いはずなのに、気分は軽かった。しばらく相撲の中継を観続けていたけれど、いつの間にか篤は寝落ちしていた。

三日間休場し、篤は五日目に復帰した。

三日目の時点でほぼ平熱まで下がり、四日目には喉の痛みも引いていた。

さすが、なんとかは風邪引かないって言うし、治るのもはえーな。部屋の兄弟子たちからはそんな憎まれ口を叩かれた。

一緒に仕事をする呼出や親方衆は全員が口を揃えて、「体調管理も仕事のうちだ」と篤に言って聞かせた。篤はそのたびに、本当に申し訳ありませんでしたと、へこへこ謝るしかなかった。それでその場はおさまった。ただ、一人だけを除いては。

多少声は出しづらかったものの無事出番を終え、つかの間の休憩に入っていたときだった。

控室に向かってバタバタと大きな足音が近づいてきた。まるで篤がそこにいるとわかっているかのように。ずかずかと入り込んできたのは光太郎だった。朝出勤したときから嫌な予感はしていたが、来たか、と心臓が一気に冷える。

目を逸らすよりも前に、光太郎が突っかかってきた。

「あれー？　最近見なかったから、もう辞めたかと思った」

この人は、何がしたいのだ。わざわざ篤を見つけてきて嫌味を言ってくるなんて、そういう趣味なのか。

「ってか、場所中に熱出して休場するとか、自覚なさすぎてマジあり得ねえわ。今まで、こんなやる気のない奴見たことない」

篤が何も言わないのをいいことに、光太郎の嫌味は止まらなくなった。

「もう帰ったら？　お前すぐ具合悪くなるみたいだし。周りに迷惑かけるだけなら、ずっと休場してる方がまだマシだよ」

篤が唇を噛んでうつむいていると、突然大きな音がした。篤の前に置かれていた机に、光太郎が勢いよくこぶしを打ちおろしたのだ。突然加わった衝撃に、心臓が縮み上がる。

「お前なんていらねえんだよ」

光太郎の目が血走っていた。殴られる、と思った瞬間、入り口のところに人影が見えた。

「光太郎さん、まだそんなことしてるんですね」

篤がよく知っているはずの、しかし聞いたことのない声音が響いた。光太郎の体が硬直する。

「そういうことするから、進さんも光太郎さんに何も教えなくなるんですよ。もちろん俺も、もう光太郎さんと一緒に練習したいなんて思いません」

冷めた口調で直之さんが光太郎にそう告げた。

光太郎は直之さんの方を振り返ったかと思うと、舌打ちをして大股で控室を出て行った。

光太郎が出て行ったあと、息が苦しかった。お前なんていらない。そんな言葉を投げつけられたのは初めてだった。

自分のことを受け入れてくれる人がいるのは、この世界に入ってから何度も感じてきた。ようやく自分の居場所を築けたと思ったのに、その場所を崩されそうになったことが悔しく、悲しかった。かろうじて涙は出なかった。両親から空気同然の扱いを受け、泣かない耐性を、篤は身につけていた。

「俺、いた方がいい？　嫌だったら出ていくけど」

直之さんが小声で聞いてくる。

「……いてください」

そう答えると直之さんはペットボトルの水を篤に手渡した。まだ口つけてないから。それだけ言って、ぴたりと黙った。いつもはお喋りが大好きな人なのに、黙っているのは直之さんの優しさだろう。

光太郎の暴挙に震えていても、直之さんの言葉で引っかかっているものがあった。そういうことするから、進さんも何も教えなくなる。俺ももう光太郎さんと一緒に練習したいと思わない。

その言葉を反芻《はんすう》して、あ、と思い出した。

あいつは昔から困った奴なんだ。いつか進さんがそう言っていた。それから、光太郎に煙草の煙を吹きかけられたとき。直之さんは篤から煙草の匂いがすることに気づいていた。きっと直之さんも、光太郎から同じ仕打ちを受けていたのだ。

篤も、直之さんには何も聞かなかった。代わりに直之さんがくれた水を一口飲んで、うまいっす、と言った。直之さんはああ、と返事をしたきり、また口をつぐんだ。それからほどなくして、休憩が終わった。

翌日も、光太郎に絡まれることはなかった。直接嫌味を言われることはないが、睨むような視線は時折感じた。それから、光太郎からはいつも以上に煙たい匂いがした。喫煙所で、煙草をすぱすぱ吸っているとの目撃情報も寄せられていた。そんな矢先、光太郎が休憩時間を過ぎても戻ってこないことがあった。同年代の呼出が探しに行ったが、光太郎は悠長に喫煙所で一服していたらしい。このことは呼出たちの間で軽い騒ぎとなった。当然本人は注意を受けていたが、そのときの顔はふてくされているようにしか見えなかった。

翌日の準備が終わっても、光太郎はなかなか控室に戻ってこなかった。そのうち十分、二十分と時間が過ぎ、みながだいたい帰り支度を済ませた頃になってようやく、姿を現した。どうやらまた煙草を吸いに行っていたらしく、煙の匂いがかすかに部屋の中に広がった。篤は誕生日にもらったマフラーを巻いていて、進さんもコートを羽織ったところだった。直之さんはよほど長いことファンにつかまっているのか、まだ姿を見せていない。

光太郎が何事もなかったかのように篤や進さんの後ろを通ろうとすると、進さんがその腕を摑んだ。

「おい、お前何やってんだ。最近態度悪すぎるぞ。自覚あんのか」

進さんが厳しい口調で叱りつけると、光太郎は大きく舌打ちをした。進さんの横に立っていた篤にも、はっきり聞こえる音だった。

「何なんすか、今さら。俺のことは無視して、見込みのない下手くそな奴なんかを指導しておきながら」

光太郎が勢いよく啖呵《たんか》を切った。「見込みのない下手くそな奴」とは紛れもなく篤のことだろう。

「何被害者ぶってんだよ。そうやって弟弟子を貶《おとし》めるのも大概にしろ」

進さんが語気を強めても、光太郎は聞こうともしなかった。

「もういいです」

進さんの腕を振り切ると、脱いだ着物と袴を乱暴に箪笥《たんす》に突っ込み、光太郎は出て行った。周りにいた呼出たちも、最近あの人やばいよな、と囁《ささや》きあっている。篤のような下っ端ならともかく、大ベテランの進さんにまであんな口を利くとは。呆然《ぼうぜん》としていたところに、ようやく直之さんが戻ってきた。お疲れさまです、話の長いファンにつかまっちゃって。急いで着替えようとする直之さんに、進さんが告げた。

「ごめん直之、今日は篤と先に帰らせてもらう」


お前に話しておきたいことがある、と進さんは南門側のベンチに篤を座らせた。

「あいつは昔、あんな奴じゃなかったんだ」

あいつ、とはおそらく光太郎のことだろう。

「昔から少し短気なところはあったけれど、まあ素直で向上心のある奴だった。俺の呼び上げを好きだって言ってくれて、俺もあいつには色々教えてやった。直之が入門したてのときには、部屋は違うけど、直之と一緒に呼び上げの練習をして、仲も良かった」

ああ、この前直之さんもそんなことを言っていた。篤も黙って頷く。進さんは言葉を切り、近くの自販機で買った缶コーヒーをすすった。

「でも、直之が入門して一年が経ったくらいかな。直之は呼び上げがどんどん上達していって、今みたいに観客から声援を浴びるようになったんだ。それから、あいつはおかしくなった。あいつは直之よりも五年も先に入ってきたけど、声援を受けるようなことはなかったから。で、次第にあいつは直之に嫌がらせをするようになった。直之が話しかけても無視したり、直之が飲んでいたペットボトルの中身を勝手に捨てたり。俺は見かねて、そんなことする奴には二度と指導しないぞって忠告したんだ。そしたらあいつは直之をいびるのはやめたんだけど、愛想もなくなって、態度もどんどん悪くなって……。今度はお前にまで嫌味言い始めて。止められなくて、申し訳なかった」

そう言って進さんが頭を下げる。

「いえ、そんな」

進さんは悪くないのに申し訳ないと言われて、どうしたらいいのかわからなくなる。

光太郎はきっと、自分が受けられなくなった指導を篤が受けているのが気に食わなかったのだろう。篤でさえも嫌味を言われるのだから、実力が認められ光太郎を追い抜かした直之さんは、もっとひどい仕打ちを受けたのだと思うと、身震いしそうになった。

そのとき、「なんだ、まだ進さんも篤も帰ってないじゃないですか」と後ろから声をかけられた。直之さんだった。「座っていい?」と、直之さんは篤の返事も待たず、隣に腰かけた。

「光太郎さんの話してたんですか」

直之さんがゆっくりと確かめるように尋ね、進さんも「ああ」と頷く。それから直之さんは篤に顔を向けた。

「なんでお前が悲しげな顔してんだよ。俺のことは大丈夫だから。それより俺はお前の方が心配だよ。今度なんか言われたら、俺や進さんに言えよ」

ですよね、と直之さんが進さんに聞くと、進さんも「そうだな」と同調する。

「ありがとうございます。いつも、助けていただいて」

助けてもらってありがたいのは事実だが、二人に何かしてもらってばかりの自分がふがいなかった。

「そんなん気にすんなって！　兄弟子として当然のことをしたまでだよ」

直之さんが篤の肩を強めに叩く。だからといって、決して痛いわけではない。博多駅でイルミネーションを見せてくれたときのように、篤を励ましているのだとわかる力の加減だった。

イルミネーションを見たあの日、篤は直之さんのようになりたいと、強く思った。しかし、相変わらず励まされてばかりの篤はまだ、直之さんのようになれそうもない。近くにいるはずなのに、直之さんの背中が遠く見えた。

柏木さんの反抗は、未だに続いていた。むすっとしているような、思いつめているような、難しい顔をして誰とも口を利こうとしない。

成績も、場所が始まってから三連敗。それも、いいところなく敗れた相撲ばかりだ。連敗も相まってか、柏木さんから醸し出される、焦りと苛立ちが混じった空気はいっそう濃くなった。兄弟子たちもいよいよ諦めたのか、もうすっかり柏木さんを相手にしなくなっていた。

篤は繰り返し、柏木さんと一緒に過ごした時間を思い返していた。部屋に残っている三人で年を越したとき。篤の誕生会。自由時間、篤の呼び上げの練習に付き合ってくれたとき。

こんなの絶対よくない。頼むから元の柏木さんに戻ってくれ。

毎日祈るような気持ちでいても、柏木さんの態度は変わらないまま、初場所は中盤に入った。

七日目には柏木さんの取組があった。今日負ければ四連敗で、早々に負け越しが決まってしまう。

あっという間に柏木さんの番になり、篤より五年先に入門した兄弟子が柏木さんの四股名を呼び上げた。今日の柏木さんは、篤が花道奥に控えている、西方からの登場だった。

土俵に上がった柏木さんは、顔や腿《もも》を叩いていたが、その所作はどこか投げやりに見えた。嫌な予感がした。篤がじっと目を凝らしたとき、行司の軍配が返った。

最初、篤は柏木さんではなく、別の人の取組を見ているのかと思った。

立ち合いで両者が手をついてすぐ、柏木さんが大きく左に動いたのだ。立ち合い変化だ。変化をした柏木さんは相手を叩《はた》こうとした。相手の体勢が崩れかかる。しかし相手は落ちずに持ちこたえた。柏木さんは相手を押そうとしたが、相手は俵をつたって横に動きかわした。柏木さんは、その動きについていくことができなかった。柏木さんがもう一度相手を押そうとしたとき、相手はその腕を摑んで引き落とした。柏木さんが土俵下に転がり落ちる。

四連敗、負け越しだ。これで来場所は番付が下がってしまう。

ややあって柏木さんは立ち上がり、土俵に戻っていつもより浅い礼をした。

それから目を伏せ早足で花道を下がっていった。当然、篤の方は見なかった。

立ち合いでまっすぐ当たり合うのが相撲の基本だが、ときに、立ち合いで右や左に動く、変化を選択する力士もいる。そしてそれが、一部のファンや親方から不興を買う行為であることは、篤も知っていた。

今まで何度も柏木さんの相撲を見てきたが、篤は柏木さんが立ち合いで横に動くのは見たことがなかった。それどころか、部屋の兄弟子たちが変化をするのを見た記憶がない。

だからこそ、さきほどの一番で篤は自分の目を疑った。

もう花道には、柏木さんの姿は見えなかった。

部屋の兄弟子たちも、柏木さんが今日の取組で変化をしたことは知っていた。みな、インターネットで配信されている中継を遡って視聴しているのだ。ちゃんこ後、柏木さんがトイレに立つと、あいつ本当にどうしたんだよとひそひそ言いあっていた。皮肉にも、変化をしたことでようやく、兄弟子たちは柏木さんの話題を口にした。

トイレから戻ってきた柏木さんは、今日の皿洗い当番である坂口さんと会話はせず、黙々と皿を洗っていた。玄関の扉が開く音がした。それから続いて、どすどすとした足音。師匠が帰ってきた。空気が一気に張り詰める。

ちゃんこ場の戸が開くと、師匠は弟子たちのお疲れさんでございます、の声を無視して、皿を洗っている柏木さんを一瞥した。

「おい、将志。上に来い」

威圧的な師匠の声を聞いた瞬間、その場にいた全員の顔がこわばるのがわかった。

「えっと、皿洗いは……」

柏木さんが手を止め、びくびくした口調で尋ねると、

「そんなのもう終わるだろ。あとは翔太《しょうた》に任せとけ」

と師匠がぴしゃりと答えた。それを聞いた坂口さんは、猫背になっていた背筋をぴんと伸ばした。

「とっとと来い」

師匠に気圧《けお》され、柏木さんはうなだれてあとをついて行った。

師匠と柏木さんが去ってからようやく、ちゃんこ場に漂っていた緊迫した空気がほどけた。

やばいな。今日あんな相撲取るから。最近あいつは態度も悪かったし、師匠めちゃくちゃ怒って

るぞ。

柏木さんだけでなく、兄弟子たちまでもが戦々恐々としていた。

ちゃんこの片付けが終わり、みなが大部屋に移動しても、柏木さんはしばらく降りてこなかった。

柏木さんがふたたび姿を現したのは消灯前の、布団を並べているときだった。

大部屋の扉が開いたかと思うと、そこには柏木さんが無表情で立っていた。それぞれの布団を整えていた兄弟子たちは「あ」と口を開いて柏木さんを見た。

するとすると柏木さんはすたすたと、兄弟子たちの方へ歩み寄っていった。柏木さんは武藤さんの前にやってくると、視線を合わせるように正座をした。

「武藤さん」

柏木さんの声は小さく、震えていた。

「この間は申し訳ありませんでした。俺、武藤さんにめちゃくちゃ失礼なこと言ってしまって……本当、すみません」

柏木さんは深々と頭を下げた。それから今度は、坂口さんに向かって声を発した。

「あと坂口さん。最後皿洗い押し付けてしまって、すみませんでした。もちろん武藤さん坂口さんだけじゃなくてみなさんにも……ずっと生意気な態度取ってて申し訳ありませんでした」

そう言って柏木さんはまた、勢いよく頭を下げる。長いことふてくされていたのに即座に態度を改めるとは、いったい師匠はどんな話をしたんだ。今まで柏木さんを放っておいたことも忘れ、全員が呆気にとられていた。

「師匠にもめちゃくちゃ怒られました。『力士として、人として、恥ずかしくない行動を取れ』って。それで、目が覚めました」

兄弟子たちはみな納得したように、ああ、と口を動かした。やはり師匠から、相当大きな雷が落ちたようだ。この部屋の主《あるじ》である師匠の言葉は、弟子にとっては何より重い。

「えーっと……それで、言いにくかったら別にいいんだけど、将志はなんであなってたの？」

山岸さんが核心をつくようなことを尋ねる。柏木さんは少しためらったように見えたが、ゆっくりと口を開いた。

「今度、林田《はやしだ》って奴が入門してくるんです」

林田？

全員の頭の上に一斉にはてなマークが浮かんだ。しかし坂口さんだけは、驚いたように目を見開いた。

「えっ、林田って、あの林田祐基《ゆうき》!?」

「坂口さん、知ってるんですか」

篤が尋ねると、坂口さんは大きく頷いた。

「ああ。たしか、二年くらい前にインハイで団体優勝した高校の主将だよな。俺、母校が出てたからインハイの中継をネットで観てたんだけど、そいつ覚えてるよ。背はそんな高くないんだけど突っ張りが強烈で、こういう奴と当たりたくねえなーって思ったから。そっか、金沢の奴だったもんな」

さすが高校相撲出身なだけあって、アマチュア相撲のこととなると、坂口さんは部屋の誰より詳しい。

「でも、林田って大学行ったんじゃなかったっけ？」坂口さんが首をかしげた。

「そうです。大学の相撲部に入ったんですけど、やっぱりプロになりたいからって。プロになるなら早い方がいいと思って大学は中退したそうです。正月に林田から連絡がきたとき、そう書いてありました」

ずっと柏木さんの様子がおかしかったのは、やはりその林田とやらが入門すると知ったからなのか。

宮川さんや山岸さんは頷いていたが、坂口さんはまだ納得していないようで、質問を続けた。

「でもなんで、そんなに林田が入門するのが嫌なわけ？」

それを聞いた柏木さんは、昔を思い出すように目を細めた。

「……俺、中学のとき林田に負けて、県大会で優勝できなかったんです。あの県大会のときに限らず、林田に勝てたことは昔から一度もなくて。俺はただでさえ、入門してからずっと足踏みしてるのに、プロでもあいつに負けるなんて、絶対に嫌だった。こんなこと格好悪くて言えなかったんですけど、早く関取になりたいって言ってたのは、あいつに負けたくなかったからなんです。それなのに、俺はよりによってインフルにもなって。全然稽古できない焦りから、みなさんに八つ当たりしてました。本当、すみません」

柏木さんが何度目かの謝罪の言葉を口にすると、武藤さんがふっと大きく息を吐いた。

「そんなとこだろうと思ってたよ。その、林田っていう人のことは知らなかったけど」

そう言われて、柏木さんはまた申し訳なさそうな顔をする。

「だからって、もう二度と無茶しようとしたり、周りに八つ当たりとかするなよ。それから変化もしない方がいいと、俺は思う」

武藤さんが、この話は終わり、とでも言うように枕を敷き布団の上に置いた。柏木さんも「はい、もうしません。あんな態度も、変化も」とようやく大きな声で返事をした。

宮川さんは「因縁の相手に負けたくないとか、そんなん全然格好悪くねえじゃん。気にせず言ってくれたらよかったのに」と口を尖らせた。

坂口さんも「バッカだなー。林田たしかに強いけどさ、あんまり気にしすぎんなって。俺だって、弟弟子の善治に思いっきり番付抜かされてるんだぜ？　番付抜かれるなんて、よくあることだよ」と自虐的なことを言う。それに対し小早川さんが、「そんなこと聞いてねえよ。ってか、林田って奴に追い抜かされる前提で話すんな」と渋い顔をする。

山岸さんは「じゃあ明日からはさ、調整じゃなくていつも通りみっちり稽古すればいいんじゃない？　師匠に言ったら大賛成されると思うよ」とのんびりした口調で、結構過酷なことを提案した。無茶するなってさっき武藤さんも言ってましたよ!?　と柏木さんが抗議すると、バーカ、それくらいは無茶とは言わねーよと坂口さんと小早川さんが口を揃えた。そのやり取りに、全員が笑った。

いつもの柏木さんが、朝霧部屋が帰ってきた。篤も笑いながら、胸を撫でおろしていた。


翌々日も、柏木さんの取組があった。前の一番と同様、篤が控えている西方の花道から柏木さんは登場した。

顔と腿を叩いて仕切りを重ね、行司の軍配が返ると、柏木さんはすばやく、そして頭からまっすぐ相手にぶつかっていった。相手より強く当たれたおかげか、柏木さんは右下手を摑むことに成功し、相手が左上手《うわて》を取ろうとするのを振りほどいて寄り切った。四連敗していたのが嘘のような、会心の相撲だ。

行司の軍配が上がった瞬間、ようやく摑んだ白星に安堵《あんど》するかのように、柏木さんは大きく天を仰いだ。

花道を下がっていく途中、柏木さんと目が合った。篤とすれ違う直前、柏木さんは握りこぶしをつくって篤の横に差し出した。篤も右手を握って柏木さんのこぶしと軽くぶつけ合う。その瞬間、柏木さんは満面の笑みを見せて頷いた。

結局この場所、柏木さんは三勝四敗と負け越しを最小限に留めた。後半の三番はどれも、目の覚めるようないい相撲だった。


「篤！」

千秋楽、仕事を終えて祝賀会の会場に駆けつけると、後ろから篤を呼び止める声がした。振り返ると、そこに叔父が立っていた。

「あっ、お久しぶりです」

にこやかに手を振る叔父に、篤も会釈をする。

埼玉県内にある自動車ディーラーで働いている叔父は、なかなか日曜日に休みを取ることができないのだという。そのため、東京で本場所が開催されていた昨年の五月も九月も、千秋楽の祝賀会に参加できなかった。しかし、自分が入門を勧めた手前、一度甥《おい》の様子を見てみようと、このたび思い切って有給休暇を取ったそうだ。入門直後、篤は世話になった叔父にお礼の電話をかけたが、会うのは久しぶりだった。

「実は今日、観戦もしてたんだ。もちろん序ノ口から観たぞ。お前、頑張ってたな。安心した」

博多の海で練習したあの日から、進さんには数回、呼び上げの練習に付き合ってもらっていた。最近ようやく、「ちょっとはましになったたな」という言葉をもらえたところだった。

「ありがとうございます。言ってくれたら、チケット取ったのに。今度観に来るときは声かけてください」

最初に朝霧部屋と連絡を取ったのも、叔父だった。俺は結婚もしていなければ子どももいないから、せめて甥のお前には何かしてやりたいんだ。そう言って入門するまでの間、両親に代わり世話を焼いてくれた。そのお礼に、次回観戦するときのチケットを確保するくらいはしておきたかった。

「好きで観に行ったんだから、そんな気を遣わなくてもいいんだよ。しかし呼出ってかっこいいな。俺も昔は呼出に憧れたけど、相撲を好きになったときにはもう入門できる年齢過ぎてたからなあ」

「あ、そうなんですか」

叔父が呼出に憧れていたというのは初耳だ。叔父は、盲腸で入院していた大学生の頃、たまたま病院のテレビで中継を観て、相撲を好きになったらしい。入門の準備を進めていたとき、そう話してくれた。だから同じ家で育っていても、叔父は相撲好き、篤の父は相撲にまったく興味なし、という現象が起こっていたのだと、納得しながら聞いていたものだった。

「ああ。呼出って、自分が呼び上げをするときはもちろん、土俵を掃いたり懸賞の旗を持ったり、自分の出番以外にも土俵に上がる機会がたくさんあるだろう。ずっと土俵のそばにいて、てきぱき働くのがいいと思っていたんだ。それにあのたっつけ袴も、粋《いき》だよな」

それから叔父は、「もちろんお前の好きなように生きるのが一番だと思っていたよ。でも、呼出になってくれたら嬉しいって気持ちを抑えきれなくてな。それでこの仕事を勧めたんだ」と肩をすくめて付け加えた。決まり悪そうなポーズを取っていたが、その目はいきいきと輝いていた。

つまり俺は、叔父さんの憧れを託されたってわけか。

思わず苦笑すると、師匠がこちらに向かってくるのが見えた。叔父もそれに気づいたらしく、師匠に近づいていった。

「こんばんは。篤の叔父の橋本達郎《たつろう》と申します。いつも篤がお世話になっております」

叔父が慇懃《いんぎん》に挨拶をする。これはこれはと、師匠も改まったように会釈を返した。

叔父は師匠に、部屋での篤の様子を尋ねていたが、ひと通り話を聞くと突然、

「ところで私は昔、霧昇関《きりのぼり》のファンでございまして。握手をしていただけませんか」と握手を求めた。

がっちりと握手を果たしたあと、師匠は後援者に呼ばれ、ではよかったらこの後の打ち上げにも参加してくださいと告げて篤と叔父の元を去った。叔父は、握手を交わした右手を満足そうに眺めていた。最初は社交辞令かと思っていたが、そのほくほくとした横顔を見て、叔父は本当に師匠のファンだったのだと悟った。ひょっとして、朝霧部屋はどうだと提案してきたのも、叔父の希望だったのか。

「叔父さん、師匠のファンだったんですね。知らなかった」

叔父は、照れたように頭を掻いた。

「実はな。だから朝霧部屋がよかったんだ。ミーハーみたいで言えなかったけど」

「横綱や大関じゃなくて、どうして師匠が好きだったんですか?」

たしか、師匠は一場所だけ務めた小結が最高位だった。ふと、入門前に見た「思い出三役」と書かれたウェブページを思い出す。師匠には悪いが、横綱や大関に比べたら師匠のファンは少数派ではなかろうか。

ところが、叔父は即座に答えた。

「もちろん、当時大関だった二葉浪《ふたばなみ》関とかも魅力的だったよ。でも、お前の師匠の霧昇関はいつも

正々堂々と相撲を取っていた。体は大きくなくても、立ち合いで変化することなんて一度もなかった。だから好きだったんだ」

それを聞いて、ふと柏木さんが変化をした一番がよみがえった。

あのときまで、部屋の兄弟子たちが変化をするのを見たことがなかった。師匠が決して変化をしない、正攻法の相撲を信条としていたなら、その教えを受け継ぐ弟子たちが変化をしないのもごく自然なことだ。柏木さんの変化は出来心にしても、兄弟子たちは常に、正々堂々とした相撲を取り続けている。

そう思うと、急に兄弟子たちのことが誇らしくなった。

「あの」と声をかけると、叔父は何だ？　と耳を傾けた。

「さっき、呼出がかっこいいって叔父さんは言ってたんですけど、俺はやっぱり力士も、すごくかっこいいと思うんです」

篤の言葉に叔父は、そうだなと大きく頷いた。

「お、篤やっと来たんだ」

参加者にお酌をしにまわっていた柏木さんが、篤に気づいて駆け寄る。

「この方は？」柏木さんがきょとんとした顔をしていたので、叔父を紹介する。

柏木さんは「じゃあよかったらちゃんこでも食べていってください、もうちょっとでなくなりそうなんで」と、ちゃんこを振る舞っている山岸さんと小早川さんのところへ叔父を案内していった。

叔父が篤の隣を離れたところで、「あの、すみません」とまた背後から声がした。若い女性の声だった。驚いて、叔父に声をかけられたときよりよっぽどすばやく振り向いた。

「篤さん、今いいですか？　一緒に写真撮っていただきたいんですけど」

女性が控えめな声でゆっくり尋ねる。紺色のニットワンピースを着た彼女は、栗色の髪を鎖骨の下まで伸ばしていた。年齢は二十歳くらいで、色が白い。その顔にはなんとなく見覚えがあった。どこかでこの人を見た気がする。でも、どこで？

女性が急に不安げな顔になったのを見て、それより今は写真だと思い直す。近くにいた客にお願いし、彼女とのツーショット写真を撮ってもらった。

写真を撮っても、彼女はなかなか篤の元を離れようとしなかった。黙ったまま目を伏せ、まばたきを繰り返している。

もしかして俺、なんかしたか。愛想のない顔してたとか。

今場所は客から声をかけられ、一緒に写真を撮ることもあったがそれもほんの三、四回だ。未だに写真撮影には慣れない。篤がだんだん不安になってきたとき、女性が意を決したように口を開いた。

「あの、去年の秋場所、友達と一緒に観戦に行っていたんですけど……そのときからずっと、篤さんのこと応援してます」

そう一息に言った声は小さかったが、彼女が発したある言葉に、耳が吸い寄せられた。

去年の秋場所。友達と観戦。

それから栗色の髪に、大人しい態度。点と点が繋《つな》がり、ようやく思い出した。

今目の前にいる女性は、かつて直之さんに声をかけてきた女性ファンの片割れだった。

春場所

丼《どんぶり》から立ちのぼる湯気が、頬と額をわずかに湿らす。ぱきんと割り箸を割った途端、右隣から勢いよく麵をすする音が聞こえてきた。

「うめー。ラーメン最初に作った人って天才だよな。ノーベル賞獲れるんじゃね？」

「うるせえよ、黙って食え」

しみじみとラーメンに感動している宮川さんに、坂口さんは呆れたような顔をした。

初場所が終わった直後の場所休み、篤は兄弟子たちとラーメンを食べにきていた。

「まあまあ。凌平さんも楽しみがあった方がいいんだから、それくらい黙って聞いてあげましょうよ」

味玉を箸で割りながら、柏木さんが山岸さんみたいなことを言う。黄身が固まりきっていないオレンジ色のとろりとした断面を見て、篤も味玉をつければよかったと少し後悔した。

「そうっすよ。休場中ヒマだし、千秋楽も一人留守番でめちゃくちゃつまんなかったですもん。あー、俺も見たかったなー。篤の彼女」

それを聞いて、麵が喉につまりそうになった。むせて咳《せき》を繰り返す篤に、もー何やってんだよと柏木さんが背中をさする。

「何なんすか、『彼女』って」

　水を飲んでコップを机に戻すと、ドンと強めの音がしてしまった。

　宮川さんは「え、違うの？　坂口さんから彼女って聞いたけど」とぺろりと舌を出した。これは、違うと絶対にわかっている顔だ。それなのにわざとらしく聞いてくるとは、面白がっているとしか思えない。

「違います！」

　きっぱり否定したが、でたらめな情報を吹き込んだ張本人の坂口さんは、ずっとにやにやしていた。

「ああ、アミちゃんだろ？　千秋楽のとき一人で来て、なんかおどおどしてるから声かけたら、『篤さんと写真撮りたいんです』って言っててさー。お前もなかなかやるな」

　あの人の名前を、篤は今初めて知った。篤の『彼女』とか冗談をぬかしておきながら、坂口さんもちゃっかりあの人の名前を聞いているではないか。

「知りませんよ。俺はただ写真一緒に撮っただけですから」

　千秋楽の日、あのアミという女性と写真を撮ったあと、すぐに兄弟子たちとともに壇上に呼ばれ、会はお開きとなった。

　最後に参加者を見送ったとき、彼女が「これからも頑張ってください」と当たり障りのないことを言い、ありがとうございますと早口で返しただけで、それ以上の接触はなかった。彼女の名前や祝賀会に来た理由を聞く余裕もなかった。もちろん、時間だけではなく精神的な意味でも。

　別に、ファンができたことは嫌ではない。くすぐったいような妙な心地がするが、むしろ嬉しいことだ。

ただ、どうも釈然としない。彼女は直之さんと写真を撮って嬉しそうにしていたのに。どうして自分なんかを応援していると言い出したのか。

初めてのファンを前にして、謎は残ったままだった。

「なーんだ、彼女じゃないんだ。つまんねーの」

「でもさ、篤今彼女いないじゃん。だったらいっそのこと、本物の彼女にしたら？」

「だよなー。年もハタチって言ってたし、ちょうどいいじゃん。それに年上の彼女っていう響き、なんかエロくてよくね？」

坂口さんは彼女の年齢も聞き出していたらしい。さすが、女性のこととなると手が早い。好き勝手なことを言い合う兄弟子たちをよそに、篤はラーメンを口に運ぶ。煮干しの出汁をしっかりと感じられる、醤油ベースのラーメンは、味玉をつけていなくても充分おいしかった。


二月と六月は本場所も巡業もない。代わりに裏方の講習会などはあるが、それでも普段よりよっぽどオフの時間は多い。

最近はそんなに忙しくないからいいなと、ぼんやり思っていた矢先の出来事だった。

昼のちゃんこを終えたあと、篤の一年先輩呼出である、達樹から電話があった。

「あ、もしもし篤？　今ちょっといい？」

「はい。大丈夫ですよ」

どうしたんですかと篤が聞き返すより先に、達樹は早口で言葉を被せてきた。

「あのな、大ニュース。光太郎さんが辞めた」

篤は思わず息を呑んだ。

達樹が所属する部屋と光太郎の部屋は目と鼻の先にあり、互いに力士たちが出稽古に行っていて交流も深い。達樹が一方的に話した内容はこうだった。

光太郎は最近、酒の量も煙草を吸う本数も、急激に増えていた。それを心配した交際相手の女性が忠告すると、光太郎は聞き入れるどころか逆上し、路上で交際相手の顔を数発平手で叩いた。その場面を目撃した通行人が仲裁に入ったが、通行人も光太郎に突き飛ばされ、警察が駆け付ける事態となった。幸いなことに交際相手も通行人も怪我は軽く、痴話喧嘩ということで片付けられた。しかし師匠は激昂し、光太郎を強く叱った。光太郎は師匠の話をろくに聞かず部屋を飛び出し、そのまま退職届を提出した。

経緯を話す達樹の声は、やけに楽しそうだった。きっとこのゴシップを、誰かに話したくてたまらなかったのだろう。

「いやー、光太郎さん最近態度やばかったし、篤もいびられてたじゃん。やっといなくなるかーって感じだよな」

篤に同意を求めるかのように、達樹は「な」を強く発音した。

もう嫌味を言われなくなることには、当然ほっとしていた。しかし、光太郎の退職はあまりに唐突な話だったので、それ以外の感情が追いつかなかった。結局「……そっすか」とだけ返して、電話を切った。

新大阪駅に降り立つと、春場所で宿舎を借りるお寺の住職である高野《たかの》さんと、その奥さんが迎えに来ていた。

篤は高野さん夫妻とは初対面だが、宿舎となるお寺と朝霧部屋は、もう十年以上の付き合いになるらしい。

「みんな、久しぶりやなあ。元気にしとった？」

「ええ、おかげさまで。ほら、篤お前もちゃんと挨拶しろ」

高野さんの問いに、小早川さんが代表して答える。篤が入門して九ヶ月が過ぎたが、小早川さんが「おかげさまで」という言葉を発するのは初めて聞いた気がする。「ええ」に至っては、一度も聞いたことがないと断言できる。普段からきつい言い方をする小早川さんが、こんなやわらかい口調で話すこともあるなんて知らなかった。挨拶をひと通り済ませてから一行は、高野さんの運転する車に乗り込んだ。

宿舎となる寺は大きかった。境内をみんなで散策したが、高野さん夫妻の説明も交えながらすべて見て回ると、およそ二十分かかった。真っ赤な梅の花に囲まれた三重塔や、きれいに手入れされた枯山水《かれさんすい》庭園にも見とれた。

「なんか、いいんですかね。こんな立派なところに宿舎を借りて」

思わず篤が呟くと高野さん夫妻は、「そんなん気にせんでええ。こっちもみんなが来るのを、毎年楽しみにしとるんやから」と笑い飛ばした。初めて訪れた宿舎の荘厳さに少し気後れしていた篤は、その言葉に安心する。

最後に案内してくれたのは、稽古場と寝泊まりする場所を兼ねた会館だった。一階に土俵を作り、二階に布団や調理道具を持ち込んで生活するらしい。土俵を作る予定の一階はまだがらんとしていて、どこか物寂しい。

土も、土を盛り固めるために敷かれるブルーシートも、何も運ばれていない空間で、奥さんは懐かしそうに思い出話をしてくれた。

「ずいぶん前からみんなにはここを使ってもらって。もう十二年も前やから、当時いたんは秀雄くんくらいやな。健次《けんじ》くんもまだ入門してへんかった」

「健次くん」とは小早川さんのことだ。

「健次くんはな、今もやけど入ってきたときはほんま細くて。もう辞めた大竹《おおたけ》くんに怒られたとき、しゅーんとさらに小さくなって、かわいかったなあ。それが今は、こんな立派になって」

目を細める奥さんの話を聞き、小早川さんは「その話は勘弁してくださいよ」と苦笑いをしている。どうやら入門当初を知られているだけに、小早川さんは高野さん夫妻には頭が上がらないらしい。見ると、坂口さんも柏木さんも、必死で笑いをこらえていた。その気配に気づいたのか、小早川さんは瞬時に二人の方を振り返って、じろりと睨んだ。

「健次くんが立派な兄弟子になったんも、秀雄くんがずっとついてくれたからやな。さっきも言《ゆ》うたけど、前におった大竹くんはほんま厳しくて。皿洗うんも着物畳むんも、何やってもそうやない、やり直せ、って言う人やったから。秀雄くんは健次くんが怒られてるところにさーっと入ってきて、そんなに言わんとってくださいよ、こいつはちゃんとできるようになりますんでって言い返してくれて。あの子は昔から、ほんま優しい子やった」

奥さんは、今この場にいない山岸さんのことにも触れた。

「年に一度やけど、十年以上、この場所でみんなのこと見とったからね。今いる子も、辞めた子も……いろんな思い出がある」

そう言って奥さんは、まだ何もない白い床を見つめた。まるで、朝霧部屋の力士たちと過ごした十二年間を懐かしむように。

「せやから、篤くんとも思い出を作らな。これからよろしくな」

最後は篤に握手を求め、奥さんの話は終わった。

宿舎として使う会館は、元々人が居住するために建てられた空間ではないので、本格的に炊事を行えるような設備は整っていなかった。そのため、長机の上に大型の業務用ガスコンロやまな板を並べ、調理を行う。仮設のちゃんこ場なので、決して使い勝手が良いとは言えない。

普段より調理はしづらいが、この日はお世話になる高野さん夫妻と、近隣住民の方を集めてちゃんこを振る舞うことになっていた。

具材を切る手を止め、時折スマートフォンをチェックしていた坂口さんや、野菜を大きく切りすぎていた柏木さんを叱りつけながら、ほとんど小早川さん一人でちゃんこを完成させた。

「いやー、さすが小早川さん」

坂口さんと柏木さんがおだてても小早川さんはそれを無視し、「お前らが役に立たなすぎなんだよ。せめて配膳くらいちゃんとしろ」とまた二人を叱り飛ばした。高野さん夫妻がいないところでは、いつもの小早川さんに戻るらしい。お前も手伝えと怒号が飛んできたので、篤も慌てて割り箸を机の上に並べた。


しばらくすると、高野さん夫妻が近所の方を連れてやって来た。古野《ふるの》さん母娘と杉内《すぎうち》さん夫妻。みんな相撲が好きで、高野さん夫妻と同様に、毎年朝霧部屋一行が来るのを楽しみにしているという。

「ケンちゃん、久しぶりやなあ。また細くなったんとちゃうか」

「翔太くん、先場所の相撲見たで。勝ち越してよかったなあ」

「将志くんは今年でハタチなん？　早いなあ、ついこないだ入ったばっかやと思たのに」

みなが一斉に喋りだすので、食事をする広間はあっという間に騒がしくなった。

古野さんが連れてきた娘の真衣《まい》ちゃんは七歳で、小早川さんの姿を見ると「ケンちゃん」と駆け寄り、そばを離れようとしなかった。

「真衣ちゃん、騙《だま》されてねえか？」と坂口さんは小声で言っていたが、小早川さんは怒らなければかっこいいので、おませな女の子には好かれるのかもしれない。

真衣ちゃんは食事中も、小早川さんの隣にぴたりと座っていた。

「ケンちゃん、おいしい」

真衣ちゃんが笑顔でちゃんこの感想を伝えると、小早川さんは、そうか、おいしいかーと目を細めた。小早川さんはどうやら子ども好きなようだ。篤はまた、小早川さんの新たな一面を知った。

「うん、おいしいで。去年と同じ味がする」

箸をきちんと使いこなし、真衣ちゃんがもう一口ちゃんこを頬張ると、小早川さんは安堵の表情を見せた。

「ほんま。これ食べると、春が来たって感じがするわ」

高野さんの奥さんも、しみじみとした声をあげる。大人たちも一斉にちゃんこの味に感嘆しはじめたので、小早川さんはじゃあもっと食べて行ってくださいとちゃんこを勧めた。

ちゃんこを食べ終わってもなお、真衣ちゃんは小早川さんにべったりだった。「ねー。お花あげる」と、今度は折り紙で作ったチューリップを渡している。

ありがとうと目尻を下げる小早川さんを、真衣ちゃんはじっと見ていた。

どうした？　と優しい声音で小早川さんが尋ねると、真衣ちゃんは、「ねえ、ケンちゃんはいつサンダンメに上がるんー？」と聞いてきた。無邪気な質問に、なぜか篤が焦った。

入門して十年が過ぎたが、小早川さんは一度も三段目に上がったことはなく、ずっと序二段暮らしが続いていた。

しかし当の小早川さんは、ずっと序二段にいることを指摘されても、特に気に留めていない様子だった。

「うーん、いつになるかわからないなあ」

「えー？　真衣、ケンちゃんがサンダンメに上がるとこ、見たい」

真衣ちゃんが駄々をこねるように言うと、小早川さんはその頭の上にそっと手を乗せた。

「俺も、三段目上がれたら嬉しいよ。でも俺には、みんながおいしいってたくさん食べてくれるちゃんこを作る仕事があるから」

小早川さんの言葉を黙って聞いていた真衣ちゃんは、「わかったー、じゃあお相撲と、ちゃんこ作るのがんばってな」と、どこに隠していたのか、また別の折り紙を小早川さんに渡した。今度はペンギンだった。

折り紙のペンギンは何羽かいたようで、真衣ちゃんは篤や坂口さん、柏木さんにもペンギンを分けてくれた。

Ａ２サイズほどの紙を折って折って、それからまた折って。この作業を何度繰り返したことだろう。番付表を折り始めて一時間は経過したが、まだ真新しい番付表の山はなくならない。昨日、後発隊として武藤さんと山岸さんも大阪に乗り込んできた。今日の番付発表を受け、後援者たちに番付表を発送する準備を進めているが、なんせ朝霧部屋は弟子の人数が少ないので、なかなか終わりが見えない。しかも宮川さんは今場所も休場で東京に残っているため、戦力が一人欠けた状態だ。

番付表を折り続け、水分と脂を紙に持っていかれたのか、指の先が少しカサカサしてきた。一緒に番付表を折る作業を担当している柏木さんも「もう、いっつも思うけど番付表送るの手伝うバイト雇ってほしいっす」と疲れきった声をあげている。それを聞いていた兄弟子たちも、それなー、だの、俺も番付表封筒に入れるの飽きた、だの一斉に柏木さんに賛同する。

「それくらいやってほしいですよね。マジで人手足りないから」

これで武藤さんが関取になったら本気でやばい、とぶつくさ言い、柏木さんが手を止めた。

関取は特権として、部屋の雑用を免除される。朝霧部屋で一番関取に近い、武藤さんの今場所の番付は東幕下十枚目。先場所五勝を挙げ、自己最高位を更新した。昨日宿舎に到着するやいなや、武藤さんは高野さん夫妻をはじめとする、大阪朝霧部屋応援団に「もうすぐ関取やね！」と激励されていた。

その武藤さんも、普段はみんなを叱る小早川さんも、さすがに疲れた様子で手をぶらぶらさせていた。今場所やってない分、来場所は凌平に頑張ってもらおーぜと兄弟子たちが冗談めかして言っている中、山岸さんだけが、黙々と手を動かし続けていた。山岸さんは番付表の入った封筒をのり付けする担当で、ぴっちり閉じられた封筒の山は、どんどん高くなっていった。

山岸さんすごいっすね、と篤が声をかけると、

「番付表が届くのを楽しみに待っている人たちがたくさんいるから。それに俺、こうやって番付表

送る準備するの、全然苦じゃないんだ」

と山岸さんは菩薩《ぼさつ》の笑みを見せた。

山岸さんが頑張っていたのでサボるわけにもいかず、みな疲れた手を必死で動かし、作業を終えた。午後には古野さんと杉内さんの奥さんがやって来た。二人とも午前中はバタバタしていてまだ番付を確認できていないらしく、「みんなどうだったん？」と聞いてきた。

「俺、西幕下三十二枚目です！　久々に幕下の真ん中くらいなんで、褒めてくださいよ」

「三段目の東五十五枚目です……下がっちゃいました」

「俺は西の序二段の七十九枚目ですね。まあ、いつもこれくらいなんで」

それぞれが自分の番付を発表する中、山岸さんは余った番付表をじっと見て答えた。

「俺は序二段の西七十四枚目です。健次と、そんな変わんない番付です」

古野さんと杉内さんは、山岸さんが手にしていた番付表を覗きこんだ。

「え、どこどこ？」

「ここです。ほら、こんな小さい字」

山岸さんの太い指が、糸のように細く書かれた「岐阜　秀昇　忠」の字を指し示す。

相撲の番付表は一番上に幕内力士の名前が並び、その下は十両、幕下、三段目と、下位の力士の名が続く。頂点に君臨する横綱の出身地と四股名は一番太い字で書かれ、下がれば下がるほど、記される字は細く、小さくなる。一番下位の序ノ口は、虫眼鏡が必要なほど四股名が小さく書かれているので「虫眼鏡」とも呼ばれる。

角界は番付がものをいう世界だが、この表一枚にも、それがよく表れている。

山岸さんや小早川さんがいる序二段の番付は、序ノ口ほどではないが、それでもやはり四股名は確認しづらい。師匠は、番付表を見るたび「老眼だからお前らの番付はよく見えん」とぼやいている。

山岸さんは小早川さんと同様、一度も三段目に上がったことがない。百六十キロと体格も大きいのに、自己最高位は西序二段二枚目だった。

「ほんまやー。こんな細かい字、見とるだけで目ぇ痛くなりそうやわ」

「でも教えてもろたから、今度からは一発で秀雄くんの名前見つけられるわ」

古野さん杉内さんコンビは、興味深げに番付表をまじまじと見ていた。

「そうだ、お二人は番付表いりますか。どうせまだ余ってるんで」

山岸さんが声をかけると、二人は、いるいるー！　と手を叩いて喜んだ。


例のごとく、土俵築が始まるまでは篤も稽古を見て、各々が相撲を取った番数をノートに記入する。とはいえそこに書かれる名前は、武藤さんと坂口さん、柏木さんの三人だけだ。怪我をする前は、宮川さんも名を連ねていた。ノートに山岸さんと小早川さんの名前が書かれることはない。二人は途中で稽古を切り上げ、全員分のちゃんこを作りはじめるからだ。篤が入門するずっと前からそうなのだという。

最初は、二人だけ最後まで稽古ができないのは不平等ではないのかと思っていた。だから一度、二人にそのことを聞いてみたことがある。

すると、山岸さんは「俺は弱いから、せめてちゃんこ番としてみんなの役に立ちたいんだ」と淀みなく答えた。小早川さんは「弟弟子みんなちゃんこ番の足手まといになるような奴らばっかりだし、俺と山岸さんがやるしかねえだろ。むしろ、きつい稽古途中でやめられてラッキーだよ」と、こちらを見向きもせず洗った鍋を拭いていた。稽古ノートを見ながら、ふと、篤はそんなことを思い出していた。

昼のちゃんこ後の自由時間、インターフォンが鳴った。どうやら宅配便が届いたらしい。こんなときは新弟子である篤が対応しなければいけない。

一階に降りて荷物を受けとり、ふたたび二階の大部屋に戻ろうとしたとき、後ろに気配を感じた。振り返ると、山岸さんが稽古見学者用のパイプ椅子に座って稽古場の土俵を見ていた。

「山岸さん、そんなとこにいたんすか」

篤が声をかけると、山岸さんはああと曖昧に頷いた。

「稽古場見て、何してたんですか」

「別に何かしてた訳じゃないけど。ここでみんな頑張ってるんだなーって思って。俺は一時間くらいしかこの土俵にいないし、せっかくだからちゃんと見ておこうと思って」

そう答える山岸さんの指は爪のまわりが白く乾燥していて、ささくれがいくつもある。毎日たくさんの肉や野菜を切ったり、皿洗いで冷たい水にさらされたりと、使い込まれていることがわかるような手だ。その手が、山岸さんがちゃんこ長として過ごしてきた年月を物語っていた。

「そうなんですか。でも、みんなが頑張れるのも、山岸さんたちが毎日おいしいちゃんこを作ってくれてるからだと思いますよ」

「どうしたの、急に」

山岸さんは驚いたような、照れたような顔で篤を見た。それからしばらく間があいて、「でも、ありがとう」と小さく声が聞こえた。

篤も山岸さんと同じように土俵を見つめた。稽古後に土をふるいにかけ、きれいに整えていても、稽古で何度も踏まれた土俵には、力士たちが汗を流してきた気配がそこはかとなく残っている。今日も柏木さんが武藤さんに三十番近く稽古をつけられ、こてんぱんにされていた。そこまでされるのは、柏木さんが期待されているからだ。そして例のごとく、山岸さんと小早川さんは一時間ほどで土俵を離れていた。

相撲部屋のちゃんこ長は、序二段や三段目に長くとどまっている力士が任されることが多い。山岸さんは、まさにその典型的な例だ。

山岸さんはみんなの役に立ちたいと言っていたが、期待をかけられる力士になりたかったという未練もあるのかもしれない。土俵を眺める山岸さんを見て、そう思った。

「おい、篤早く荷物持って来いよー。たぶんそれ、俺がアマゾンで頼んだプロテインだろ」

しびれを切らしたような坂口さんの声が二階から降ってくる。山岸さんは、早く戻れと目で合図をした。

篤は先に二階に上がったが、山岸さんはまだ土俵を見ていたのだろう。しばらく二階には戻ってこなかった。

三月の初旬、春場所の土俵築が始まった。光太郎が退職してから呼出たちが集まるのは初めてだった。

光太郎が欠けても、何事もなかったように次の場所がやって来るが、やはり重労働の土俵築となると、一人の欠員は痛手だった。土俵上を往復する回数も、タコやタタキで土俵を叩く回数も、以前より多かった。動き回らなければいけない土俵築は、相変わらず体力を奪われる。しかし多少は慣れてきたからだろうか。右へ左へ駆けまわっていても、入門したばかりの頃よりも疲労感は少なかった。

土俵築一日目の作業が終わると、直之さんは、あー疲れたなーと大きく伸びをして、篤の方を振り返った。

「なあ、なんか腹減ってない？」

ちゃんと昼に食事を摂ったとはいえ、一日動きっぱなしだ。当然篤もお腹が空いている。

「豚まん食べに行こーぜ」

直之さんの提案に二つ返事で頷く。会場の目の前にも店舗があったが、三段目呼出が二人、その店に入っていくのを見て、篤と直之さんは近くにある別の店舗に行くことにした。

春場所の会場となる体育会館は街中にあり、近くには飲食チェーン店やアパレルショップで賑わう地下街もある。その地下街にある店を目指して移動している最中のことだった。

信号待ちをしていると、「あっ！」という女性たちの叫び声が聞こえた。声のした方に目をやると、反対側に立っていた女性二人がこちらを凝視していた。一方は背が高くもう一方は小柄で、アンバランスな二人組だった。ところが背の高い方を見て、思わず篤も「あっ」と声をあげそうになった。

秋場所で、直之さんに声をかけていた人だ。今日はアミと一緒ではなかった。信号が変わり、彼女たちが早足で向かってくる。こちらに用があるのは明らかだったので、篤と直之さんは信号を渡ることができなかった。

彼女たちは信号を渡り終えると、「直之さんと篤さんですよね！」と興奮気味に話しかけてきた。

以前見かけたとき、背の高い方は直之さんしか眼中になさそうだったので、自分の名前も出てきたことに軽く驚く。

直之さんも彼女のことは覚えていたらしく、「はい。あの、前一緒に写真撮った方ですよね？」と笑顔で返事をする。彼女も「そうです！　覚えてくれてたんだー」と顔を大きくほころばせた。どうして彼女がここにいるのだろう。直之さんも不思議に思ったらしく、「今日なんかあったんですか？」と尋ねた。

「今日、栄丸《さかえまる》関のトークショーがこの近くであるんです。それで、ついでに春場所の会場に行ってみようかっていう話になって」

彼女が答えると、隣の女性も「私は時間ないかもって言ったんですけど、サクラさんが強引に行こうって」と付け加えた。黒髪のボブヘアの、大人しそうな外見から想像できないほど、彼女も声が大きかった。

サクラと呼ばれた背の高い方は、「でも行ってみてよかったでしょ？　直之さんと、今人気の篤くんに会えたんだから」と胸を張った。

さらりと言われたが、篤は彼女の言葉に耳を疑った。

今人気の篤くん？　この人、たしかにそう言ったよな。

篤が怪訝《けげん》そうな顔をしているのに気づいたのか、小柄な方が勢いよく説明し始めた。「あっ、今私たちの間でちょっとした篤くんブームが来ていて。みんな篤くんかわいいって言ってるんですよ。例えば土俵の掃き方が上手じゃなくてかわいいとか、直之くんとのツーショットで顔が引きつってるのかわいいとか」

そう楽しそうに語ると、サクラも身を乗り出した。

「あと書き初めが下手でかわいいっていうのもあったよね！　いかにも不器用な感じが出てるって」

「あー、あの『歩』の字が小さいやつ！　あれ、最高」

二人は、手を叩いて笑っていた。篤が見えていないのではないかと思うほどの盛り上がりっぷりだ。

二人が笑い声をあげるたび、その高く、大きな声が鼓膜に突き刺さりそうだった。

篤が唇を嚙んだ瞬間、直之さんが「トークショーって何時からですか？　もうすぐ始まるんじゃないですか？」と二人に声をかけた。

そこでようやく二人は「あっ。本当だ。そろそろ行かなきゃ」と我に返った。

それから篤と直之さんに手を振り、二人は去っていった。


店に着くなり、直之さんが「豚まん以外にもなんか頼む？」とメニューを差し出した。

篤が首を横に振ると、直之さんも「そっか」と短く返事をし、小さくため息をついた。

「ああいう人、たまにいるんだよな」

どうやらサクラたちのことを言っているようだった。彼女たちの前ではにこやかに振る舞っていたが、さすがにあの言動は目に余るものがあったらしい。ファンサービスを大切にする直之さんでも、ファンに対して苦々しく思うことがあるなんて知らなかった。

「本人たちも悪気はないんだろうけど。俺たちはマスコットとかじゃないからさ、言われて嫌なこともくらいあるよな」

その言葉に、篤も頷く。

「まあでも、純粋に応援してくれる人もちゃんといるからさ。ああいう一部の声だけ気にするわけにもいかないよな」

「純粋に応援してくれる人」と聞き、ふいに初場所の千秋楽祝賀会で会ったアミの姿が浮かんだ。「応援してます」と篤に伝えたとき、彼女は終始恥ずかしそうにしていた。その様子は、篤のことを「かわいい」と言ってバカにしたように笑うサクラたちとは、全然違う。

以前サクラと一緒に行動していたのが引っ掛かるが、せめてあの人だけは、純粋に応援してくれる人であってほしい。

そうぼんやりと考えているうちに、豚まんが運ばれてきた。熱くてふかふかの皮を齧ると、肉汁と玉ねぎの甘さが口いっぱいに広がった。

豚まんを食べ終わると、サクラたちのことは多少どうでもよくなっていた。

徐々に暖かい日が増え、桜の蕾《つぼみ》が黄緑色にふくらみ始めた頃に始まった春場所は、どこかそわそわした空気に満ちていた。

中学・高校・大学と、それぞれの学生が卒業を迎え、入門してくる春場所は、一年の中で最も新弟子の数が多く「就職場所」とも呼ばれる。先場所は新弟子合格者数が十数名だったのに対し、今場所はおよそ五十名にものぼった。二名ほど、新しく行司も採用された。

二日目、会場で流れる相撲錬成歌《れんせいか》を聞きながら、篤は前相撲の準備をしていた。

相撲錬成歌とは、協会に伝わる伝統的な歌だ。学校でいえば、校歌にあたる。

力士たちは入門して半年は必ず、相撲教習所と呼ばれる力士のための学校に通うが、そこで錬成歌を習う。要するに力士人生のはじまりには、この歌がついてくると言っても過言ではない。

歌が途切れてからしばらくすると、緊張した面持ちの青少年が次々と入場し、土俵下に並んで座った。

中には体重が二百キロ近くありそうな巨漢もいれば、角界でいうところの「ソップ型」、つまりは鶏ガラのように細い体型の者もいた。見た目はバラバラでも、周囲を盗み見て所作を確認したり、あぐらを組んだ脚をぱたぱたと上下に動かしたりと、みな一様に落ち着きがなかった。

そんな中、表情ひとつ変えずにじっと座っている小柄な青年がいた。座高が他の新弟子たちよりも低いことに加え、ずいぶんと落ち着いていたのでやたら目立っていた。

直之さんと達樹に四股名を呼ばれ、まだ番付に載っていない、相撲人生の第一歩を踏み出したばかりの新弟子たちが次々と土俵に上がっていく。体格に恵まれていても、四股を踏むときに足がまったく上がっていなかったり、立ち合いに鋭さがなくふんわりと立ったり、見るからに相撲未経験者らしき新弟子が何名かいた。
五、六番ほど前相撲の取組が済んだのち、直之さんが「はやしーいいーーだあーーー」と声を張り上げ、さきほどの小柄な新弟子が土俵に上がった。
林田。その名前には聞き覚えがあった。先場所、柏木さんに焦りを抱かせたライバルだ。

アマチュア相撲で輝かしい実績を持つ者には、幕下十五枚目や三段目の百枚目からデビューできる「付出《つけだし》」という名の特権が与えられる。だが高校相撲で活躍したとはいえ、林田は付出となる条件を満たしておらず、前相撲からのスタートのようだ。そういえば場所前に柏木さんが「あーあ、あいつもついにプロ入りか」とぼやき、坂口さんと武藤さんに「じゃあお前も頑張れよ」としっかり可愛がりを受けていた。

林田がいざ土俵に上がると、正面で待ち構えていた報道陣がフラッシュをたいた。どうやら新弟子の中でもそれなりに注目されているらしい。

林田は身長百七十センチほどだろうか。上背はないが、腕や肩、腿にしなやかな筋肉がついていて、均整の取れた体つきをしていた。対戦相手は林田よりも身長が十五センチほど高く、横幅も充分あったが、フラッシュの数と鍛えられた林田の体のラインに気後れしてしまったのかもしれない。いざ取組が始まると、鋭い立ち合いと重く強烈な突っ張りが繰り出され、相手はたった一秒ほどで土俵の外に押し出されてしまった。ふたたび報道陣のフラッシュが瞬く。

林田つえーな。

感心して土俵を見上げているうち、あっという間に前相撲が終わった。

林田のように将来を嘱望されて入ってくる者、未経験でも相撲を取りたいと入門した鶏ガラ体型の者、五十名もいればその入門に至った経緯はさまざまだ。角界で関取になれる者はほんの一握りで、この中の大多数が関取になれないまま土俵を去っていく。

ただ、どんな新弟子でも、角界に憧れて入門してくることに変わりはない。そして、横綱になって名前を馳《は》せようが、序ノ口序二段のまま引退しようが、一人一人にそれぞれの物語がある。

前相撲に見入っていたので、このあとに始まる序ノ口の取組の準備が遅れてしまった。ボーッとすんなと先輩呼出からの叱責を受け、篤は慌てて手持ちで序ノ口力士の四股名を確認した。


春場所の十三日目、朝霧部屋は序二段の小早川さんと山岸さん、二人の取組があった。

朝霧部屋ちゃんこ番の二人は、どういうわけか取組のある日がしょっちゅう重なっていた。まず、小早川さんが先に土俵に上がった。ここまでの成績は二勝四敗。すでに負け越しが決まっていた。

小早川さんは細身なのが仇《あだ》となり相手に簡単に押し込まれたり、持ち上げられたりする。だからいつも、体格の大きい力士との対戦では分が悪いが、今日の対戦相手は幸いにも、小早川さんとさして体格の変わらない、百キロもなさそうな細くて若い力士だった。

両力士が手をついて立つと、小早川さんは相手の突っ張りに少し後退したが、相手がふたたび突こうとした瞬間を見計らっていたかのように、タイミングよく引き落とした。これで三勝四敗。負け越しているが、なんとか最後は白星で飾ることができた。

小早川ー、と行司から勝ち名乗りを受け花道を下がるとき、小早川さんは篤と目を合わせ、頷くような仕草をした。普段小早川さんは、西方から登場して勝ったときは一応篤と目を合わせてくれるが、頷くことまではしない。しかし、今日小早川さんが特別に頷いた理由はわかっていたので、篤も小さく頷き返した。

それから二番後、山岸さんが土俵に上がった。山岸さんも小早川さんと同じく、二勝四敗の星だった。

にいいしいいいーーー　ひでのーおーーぼおおりーーーー
山岸さんの四股名が呼び上げられると、珍しく「秀昇!」と声が聞こえた。初老ぐらいの男性の声だ。

「西方、秀昇。岐阜県羽島《はしま》市出身、朝霧部屋」

行司のアナウンスが響くと、もう一度、同じ声で秀昇への応援が聞こえた。

山岸さんは、基本的に所作がゆったりとしている。きびきびというより、ひとつひとつ嚙みしめるようにこなしていくその動きには、気性の優しさが表れている気がする。

山岸さんがゆっくり、そしてどっしりと四股を踏み、確かめるように仕切りを重ねて手をつくと、行司の軍配が返った。

山岸さんの普段の立ち合いは遅いのに、この日は立ち合いにすべてを懸けていたかのように、ぱっとすばやく立った。胸が合い、相手の両前まわしを取る。相手は上手が遠く、まわしを取れないままだ。すかさず前へ前へ出て行って相手を追い詰め、土俵の外に寄り切った。

秀昇ー、と勝ち名乗りを受け土俵を下りると、ぱちぱちと拍手が聞こえた。あの初老の男性が大きく手を叩いているようだった。

山岸さんが花道を引き上げてきた。

やや大げさなその音を聞きながら、篤も花道の奥へと急いだ。

「山岸さん、お疲れさまでした」

相撲を取り、そのまま奥で待っていた小早川さんが、大きな花束を持って山岸さんを出迎えた。今日取組のなかった柏木さん坂口さん、武藤さんも駆けつけていた。

「ありがとう。こんな、花まで用意してもらって」

一同に礼を告げる山岸さんの声は、少し震えそうになっていた。

「いえ、そんな。本当に、今までありがとうございました」

「こちらこそ、ありがとう。お前も今日勝ってよかったよ」

こんなときまで、自分のことより小早川さんが勝ったことに安心している山岸さんは、どこかずれているけれど、やっぱり優しい。

「俺のことはいいんです。それより、山岸さんが現役最後の相撲を白星で飾れてよかった」

その言葉を聞いた山岸さんが、両手で抱えていた花束を左手に持ち替えて、右手を差し出した。小早川さんも右手を出し、二人は固く握手を交わした。それを見ていた柏木さんたちが、指で目尻をぬぐう。

「お前たちも、本当ありがとう」

そう言って、山岸さんは残った弟弟子全員の肩を優しく叩いた。もちろん、篤も例外ではなかった。

部屋の全員に声をかけた後、ここにいたら邪魔になるからと山岸さんと兄弟子たちは花道の奥へ消えていった。今日はもう兄弟子たちの取組はないので、全員揃って部屋に帰るのだろう。打ち出し後まで仕事がある篤は後ろ髪を引かれる思いで兄弟子たちを見送った。

篤が山岸さんと過ごしたのは、ほんの十ヶ月余りだ。短い期間だったけれど、山岸さんは毎日おいしいちゃんこを作ってくれて、雑用のこなし方もひとつひとつ、優しく丁寧に教えてくれた。他の兄弟子たちとも一緒に、たわいのない話もたくさんした。昨年の秋場所後に「来年の春場所で引退する」と聞かされていたが、いざ部屋の全員に花束で出迎えられた山岸さんを見ると、篤も目が潤んだ。


山岸さんの断髪式は、春場所の千秋楽祝賀会の中で行われた。朝霧部屋は小さい部屋なので断髪式に必要な人手が足りず、同じ一門の部屋から床山《とこやま》と行司を呼び協力を仰いだ。それから断髪式のために、東京でリハビリをしていた宮川さんも会場に駆けつけた。例のごとく篤は遅れての参加だったが今回は祝賀会の開始時間が遅かったので、断髪式もきちんと見届けることができた。

山岸さんの、最初で最後の大銀杏はよく似合っていた。山岸さんはベテラン力士の割には髪の毛が充分あり、頭のてっぺんで銀杏の形が大きく開いていた。元々体格にも恵まれていたので、羽織袴を着るとまるで関取経験者のように見えた。鋏《はさみ》を入れる前、師匠も「見た目だけなら序二段じゃないのになあ」と言い、部屋の一同が笑った。山岸さんと笑い合えるのも最後となるのが信じられなかった。

　断髪式では、まず後援者や家族、それから部屋の弟子たちが鋏を入れ、最後は師匠が銀杏のかたちをした大たぶさを切り落とす。最後に大役を引き受ける師匠のために、他の者は少しずつ鋏を入れなければならない。後援者がちょきちょきと鋏を入れている間、山岸さんは「これからも頑張ってね」などの声かけに、笑顔で応じていた。しかし、岐阜から駆けつけてきた両親が鋏を持つと、さすがに込み上げてくるものがあったのだろう。唇を噛んでうつむいた。

　山岸さんは、垂れ気味の眉と細い目はお父さん、丸みを帯びた鼻先とふっくらした頰、常に上がっているような口角はお母さんと、両親どちらにも似ていた。お母さんに続き、お父さんが小さく鋏を動かした後、お父さんは「よう頑張った！」と息子の肩に手を置いた。その声は、あの取組で聞こえた声と同じだった。お父さんの声を聞いて、山岸さんはさらに深くうつむく。次は、篤が鋏を入れる番だ。

　行司から鋏を受け取り後ろに立つと、山岸さんはようやく顔を上げた。

「今まで本当にありがとうございました」

　山岸さんにかける言葉を、篤はずっと探していた。さんざん考えたけれど、結局最後はありきたりな言葉しか出てこなかった。

「おう。お前もこれから頑張れよ」

　篤のそんな言葉にも、山岸さんは振り返って微笑んだ。断髪用の、黄金に輝く鋏は少しだけ重かった。山岸さんの相撲人生の思い出が、この大銀杏に詰まっているのだと思うと、切ったか切っていないかわからない程度にしか鋏を動かせなかった。

　それからはおかみさんに続いて、入門が遅い順に弟子たちが鋏を入れていき、最後は小早川さんと師匠だけが残った。小早川さんが鋏を持って後ろにまわったとき、山岸さんはいつの間にか左手に白いハンカチを握りしめていた。小早川さんが鋏を縦に動かす。すると山岸さんはふたたびうつむいて、目にハンカチを押し当てた。小早川さんの手が止まる。肩も口元も、震えていた。

あの小早川さんが、泣きそうになっている。

初めて見る小早川さんの表情に驚いていると、山岸さんが後ろを振り返った。そして羽織の袖から、ハンカチを握っていない方の手を小さく差し出す。十三日目、花道の奥でそうしたように。小早川さんも行司に鋏を渡して、山岸さんの手を握り返した。小早川さんの肩はまだ震えていたけれど、口元にはようやく小さな笑みがこぼれた。

いよいよ師匠が止め鋏を入れる番となった。師匠は表情ひとつ変えず、じょきんと誰より大きく鋏を動かした。鋏の刃が嚙み合った瞬間、山岸さんの目からは大粒の涙がこぼれた。山岸さんがハンカチで涙をぬぐうのと、切り落とした大たぶさを師匠が掲げたのは、ほぼ同時だった。涙を拭いた山岸さんが立ち上がる。二人が一緒になって深々とお辞儀をすると、会場からは大きな拍手が湧き上がった。

大たぶさを切り落とされたあとの山岸さんは、鬢付け油で固められた髪が後頭部にかけて針金のように立っていて、少しだけ不格好だった。これから山岸さんは、整髪をしてスーツ姿に着替えることになっている。

「秀昇ではなく、山岸秀雄としてまたこの金屛風の前に戻ってきます」とのアナウンスとともに、山岸さんはいったん会場を去った。

山岸さんがふたたび姿を現したのは、およそ三十分後だった。

皆さんご注目ください、と司会に紹介されて壇上に立った山岸さんは、両サイドの髪を短く刈り上げ、前髪をわずかに上げて撫でつけていた。スーツは特注したようだが思ったよりも大きめに作られたらしく、だぼだぼしていた。ばっちり決まった髪型にサイズの合っていないスーツはちぐはぐな感じがしたけれど、山岸さんはどこか満足げで、少しだけ若返って見えた。

「えー、皆さま十七年間、秀昇を応援していただき、誠にありがとうございました」

師匠も登壇し、山岸さんと並んで挨拶をする。

「この秀昇はですね、私が部屋を継いで間もない頃から在籍していた力士です。体格がいいからとスカウトしたものの、気の優しさが災いしたのか、出世は順調ではなく、ほとんどずっと序二段におりまして」

会場がどっと笑い声に包まれる。山岸さんもさすがに決まり悪そうに肩をすくめている。

「番付はなかなか上がらなかったんですが、秀昇はちゃんこ長として毎日食事で部屋を支えてくれました。それだけでなく、部屋の最年長力士として弟弟子への生活指導も頑張っていました。秀昇なくして、今の朝霧部屋はなかったと思います。今後、秀昇は山岸秀雄として、第二の人生を歩んでいきます。秀雄、十七年間お疲れさん。そして、本当にありがとう。では、本人からも挨拶をしてもらおうと思います」

客たちが拍手をする間もなく、マイクが山岸さんに手渡される。山岸さんはぺこりと一礼して、口を開いた。

「ご紹介にあずかりました、秀昇改め山岸秀雄です。私は今場所をもちまして角界を引退することとなりました。皆さま、長らく応援していただきありがとうございました」

山岸さんがまた頭を下げると、拍手と「お疲れさまー！」と酔っぱらった声が聞こえてきた。酔っぱらいの声が思いのほか大きかったので、山岸さんは苦笑いをした。

「師匠の言葉通り、私は序二段に上がるのが精いっぱいの力士でした。相撲が好きで、できることならずっと相撲を続けたいと思っていましたが、角界は番付がすべての厳しい世界です。だから私のような力士は、肩身が狭いのです。そこで私は、ちゃんこ番を頑張ることで、なんとか活路を見《み》出《いだ》しました。出世が見込めなくても、食事の面で部屋のみんなを支えられたらと思ったのです。もちろん、もっと上の番付に上がりたいと思ったことは何度もあります。今もほんの少し、三段目に上がれなかったことを悔やむ気持ちもあります。ですが、部屋のみんなが毎日残さずちゃんこを食べてくれて、頼りない私に部屋の仕事を聞いてくれて、こんなに嬉しいことはありませんでした。今年で三十代半ばに差し掛かることから、自分の人生について見直し、現役生活に区切りをつけることを決意しました。良い仲間に恵まれたおかげで、秀昇という力士は、最高の相撲人生を送ることができました。これからも、この世界で皆さまに与えてもらった思いやりの気持ちを忘れず、新たな仕事に精進していきます。十七年間、本当にありがとうございました」

一度、マイクから口を離したのでそこで話は終わるかと思ったが、最後に、と山岸さんは付け加えた。

「一つ、言っておきたいことがあります。私は長年、朝霧部屋のちゃんこ長としてやってきたわけですが、ここまで長くやってこられたのは弟弟子の小早川……ここでは健次と呼ばせてください。健次のおかげです。うちは小さい部屋とはいえ、毎日人数分のちゃんこを作るのは大変な作業でした。決して楽な仕事ではなかったので、健次が一緒にちゃんこ番をやってくれて、本当に助かりました。健次は体は細いですが、角界に憧れ入門してきました。彼は新弟子の頃、兄弟子にたくさん叱られていました。食べても太らないと悩んでいました。それでも部屋の仕事も稽古も、毎日頑張っていたんです。そんな彼を近くで見ていて、本当に相撲が好きなんだなと思っていました。ところがあるとき、それまでちゃんこ長をしていた兄弟子が引退し、次は私がちゃんこ長になると伝えられました。あと、健次も中心となってちゃんこ番を手伝うということも。私はみんなに喜んでもらいたかったので、ほとんど迷うことなくちゃんこ長の役目を引き受けました。ただ、問題は健次です。彼はこのとき、まだ入門して三年の、若い力士でした。今は番付が上がっていなくても、これから大成する可能性だってある。そんな彼に、一緒になってちゃんこ番を頑張ってほしいと言うのは酷な気がしたんです。そのとき、私は聞きました。ちゃんこ番を手伝うとなると、稽古も今までよりできなくなるけどいいのか、と。すると健次は答えました。『大丈夫です。俺は山岸さんと一緒に頑張りたいんです』と。このとき、彼は笑って答えていたんです。その笑顔に偽りはなさそうでした。しかし、私が一人でちゃんこ番をこなせるほどしっかりしていたら、あんなに相撲が好きだった健次の可能性を狭めることにはならなかったのではないかと、今でも思うんです。だから、健次には悪いことをしてしまったと……」

ちらりと後ろを振り返ると、小早川さんは目にハンカチを押し当て、さきほどよりも大きく肩を震わせていた。

「悪いことしたなんて、全然そんなことないです」

小早川さんは顔を上げると、絞り出すように言った。山岸さんも小早川さんを見ていた。スピーチがいったん中断され、会場は静まり返った。

「俺は、ちゃんこ番になってほしいと言われたときから、覚悟はできていたんです。山岸さんと一緒だったらやっていける、この人のために頑張りたいって、本当に思ったんです。ちゃんこ番を引き受けたのを後悔したことなんて、一度もないです」

震える声で言い口を閉ざすと、ふっと息がマイクにかかる音が聞こえた。

「健次、ありがとう」

山岸さんがそう告げると、小早川さんはまたハンカチを顔に押し当て、嗚咽を漏らした。

「今度は、健次が朝霧部屋のちゃんこ長になります。健次は朝霧部屋のちゃんこの味をしっかり受け継いでくれています。料理の腕も確かで、むしろ私よりも上手に作れるのではないかと思うほどです。ちなみに今日皆さまに振る舞ったちゃんこも、彼が中心になって作ってくれました」

うまかったぞー！　とまた酔っぱらいが声をあげ、客が何人かつられて笑った。

「もう健次は、何の心配もいりません。これからはちゃんこ長として、部屋の最年長として、みんなを支えていってほしいと思います。そして改めて、師匠、おかみさん、部屋のみんな、私の家族や友人、応援してくださった皆さま全員に、感謝を申し上げます。十七年間、秀昇という力士でいられて幸せでした。長くなりましたが、これにてご挨拶とさせていただきます。今まで、本当にありがとうございました」

最後に、山岸さんと師匠は二度目となるお辞儀をした。参加者からの拍手はなかなか鳴りやまず、二人はしばらく頭を下げたままだった。


一般の参加者が帰ったあとは、関係者で打ち上げをしていた。

「いやー、小早川さんがあんなに泣くとは」

坂口さんや宮川さんがにやにやするものだから、小早川さんが、さきほどの号泣が嘘だったかのように、うるせーよといつもと同じ速さと鋭さで睨んでくる。古くからの応援団がいるのに、今は猫をかぶり忘れている。

篤がそんなことを気にしていると、「健次くんがようやく私らの前で素を出してくれた」と、高野さんの奥さん、古野さん杉内さん、みんながにこにこしていた。真衣ちゃんも「真衣、怒ってるケンちゃんも好きやで」とテーブルに残ったケーキを無邪気に頬張っていた。

「え、小早川さんの普段の姿、わかってたんですか」

坂口さんが身を乗り出して聞くと、高野さんの奥さんが代表して答えた。

「せやで。健次くん、入ったばっかのときは叱られて落ち込むこともあったんやけど、それはあくまでも表向きな態度で。裏では『むかつくー！』とか『気にくわねえー！』とか言っててな。秀雄くんにそういうこと言うたらあかんで、って注意を受けとったこと、私らちゃんと知っとったで。あまりにも猫かぶるもんやから、あの子おもろいなって、それでみんな健次くんのこと気に入ったもん」

なんだ。昔から小早川さんは小早川さんだったのか。弟弟子たちがだらしなく笑うので、小早川さんはちっと小さく舌打ちをした。

「お前ら笑ってんじゃねえよ。今度ちゃんこ番手伝ってもらうとき、俺は山岸さんみたいに優しくしねえからな。覚悟しとけよ」

小早川さんが声を低くして脅すように言うと、坂口さんが「俺は褒められて伸びるタイプなんで、それ逆効果っすよ」とその言葉をかわす。

まったく口の減らない弟弟子だ、と忌々《いまいま》しげに小早川さんが呟くと、真衣ちゃんが「翔太くんがちゃんこ番できんのやったら、真衣も手伝うで」と割って入ったので、酒ですっかり出来上がっていた大人たちも、そりゃあいい、翔太くんより真衣ちゃんの方がちゃんこ番しっかりこなせそうや、と笑い転げていた。

部屋の兄弟子や大阪の応援団たちと盛り上がっていると、これまで他の後援者のところに挨拶をしに行っていた山岸さんが戻ってきた。山岸さんの後ろには両親と、山岸さんの婚約者だという志《し》帆《ほ》さんが立っていた。

「秀雄くん、断髪して男前になったね」

高野さんが声をかけると、山岸さんははにかんだ。山岸さんの両親は揃って品のいい人だったが、それは志帆さんも同じで、笑ったときにきれいな歯並びがちらりと覗いた。歯並びだけでなく、ぱっちりとした大きな目と、すっと通った鼻梁《びりょう》も印象的だった。しかも、身長百七十五センチの山岸さんと並んでもこぶし一つぶんほどしか身長差がなく、背中まで伸ばした長い髪の毛は、きちんと手入れがされていた。山岸さんの婚約者が美人らしいと聞いていたけれど、こんなモデルのような人だったとは。一度会ったことがあるという小早川さんですら、志帆さんを見てわずかに目を細めた。

「えっと、失礼なのは承知の上で聞くんですけど、山岸さんのどこがよかったんですか？」

言葉通り、坂口さんが失礼なことを尋ねると、

「今まで出会った、どんな人よりも優しいところです」

と志帆さんは嫌な顔一つせず、完璧な笑顔で答えた。

坂口さんもお手上げ、といった具合に両手を小さくあげた。

「もう、ごっちゃんです。山岸さん、幸せになってください」

山岸さんの両親も、「志帆ちゃんがお嫁に来てくれるなんて、こんな嬉しいことはないねえ」とにこにこして、そのやり取りを見ていた。

山岸さんは今後介護の仕事をしながら、都内で新生活を始めるらしい。婚姻届は、志帆さんの誕生月である五月に提出するそうだ。

「名古屋だったら地元も近いし、せっかくなら七月まで相撲取ればいいと思ってたんやけどね」

そう言って冷酒をすすする杉内さんの旦那さんは、どこか寂しそうだ。

「そうですね、最初は名古屋場所まで取ることも考えていたんですけど……健次の後押しもあって、彼女の誕生日に合わせようと思ったんです」

山岸さんが照れたように答えると、すかさず女性陣が「健次くんが？　後押しって、何言うたん」と探りを入れてくる。

言ってもいいよな？　と山岸さんが確認を取ると、小早川さんはしぶしぶといった体《てい》で頷いた。

「ちょうど去年の名古屋場所が終わったくらいですね。引退して彼女と結婚しようと思う、だからあと一年、来年の名古屋場所までは頑張るって最初に報告したとき、健次が『そんなに待たせていいんですか？』って言うんですよ。俺は、急ぐことじゃないし部屋のことも引き継がなきゃいけないしって思ってたんですけど、健次は『いや、ダメです』の一点張りで」

「うんうん、それで？」全員が話の続きを促すように相づちを打つので、小早川さんはそっぽを向いた。

「『彼女を大事に思うなら、そんなに待たせたらダメです。ちゃんこだって、俺ひとりで作れるようにしますから。本気でやるんで、今まで山岸さんがやってきたこと全部教えてください。部屋のことは気にしなくていいです。山岸さんと彼女の幸せを最優先に考えてください』って熱く言うもんだから。俺もその言葉に甘えさせてもらったんです」

山岸さんの話を聞いていた一同が、へぇーと感心しきったような声をあげる。

結婚を決意するまでの経緯を公開され、志帆さんは恥ずかしそうに目を伏せていたが、それがまた絵になっていた。

彼女が大事なら待たせたらあかん、って健次くんロマンチストなんやね、と女性陣も楽しそうに顔を見合わせる。小早川さんもようやくこちらを向いたが、「そんな昔の話掘り返さないでくださいよ。それよりも俺、引き継ぎのために頑張ったんすよ。そっちの方を褒めてください」とまだ不機嫌そうな顔をしていた。

「うん、本当に健次はよく頑張ったよ。お前は俺と違ってしっかりしてるから、俺なんかよりよっぽど立派に部屋のことやっていけるよ」

誰よりも先に山岸さんが小早川さんを褒めるので、それ言ったらまた泣きますよ、と坂口さんがいじりにかかってくる。

お前兄弟子いじってんじゃねえよ、とふたたび坂口さんを睨んでから、小早川さんが立ち上がって言った。

「山岸さんに褒めてもらえると、何より自信になります。あとはもう、俺に任せてください。山岸さんの味のちゃんこで、善治を関取に上げてみせますから」

今場所も四勝三敗で勝ち越した武藤さんは、よろしくお願いしますと照れたように言って、ウーロン茶を口にした。山岸さんも、そうだな、それは頼もしいなと笑った。

坂口さんが「え、俺はー?」と大声をあげるので、小早川さんは「兄弟子からかう奴が関取になろうなんて、五年はえーんだよ」とぴしゃりと言い切った。柏木さんも「じゃあ俺も!」と便乗して、「おめーもまだはえーよ、それより幕下上がる方が先だろ」と怒られていた。

宮川さんは宮川さんで「いやー、いいなー。山岸さんの奥さんすげえきれいで。二人とも幸せそうだし、ああいうの見ると彼女ほしくなるよな?」と篤に絡んでくる。しかし「彼女ほしいならお前はマザコンなんとかしろよ、元カノにふられたのもそれが原因だろ」と坂口さんにすぐさま突っ込まれ、「違います、前の彼女とは性格が合わなかっただけです！」と反論していた。

篤は別に彼女がほしいわけではなかったが、二人並んで微笑む山岸さんと志帆さんは、たしかに幸せそうでまぶしかった。

二人は世界中からめいっぱい祝福を受けているかのように穏やかな空気をまとっていて、これから家族になるんだと、二人一緒にいるところを初めて見た篤にもわかるほどだった。

それと同時に、両親のことも頭に浮かんだ。二人は恋愛結婚だった。互いにこの人だと思って結婚し、数年後には篤が生まれた。その息子が思い通りに育たなかったことに失望し、しまいには縁を切るかのごとく、篤の存在を無視し始めた。

両親も理想の家庭を築くことを夢見て結婚し、子を産み育てる選択をした。しかし、その理想は叶《かな》わず親子が離散した今、両親は篤を産んだことを後悔していないだろうか。果たして、二人は家庭を持って幸せだったのだろうか。

そんなことを考えようとしたが、やめた。今両親のことを考えたら、晴れやかな気分で山岸さんを送り出せない。それよりも、関係者や兄弟子が酒を飲み、思い思いに喋くっては笑っている今この瞬間を目に焼き付けたい。

「山岸さん、ご結婚おめでとうございます。どうか、お幸せに」

篤も立ち上がって挨拶をすると、山岸さんは「ありがとう。お前も頑張れ」と、ビールのグラスを掲げ、乾杯の仕草をした。篤もウーロン茶が入ったグラスを摑んで、グラス同士を触れ合わせる。かちんと小さく鳴った音を合図にしたかのように、兄弟子たちも関係者たちもみな、互いのグラスを合わせ始めた。

数日後、宿舎に集まった応援団たちからも「来年もまた来てや。待ってるで」と手を握って見送られたのち、兄弟子たちは帰京し、篤は春巡業へと向かっていった。

春巡業は、毎年伊勢神宮《いせじんぐう》奉納相撲から始まる。神様の前で横綱土俵入りを披露するので神聖な空気が漂う行事だが、他の巡業と同じように、力士たちによる稽古、初っ切《しょっき》りや甚句が披露される。古い歴史を持つ、大きな神社が会場であること、名古屋からも関西からもアクセスしやすいことも相まってか、いつもの巡業より多くの客が来ているような気がした。

会場となる神宮会館内の道場に直之さんと乗り込むと、「あの」と後ろから、遠慮がちに声をかけられた。

振り返ると、そこにはアミがいた。彼女は今日も一人だった。篤と目が合うと彼女は困ったように、髪の毛を軽く触った。その仕草を見て、彼女の髪の毛が記憶よりも少し長くなっていることに気づく。

「あれー？　前、一緒に写真撮った人ですよね。今日わざわざ来てたんですか？」

直之さんは彼女の顔もちゃんと覚えていたらしい。いつもの愛想のよさで、話を振る。

「あ、はい。でも、わざわざじゃないです。私、実はこのへんに住んでいるので、東京の場所に行くよりずっと近くて」

「えっ。前東京で会いましたよね。じゃあこんな遠くから来てたんだ。すごいなあ」

直之さんが感心している間、彼女はちらちら篤の方を見ていた。

俺もなんか言った方がいいのかなと逡巡《しゅんじゅん》しだしたとき、直之さんが三人組の女性ファンから声をかけられ、写真撮影に応じ始めた。篤とアミ、二人がその場に取り残される。

彼女にかける言葉を必死で探したが、アミが話し始める方が先だった。

「あの、篤さん。この前はありがとうございました。一緒に撮ってもらった写真、今もよく見返してます」

そこまで言って、アミが恥ずかしそうに口をつぐんだ。その口調はしどろもどろだったが、彼女はちゃんと篤の目を見て話そうとしていた。

アミがふたたび口を開いた瞬間、「あれー!? アミちゃんじゃない?」と大声が響き、彼女の言葉を遮った。その声を聞いた途端に、胸がざらりとした。

「あー! やっぱり、アミちゃんだ。久しぶりー!」

駆け寄ってきた人影を見て、アミが「サクラさん」と呟く。さきほど篤に話しかけていたときよりも、ずっと小さい声だった。

声をかけてきた当の本人、サクラがアミの肩をぽんぽんと叩く。彼女はまた別の人と行動をともにしていたらしく、今度は気の強そうな若い女性が隣に立っていた。

直之さんも写真撮影会が終わったようで、戻ってくるやいなや目を丸くしていた。

「偶然だねー。去年の秋場所以来じゃない?」

アミがかくかくと頷くと、サクラの隣にいた女性が「知り合い?」とつまらなそうに尋ねた。

「うん。私のツイッターのフォロワーのアミちゃん」

サクラがそう紹介すると、「アミさん……あれ、もしかして俺あの人のこと知ってるかも」と直之さんがぶつぶつと呟いた。

え? と聞き返そうとしたとき、またサクラが大声をあげた。

「そっかアミちゃん、最近篤くんにはまってるっぽかったもんね!」

彼女の無邪気な声が、突然刃《やいば》に変わった。篤くんにはまってる。

血がどくどくと流れていくかのように、心臓が大きな音をたてる。

気の強そうな女がへえーと気の抜けた返事をすると、サクラはその女の方に顔を向けた。

「この子ね、いつも私が気に入った人を好きになるの。前はイケメンの力士とかが好きだったんだけど、去年の秋場所のときかな。一緒に観戦に行ってたんだけど、今そこに立ってる呼出の篤くんが四股名間違えて呼んじゃって。で、私が『あの子おっちょこちょいっぽくてかわいくない？』って言ったら『うん、かわいい』って返してきて。それから篤くん篤くんって言うようになってさー。今回はちょっと続いてるよね」

なんだ。この人も結局、俺のことバカにしてるんじゃないか。そっか、そうだよな。

「すみません。俺はこれで失礼します」

早口で告げ、踵を返した。アミの顔は見られなかった。

どうせ俺のこと、本気で応援する人なんていないんだ。


人ごみの中を早足で歩いていくと、後ろからぱたぱたと足音が聞こえてきた。

「篤さん！」

なんで追いかけて来るんだよ。そう思ったのに、反射的に振り向いてしまった。アミの息はあがっていた。

「違うんです。私、たしかにあの場面を見てたんですけど……」

「その話、聞きたくないです」

今まで出したこともないような、低い声が出た。アミの顔がどんどんこわばり、目にうっすらと透明な膜が張るのが見えた。

さすがに言い過ぎてしまったことに気づいたが、その場を取り繕う言葉は、どうしても出てこなかった。

「すみません、急いでいるんで」

アミに背を向け、頭の中を無理やり空にして歩を進める。すぐさま「おい、ちょっと待てよ」と直之さんの声がして、腕を摑まれた。

立ち止まって振り返ると、直之さんの大きな目が吊り上がっていた。

「何であんなこと言うんだよ。せっかくお前のファンだって言ってくれる人に」

客の迷惑にならないよう大きさは抑えていたが、直之さんの声はひどく尖っていた。

直之さんだって前に、あのサクラさんのことは非難していたじゃないか。直之さんこそ、なんでそんなこと言うんだよ。

気がつけば、直之さんの手を勢いよく振り払っていた。

「俺は、あの人が本当に俺のファンだなんて思えません。あの人も結局、俺のことバカにしてたわけですし。直之さんはたくさんファンがいるから、俺の気持ちなんてわからないんでしょう」

一息に言うと、直之さんの目の中の火が消えた。

「人の気持ちがわからないのはお前の方だよ。もうちょっと頭冷やせ」

そう吐き捨て、直之さんは来た道をすたすた引き返していった。

俺の気持ちなんてわからない。

いつかどこかで聞いたような台詞が滑り出た。記憶を辿り、思い出した。

初場所前、柏木さんが武藤さんに反抗したときだ。

あんな、相手を突き放すようなことを言ってはいけないとわかっていたのに。

頭に上った血が一気に心臓に戻っていくかのように、脳が急激に冷静さを取り戻すのがわかった。しまったと思ってももう遅く、直之さんはとっくに姿を消していた。

夏場所

直之さんとろくに口を利かなくなって、一ヶ月以上が過ぎた。

あの日、直之さんにはすぐ謝った。しかし、直之さんはそれを聞き入れるどころか詰問しだした。

「お前、ただ謝ればいいと思ってるだろ。何で俺が怒っているかもわからずに」

篤が何も言えないでいると、直之さんは深くため息をつき、吐き捨てた。

「お前はずっと、人の気持ちを勝手に決めつけて逃げてんだよ」

間が悪いことに、その日二人は同じ部屋に泊まることになっていた。チェックインを済ませ黙々と荷物を広げている間にも、部屋の中には険悪な空気が流れ続けていた。ひと言も口を利いてもらえないまま、直之さんは他の呼出たちと食事に出かけてしまい、夜遅くまで帰ってこなかった。

その後も、バスの座席や宿の部屋割りで、どうしても直之さんと一緒になってしまうことがあった。そのたびに、寝たふりや音楽を聞くなどしてやり過ごした。それは直之さんも同じで、必要以上に篤に話しかけないばかりか、目を合わせることすらしなかった。

いつも一緒にいた二人が急に距離を置きだしたものだから、達樹が「お前、直之さんと喧嘩でもしたの？」と野次馬根性丸出しでしつこく聞いてきた。

進さんも異変を感じ取ったらしく、「お前らどうしたんだよ」と困惑しきっていた。「何があったか知らないけど、困ったことがあったら言えよ」と進さんは心配してくれたが、結局直之さんと仲《なか》違《たが》いしたまま、巡業が終わってしまった。

巡業後は、顔を合わせる機会が減ったので助かっていたが、来週からはまた土俵築が始まる。しばらくは直之さんと毎日顔を合わせることを思うと、気が重かった。

――お前はずっと、人の気持ちを勝手に決めつけて逃げてんだよ。

そんな声が耳元でよみがえり、篤はぎゅっと目を瞑った。

「篤、眠いの？」

柏木さんが顔を覗きこんできて、思わずはっとする。

「すいません、別に眠いわけじゃないです」慌てて食器を洗う手をふたたび動かす。

「そう、ならいいけど。早くやんないと小早川さんに怒られるし、武藤さんの記事読めないよ」

俺の分はもう終わりー。じゃあ、あとはよろしく。そう言って柏木さんはさっさと大部屋に上がっていった。

篤が巡業に出ている間、朝霧部屋には相撲雑誌の取材が来ていたらしい。関取昇進間近の力士を紹介するコーナーで、武藤さんが取り上げられたのだ。その雑誌は朝霧部屋でも定期購読をしていて、武藤さんが載っている最新号は、今朝の稽古中に届いた。昼のちゃんこが終わると、皿洗いの当番のない兄弟子たちは記事を読むべく、早々に大部屋へ引っ込んでいった。

皿洗いを済ませ、篤がようやく大部屋に上がると、兄弟子たちはみな目当ての記事を読み終えていて、すぐに雑誌を渡してくれた。

武藤さんは、丸々一ページを使って取り上げられていた。ページの右上には、部屋の看板の前で腕を組む武藤さんの写真が載っていた。モノクロの小さい枠におさまる武藤さんの顔は心なしかいつもより引き締まっていて、相撲字で「朝霧部屋」と書かれたシンプルな看板も、立派に見えた。

今月、誕生日を迎えたばかりの二十二歳が著しい成長を遂げている。初場所、西幕下十九枚目で五勝を挙げると、春場所は自己最高位の東幕下十枚目に躍進。そこでも四勝三敗と勝ち越し、夏場所はさらに最高位を更新することになる。

入門時の身長は百七十九センチ、体重は百十キロ。相撲経験はあったが体も細く、同期の中でも目立たない存在だった。相手に簡単に押し込まれることも多かったという。それが、六年で身長は三センチ伸び、体重は三十キロ増えた。師匠の朝霧親方（元小結・霧昇）は「言われた通りのことをするのではなく、自分に何が必要なのか考えて自主的に稽古をやっている。あいつは普段から口数が少なく、自分の感情をめったに出さないが、誰より真面目なのは確かだ」と愛弟子《まなでし》を評価する。四股は毎日二百回、摺り足と鉄砲だけでも、必ず一時間はかけて行う。自由時間には、筋力アップのためのトレーニングも欠かさない。地道な努力を重ね、「押し込まれることも少なくなったし、ちゃんと攻められるようになった」と朝霧親方も認める通り、関取経験者も多くひしめく幕下上位の番付でも、結果を出せるようになった。

相撲を始めたのは、小学三年生の時。近所に住む、地元の相撲クラブの指導者に誘われ、練習に参加するようになったのがきっかけだ。最初は自分より小さな相手にも勝てなかったが、指導者の教えを素直に聞き、力をつけていった。小学六年生の時はわんぱく相撲全国大会に出場、中学三年生の時には全国都道府県中学生相撲選手権大会で千葉県団体メンバーとして活躍し、全国三位にも輝いた。県内の強豪校からの誘いもあったが、「早くプロで力を試してみたい」と中学卒業と同時に、朝霧部屋に入門した。

しかし夢見て飛び込んだプロの世界は、決して甘くなかった。

元中学横綱や大卒エリート、土俵経験が豊富なベテランとも対戦し、「まったく歯が立たない。自分には才能がない」と自信をなくしていった。一度は三段目に上がったものの、しばらく序二段で足踏みが続いた。

そんなとき声をかけてくれたのが、部屋の兄弟子、浜昇だった。

「強くなりたければ、稽古をするしかないだろう」

そう諭され、目が覚めた。今まで以上に稽古に励むようになり、相撲を取ることへの迷いもなくなった。徐々に番付を上げていき、十八歳で幕下に昇進した。幕下に上がってから数年間は一進一退が続いたが、昨年から浜昇も一緒にトレーニングをするようになったことが、大きな刺激になり、安定した成績を残せるようになったという。

「坂口さん（浜昇）が自分よりもメニューを多くこなしていると、『よし、俺も』と思う。切磋琢《せっさたく》磨《ま》して、一緒に番付を上げていけたら」と語る。

「春昇」の四股名は、「善治」という本名に因《ちな》んでいる。名付け親である師匠が、本名の「治」ではなく、あえて「春」の字を選んだのには理由がある。一つは、春生まれであるから。もう一つは、「春」には「勢いの盛んな時期である」との意味があるからだ。

伸び悩んでいた、苦しい冬の季節は終わった。関取昇進という大きな花を咲かせる、相撲人生の春は、もうすぐそこだ。

「いやー、『相撲人生の春は、もうすぐそこだ』って、これ春場所の前に載せたらよかったんじゃね。だってさ、次夏場所だぜ。もう春過ぎて、夏始まっちゃうじゃん」

坂口さんは茶化しながら武藤さんの記事を繰り返し読んでいたが、その口元は緩んでいた。記事の主役こそ武藤さんだったが、坂口さんのこともいくらか書かれていたからだろう。

「それにしても俺いいこと言ってんなー」とわざとらしく大きな声で独り言を言い始めたので、小早川さんが「面倒くせえな」と眉間に皺を寄せる。

「あれ、そういえば武藤さんは？」

宮川さんも坂口さんの独り言は無視し、きょろきょろと周りを見渡した。全員で雑誌を読んで盛り上がっていたけれど、当の本人は不在だった。

「ああ、なんか昼間もトレーニングするって言ってた」

俺は昼まではやんねーけど、夜ちゃんとするから。

周りが構ってくれないので、坂口さんは黙ってアマチュア相撲の大会の結果を紹介するページを読み始めた。


武藤さんは、兄弟子たちが昼寝をしている間に戻ってきた。篤も一緒に昼寝をすることがあるが、今日は相撲雑誌を読んでいたので起きていた。みなを起こさないようにそっと戸を開けて部屋に入ってきた武藤さんに、小声で話しかける。

「お疲れさまです。武藤さん、昼寝しなくていいんすか」

「ああ。トレーニングが長引いてしまって。時間も中途半端だし、寝ずにちょっとだけ休んでいこうかな」

軽く息を吐き出して、武藤さんが篤の横に座り込む。入門して一年経ったが、武藤さんと話した回数は、他の兄弟子たちに比べるとかなり少なかった。武藤さんは大部屋にいる時間よりトレーニングルームにいる時間の方が長いし、普段から無口な人だ。ひとつ屋根の下で暮らしていながらも、事務連絡以外で口を利くことは稀《まれ》だった。

「そういえば、武藤さん雑誌読みましたよ。あんなに大きく取り上げられるなんて、すごいっすね」

ひとまず記事を読んだことを伝えると、

「ありがとう。でも、俺なんて全然顔じゃないよ」と武藤さんは首を横に振った。

「顔じゃない」とは相撲用語で「身分不相応」という意味だ。

「雑誌に載ったのも、何で俺だったんだろうって思うし」戸惑ったように眉を下げて付け加えたので、謙遜ではなく、本当にそう思っているのだろう。

篤が入門したときから、武藤さんは「部屋で一番強い人」だった。今でこそ申し合いで坂口さんが武藤さんに勝つこともあるが、それも十回に一度くらいなもので、安定感は武藤さんの方が上回っている。その武藤さんが「俺なんてまだまだ」と語るのだから、関取と呼ばれる人は、よほど強靭《きょうじん》な肉体と優れた技術を持っているのだろう。そうだとしたら、全力士の頂点に立つ横綱はきっと、神のような存在のはずだ。割れんばかりの声援を受け、多くの懸賞をかけられるところを間近で見ているが、番付のてっぺんで戦う者の強さと、その地位を守るための苦しさは、篤には一生わからない気がした。

武藤さんは、少し目を瞑ってから、唐突に「あのさ、篤が巡業行ってる間、俺白波部屋に出稽古に行ったんだよね」と切り出した。武藤さんが自ら話しだすのは珍しいことだったが、白波部屋と聞いて直之さんの顔がまっさきに浮かんだ。他は、進さんと透也くらいしかわからない。

武藤さんも篤が関取に詳しくないことはわかっているのか、「関脇の萩ノ海関とか、十両の日向《ひゅうが》波《なみ》関がいるところな」と補足する。

「それで、日向波関に稽古つけてもらったんだけど、俺、たったの一番しか勝てなくて、あとは何回も転がされて真っ黒にされたんだ。日向波関は十両の上位とはいえ、全然勝てないようじゃ、関取なんて夢のまた夢だなって」

朝霧部屋でよく目にするのは、ぶつかり稽古で岩のように立ちはだかり、柏木さんを転がして泥まみれにする武藤さんの姿だ。柏木さんが、息を切らしながら力を振り絞って立ち向かっていくように、武藤さんもその日向波関とやらにぶつかったのだろうか。しかしそんな武藤さんの姿を、篤は想像できなかった。

「だから、もっと必死でやらなきゃ俺はきっと関取にはなれない。このあとは、稽古場に降りて四股踏むつもり」

体をほぐすために肩をぐるぐると回す武藤さんを、篤はただじっと見ていた。篤も呼び上げの練習は相変わらず続けているし、風邪を引かないように体調管理には気をつけるようになったけれど、武藤さんほど必死になって日々を送っているわけではなかった。

「なんで、そんなに頑張れるんですか」

そう尋ねると武藤さんは、

「俺には、才能がないから。人一倍頑張るしかないんだ」と淡々とした口調で答えた。

「才能」。さきほど読んだ記事にもあった言葉だ。

十両の力士に歯が立たなかったとはいえ、武藤さんは雑誌にも載るくらい、期待されているのに。どうしてそんなに才能の有無にこだわるのだろう。

「そろそろ四股踏んでくる」武藤さんが立ち上がったので、「あの」と引き留めた。もう一つ、聞いておきたいことがあった。

「武藤さんって稽古が嫌になることってないんですか」

その質問をしたら、武藤さんはぽかんとしていた。失礼な質問をしてしまったかと思い、あのほら、稽古が嫌っていうか、なんか今日気分が乗らないなーっていうこととか、と慌てて付け足すと、武藤さんは少し考えこんでから答えた。

「そういう日もあるよ。でも、やることやらなかったら稽古よりもよっぽど、自分自身が嫌になるから。嫌でもやるしかない」

それだけ言って、武藤さんは稽古場に降りていった。

ほどなくして坂口さんが起き出して、「あれ？　善治まだ戻ってねえの」と寝ぼけまなこで聞いてきた。

「いったん戻ってきたんですけど今度は四股踏みに行きました」

「マジか。あいつやりすぎじゃねえの」

あー、まだ眠《ねみ》い、とあくびをする坂口さんをよそに、篤は武藤さんがさきほど言っていたことを反芻していた。

やることやらなかったら、自分自身が嫌になる、か。

今自分がしなければならないこと。それが何かはわかっていたけれど、毎日、部屋の雑事や呼び上げの練習で、せわしなく過ごすふりをして考えないようにしていた。

早く、直之さんと仲直りをしなければならない。もし今手を打たなければ、光太郎に向けていたような冷たい目で見られるかもしれない。それどころか、両親との関係のように、二度とわかり合えなくなってしまう可能性だってある。そう思うと、喉の奥がきゅっと絞られるような心地がした。

でも、直之さんに何と声をかけたらいいのだろう。

――人の気持ちがわからないのはお前の方だよ。

尖った声が頭をかすめたとき、ふとある疑問が浮かんできた。

直之さんは、アミの気持ちを知っているかのような口ぶりだった。それと、アミのことを「知ってるかも」と言っていた。でも、いったいどこでどうしてアミの気持ちを知ったのだろう。

あの日起こったことを逆再生させると、ある場面で記憶が止まった。

――私のツイッターのフォロワーのアミちゃん。

サクラはそう言って連れにアミを紹介していた。きっとアミのツイッターに答えがあるに違いない。

気づくと篤は、ツイッターのアプリをダウンロードしていた。認証コードやらパスワードやらに戸惑いつつも、なんとかアカウントの登録を終えた。名前は本名でアイコンも初期設定のまま。フォロー数もゼロだが、とりあえず今はアミのアカウントを確認できればいい。

試しに「呼出　篤」で検索してみると、アミのアカウントはすぐに見つかった。

「亜実」という名前のユーザーが、一ヶ月以上前にこうつぶやいていた。

『明日からの巡業、ハードスケジュールで大変じゃないかな。お相撲さん、行司さん、呼出さん、みんな頑張ってほしい。篤さんも、無事巡業を乗り切れますように。明日会えたら、応援してますってまた伝えよう』

そのツイートを見た瞬間、頭の中でぴしゃりと音が鳴った。

どうせ俺なんて。

そう言っていた過去の自分の頰を、誰かが叩く音だった。

震える手で、アミのアイコンを押す。顔はスタンプで隠されていたが、アミは篤と一緒に撮った写真をアイコンに設定していた。

アミのツイートは、半分くらい篤のことが書かれていた。

『巡業行くけど今日で千秋楽なんて寂しい。篤さんの呼び上げを聞くのを、毎日楽しみにしていたのにな。でも、篤さんもきっと疲れてるだろうから、場所休みしっかり休んでほしい』

『篤さん、場所ごとに呼び上げが上手になっていくね。きっと毎日練習されてるんだろうな。偉い』

『篤さんって俵の周りをきれいに掃くよね。他の呼出さんでサッサと掃く人いるけど、私は篤さんの丁寧さが好きだな』

アミは終始、丁寧な言葉で篤の声や所作を褒め、体調を気にかけていた。サクラたちのように、できないことを「かわいい」と言って笑う投稿は、一つもなかった。

この人は、ちゃんと俺のことを応援してくれていたんだ。

巡業の日、篤に話をしようとしていたアミのまっすぐな目を思い出す。

どうしてあのとき、冷静になれなかったんだろう。どうして彼女の言葉を、最後まで聞かなかったんだろう。後悔の念が、一気に噴出した。

俺、バカだな。

アミにも謝らなければと思ったが、彼女がまた相撲を観に来るとは限らない。そうだとしたら、彼女に直接謝る機会もない。

考えあぐねた末、篤は直之さんにLINEを送っていた。

『直之さんすみません。どうしても話したいことがあります。今日出てこれませんか』

十分もしないうちに、返信が来た。

『ちゃんこが終わったあとならいいよ』


直之さんが指定した場所は、JR両国駅近くのコーヒーチェーン店だった。

直之さんは篤から五分遅れて、時間ちょうどにやって来た。伏し目がちに「お疲れ」と小声で言ったきり黙って、篤の向かいの席に腰かけた。巡業中と同じそっけなさだ。

飲み物を注文してすぐ「前に直之さんが言ってたこと、俺なりに考えたんです」と切り出した。直之さんは相変わらず黙っている。続きを口にするよりも前に、飲み物が運ばれてきた。

「あの、俺のファンだって言ってたアミさん。あの人のツイート、見たんです。そしたら俺、あの人のこと勘違いしてたってわかって……本当にひどいことをしてしまったって、今さら気づきました。それから伊勢の巡業のときは直之さんにも失礼なことを言ってしまって、申し訳ありませんでした。本当は、アミさんにも謝らないといけないんですけど、まず直之さんに話さなきゃって思って、それで」

今俺、すげえ格好悪いこと言ってる。そう思ったけれど、構わず話し続けた。

「……気づくのおせーよ」

コーヒーを一口すすった直之さんが、ぽつりと呟く。カップをソーサーに戻す、ガチャンという音にかき消されるほど、直之さんの声は小さかった。すみませんとすかさず謝ると、直之さんは無表情のまま、口を開いた。

「あの人、たまに俺のツイッターにコメントしてたから知ってたんだけどさ。勘違いするにしたって、あれはねえだろ。せっかくお前を好きになってくれたのに、ファンなくすぞ。アミさんが傷つくとか、思わなかったのかよ」

刺々《とげとげ》しく問い詰められ、篤はうつむく。やはり今さら謝ろうとしても遅いのか。テーブルの下でこぶしを握りしめると、直之さんは「で?」と続けた。

「それで、アミさんのツイート見たって、お前ツイッターのアカウント作ったの?」

顔を上げると、直之さんと目が合った。もう直之さんは目を逸らさなかった。

「あ、はい一応」

「貸して」

答えるのとほぼ同時に、スマートフォンを奪われた。直之さんは画面をスクロールするなり「何も設定してないじゃん」と顔をしかめた。

「登録するだけで面倒だったので。とりあえず今はアミさんのツイートだけ確認できればいいかと」

篤の言葉を聞きながら、直之さんはせわしなく指を動かしている。しばらく操作を続け、直之さんはほれとスマートフォンを返した。

「あれじゃ体裁整わないから、とりあえず一言だけツイートしたわ。プロフィールも勝手に書いて、お前の部屋のアカウントと俺、それからアミさんもフォローしといた。俺も今お前フォローするから。あとは適当にアイコン設定するなり知ってる人フォローするなり、好きにしろ」

直之さんがあっさりと言うものだから、思わず身を乗り出してしまった。

「アミさんフォローしたんですか!?」

スマートフォンを確認すると、『呼出の篤です。ツイッター始めました』と簡潔な投稿がなされ、プロフィールには「朝霧部屋の呼出です」と一言添えられていた。フォローの欄には「朝霧部屋」と「呼出　直之」に続いて、「亜実」の文字が並んでいた。本当にアミをフォローしている。暑くもないのに、背中に汗が伝う心地がした。

篤の動揺をよそに、直之さんは落ち着き払ってコーヒーを飲んでいた。

「当然だろ。これからアミさんに謝らなきゃいけないんだから」

「えっ。これから謝るってどうすればいいんですか」

篤はさらに前のめりになる。今度は危うくコーヒーをこぼすところだった。

「DM送るんだよ。開放してたら普通にメッセージ送れるし、他人に見られることもないから。ってか、検索はできるのにそんな簡単なことは思いつかなかったのかよ。お前本当に抜けてるな」

「え。でも一方的にメッセージ送りつけていいんですか」

裏返りそうになる声で尋ねると、直之さんは「あー、もう」と乱暴に頭を掻いた。

「さっきからごちゃごちゃうるせーな。アミさんがまた相撲を観に来るとは限らないんだぞ。謝らないといけないと思ってるなら、つべこべ言わずとっととDM送れ。お前がDM送るのを確認するまで、俺帰らねえからな。まずは封筒のマークをタップしろ」

そう言って直之さんは、急《せ》かすようにテーブルを指で突く。篤はすいませんと小さく謝って文章を打ち込んだ。

「『突然すみません。先日は失礼なことを言ってしまって、謝りたくて連絡しました。感情的になってしまって、本当にごめんなさい。もし嫌でなければ、今後も大相撲を応援してください』……か。まあいいんじゃない。あんまりくどくど言うとそれはそれで印象悪いしな」

念のため直之さんに文面を確認してもらってから、送信ボタンを押した。もっとも、送信する前は指が震えた。そんな篤を見かねて「今送らなかったら、俺が勝手に『お詫びをしたいのでLINEも教えてください』とか書き加えるぞ」と直之さんが脅したので、ようやく送ることができた。

アミに謝罪の言葉を送ったのを確認すると、直之さんはふたたび黙り込んだ。黙ってはいるものの、カップに口をつけては戻すことを何度も繰り返し、いつになく落ち着かない様子だった。どうしたんですかと篤が尋ねるのと、あのさあと直之さんが切り出すのはほぼ同時だった。篤は発言権を譲り、直之さんが話し出すのを待った。

「俺、『人の気持ちを勝手に決めつけて逃げてる』ってお前に言ったじゃん。それ、お前がいつも悪い方向に考えてるのが気に入らないっていうか……すげえもったいないことだと思ってさ。さっきのアミさんのこともそうだけど、お前にはまだ他に、勝手に自己完結して逃げてることがあるんじゃないか」

直之さんの問いただすような言葉に、今度は篤が何も言えなくなった。どうしてこうも直之さんは、禅問答のようなことを聞いてくるんだ。

「いつだったかお前が、どうして呼出になったか俺に聞いてきたことがあったよな」

いきなり話題が変わったことに戸惑ったが、黙って頷く。篤の反応を見て、直之さんもゆっくりと話を続けた。

「俺あのとき『なりたかったから』って答えたけど、実はそれだけじゃない。そもそも高校行けるかどうかも怪しかったんだ」

思ってもみなかった言葉に、篤は目を見開いた。

高校行けるかどうかも怪しかった？

視線を落とした直之さんの睫毛《まつげ》が、小さく揺れる。話長くなるけどいい？　と尋ねられ、はいと答えた。かすかに唾を飲み込む音がしたのち、直之さんがまた話し始めた。

「俺の親父は、魚とか水産加工品を卸す会社を経営してたんだ。小さい会社だったけど、うちも裕福な方で、白波部屋のタニマチもやってたんだよ。その縁で小さい頃から部屋に遊びに行ってて。みんなに可愛がってもらって俺も楽しかったし、親父もその様子を見て、本当に嬉しそうで……昔はうちも平和だった。でも」

直之さんが途中で言葉を切る。その唇が、少し震えたように見えた。篤はただじっと次の言葉を待つことしかできなかった。

「震災後、会社の経営がだいぶ怪しくなってきて。なんせうちは小さい会社だったし、取引先も東北のところが結構あったから。俺が中三にあがってすぐ会社は倒産した。当時親父は憔悴《しょうすい》してて、生活を立て直すどころかしばらくすると酒浸りになって、もう俺はダメだとか言ってふさぎ込んでた。お袋もパート詰め込んだけど、家では悪酔いする親父の世話しないといけないから日に日にげっそりしていって。生活は一気に傾くし、家の中はぐちゃぐちゃだし、そんなんで俺高校行きたいとか言えるわけないじゃん。でもせめて四歳下の弟には高校行かせてやりたくて、中学出たら働こうって決めた。で、そのときに思い出したのが、白波部屋だった。休みのとき、俺一人で久しぶりに部屋に行ったら、みんな『大きくなったなー。元気にしてたか？』って歓迎してくれて、国技館にも招待してくれた。そこで進さんが呼び上げする姿を見たんだ。背筋をまっすぐ伸ばして、会場いっぱいに響くような声を出してたのがすげえかっこよくて……俺、この部屋に入って呼出になろうって決めた」

直之さんが入門した本当の理由を、今初めて知った。直之さんはよく喋り、よく笑う健やかな若者だと、ずっと思っていた。

一年弱近くにいたのに、俺は直之さんの何を見てきたんだろう。

口の中にコーヒーとは違う苦みが走る。

「で、中学卒業したら白波部屋に入ったんだけど、実家近いのに入門してしばらくは一度も家に帰らなかった。荒れてる家族なんて見たくなかったから。けど、半年くらい経ってから急に、俺このままでいいのかって思って。実家を避け続けてたら家族との思い出が苦しいもののままで終わって、昔の楽しかった時間がなかったことになってしまう気がして……だから、その年の末、入門して初めて実家に帰ったとき言ったんだ。一度、相撲を観に来てほしいって」

ああ、と小さく息を吐き出すように相づちを打つ。直之さんも話を続けた。

「その次の初場所、両親と弟は当日券に並んで序ノ口から観てくれたんだ。もちろん俺の呼び上げも聞いてくれた。今よりも全然下手くそだったけど。家族みんな結びの一番まで観戦して、最後は白波部屋に来てちゃんこも食べたんだけど、そのときの親父が、なんというか、久しぶりに生気がよみがえったような顔してたの。で、帰る直前、親父が『直之が頑張っているところを見られて本当によかった。また呼んでくれ』って言ってくれたんだ。次の日お袋から改めて電話があったけど、親父は俺が呼び上げで土俵に上がってるのを見て、涙ぐんでいたらしい。あと、親父もお袋も、俺がちゃんとやっていけてるか、ずっと心配してたんだって。だから余計に、相撲観に来て泣きそうになったらしいんだけど……それ聞いて俺、自分のことばっかで親がどんな気持ちでいるか考えたこともなかったって、ようやく気づいて。どうしてもっと早く親と向き合おうとしなかったんだろうって、すげえ反省した。それと同時に、いつか立派な呼出になって、もっと親父とお袋を喜ばせようって決めたんだ。だから、たとえ光太郎さんから嫌がらせを受けても、絶対に辞めるもんかって思ってた」

直之さんは強い。直之さんはすごい。

そうやって見上げてきた直之さんの心の内にあった思いを、篤は知らなかった。知ろうともしなかった。

「それからは、親父も酒は控えてちゃんと働き口を見つけてきたんだ。今も実家はそんなに余裕ないけど、弟も高校くらいは行けそうだし、昔みたいな平和な家庭に戻りつつある」

直之さんが次に何を言おうとしているのか、もうわかっていた。それなのに、つい身構えて、肩に力が入っていた。

「だから、お前も一度、親御さんに会ってみたらどうかな。そりゃ、俺の家とお前の家とでは、事情が違うかもしれないよ。でもこのままだったら、親御さんもお前も後悔すると思うんだよ。連絡全然取ってなくても、さすがに親御さんも本気でお前のことを見捨てたわけじゃ……」

親御さんと聞いて、互いに関わろうとしなかった両親との日々がよみがえった。篤と両親を隔てる、目に見えない高い壁。あの壁に囲まれている間のことは、今でも、思い出すだけで息苦しくなる。

篤がテーブルに目を落としたまま黙りこくっていると、直之さんがため息をつくように、「ダメか」と呟いた。

苦しかった過去の話までさせて申し訳なかったが、そう簡単に両親と会う決心はつきそうになかった。

じゃあもう行くかと伝票を持って直之さんが立ち上がった。

ＪＲ両国駅まで篤を見送ると、直之さんはきっぱりとした口調で言った。

「もし嫌だったら、今日最後にした話は忘れて。とりあえず今日は、お前が行動起こしてアミさんに謝れただけでよかったよ。じゃあ、また来週土俵築でな」

以前のように手を振って帰った直之さんに、もう怒っている気配はなかった。しかし「忘れて」と言われても、打ち明けてくれた話は、火種のようにまだ篤の心の内でくすぶり続けていた。

秋葉原《あきはばら》方面行きの電車に乗り込み、スマートフォンを見ると、目ざとい相撲ファンがいたらしく、数名が篤のツイッターアカウントをフォローしていた。その中に、アミも混ざっていた。

「亜実さんにフォローされました」との通知に固まっていると、今度は画面の上に封筒のマークが浮かび上がった。ツイッターはまだ使いこなせていないが、それがアミから届いたＤＭの返信であることはわかった。おそるおそる、ＤＭの画面を開く。

『こんばんは、フォローありがとうございます。篤さんは、何も気になさらないでください。もうすぐ夏場所ですね。体調には気をつけて頑張ってください』

篤にフォローを返し、何も気にしないでとは言っているが、その淡々とした文章からは、アミの真意は読み取れなかった。

『いえ。本当にすみませんでした』

すぐさま返信を打ち込み、アミに送った。いつの間にか、電車は乗り換えの駅に着いていた。電車を降り、のろのろとした足取りで別の電車に乗り込んだ。部屋に帰ってきても、日付が変わっても、それきりアミからの返信はなかった。

アミのことや、直之さんの提案が気にかかっていなかったと言えば嘘になるが、そんなことは構わず日々は過ぎていく。世間がゴールデンウィークを迎えている最中も力士たちは稽古で泥にまみれ、篤たち呼出も汗を流して土俵を築き、あっという間に夏場所の初日を迎えた。

ひがあああしいいーーーー　はああたあああのおおおーーーー
にいいしいいーーーーー　さとおおーーなあああかあああーーーー

何番か呼び上げるうちに、透也が土俵に上がった。しばらく直之さんと仲違いしていたので同じ部屋の透也と会うこともなく、久しぶりに姿を見た気がした。

透也は力士としては細いままだったが、胸に浮かんでいたあばら骨は、何枚か皮を重ねたように見えなくなっていた。心なしかまわしの上にも、少しだけ下腹の肉が乗っかっているような気がする。以前はただ立って体を起こしていただけのような立ち合いも、今はしっかり当たれていた。透也は、相手のぶつかりを真正面から受け止めるやいなや、しっかりと相手を突き返して、そのまま土俵の外へ押し切った。

知らない間に、透也の時間はすっかり進んでいたようだ。勝ち名乗りを受けて花道を引き下がる姿は、いつもより堂々として見えた。

自分の出番を終え、いつものように売店近くの自販機のところまで行くと、ちょうど透也とすれ違った。どうやらこれから帰るところらしい。

「お、篤」

今日の透也は白い浴衣を着ていた。青く染め抜かれた「白波」の文字と波しぶきがアクセントになっているその浴衣は、昨年の秋場所初日にも着ていたものだった。

「ああ、透也お疲れ。今日勝ってよかったな」

一年前は、こんな気さくに話ができるなんて思っていなかった。透也だけでなく、篤もあのときと比べて変わったのかもしれない。

「うん、ありがとう。ところで先月、お前んとこの兄弟子が俺の部屋に出稽古に来てたよな。あの、幕下の人。四股名とか顔は覚えてないんだけど」

この前白波部屋に出稽古に行った話をしていたので、きっと武藤さんのことだろう。

「ああ、武藤さんか。四股名は春昇だよ。俺はそのとき巡業に行ってたから知らなかったけど、出稽古に行ったって聞いた。なんか、十両の人に稽古つけてもらったって」

透也は、そうそうたしかそんな名前の人、と頷いている。

「あんときの日向波関怖かったな。あ、それでその、お前の兄弟子なんだけど、稽古が終わったあとで、うちの萩ノ海関が『あいつ、いいな』って言ってたんだよね」

「えっ、マジで？」

武藤さん情報によると、萩ノ海関とは関脇だった。幕内でも上位にいる人が武藤さんを褒めるなんて、おそらくすごいことなのだろう。

「うん。足腰が強そうなところとか、基礎がしっかりしてるところとかがいいらしい。あと、日向波関に何回も転がされてめちゃくちゃへたってるはずなのに、すぐ立ち上がろうとするところが、根性あるって。土俵に倒れたまま、なかなか立ち上がれない力士も多いらしいから、『今時ああいう奴は珍しい、あいつはいつか絶対強くなる』って言ってた。お前の兄弟子が帰ったあとにそう言ってたから、たぶん本人は知らないんじゃないかな」

関脇の人が、そんなに武藤さんを評価してくれたのか。当事者でない篤も、へえええと感嘆の声が漏れた。

「すげえ。あとで武藤さんにも教えよう」

興奮気味に言ったつもりだが、透也にとっては不充分だったようで、

「お前その話の本当のすごさわかってないだろ。萩ノ海関って言ったら、大関候補だぞ。そんな人が幕下褒めるとか、たぶんすげえレアだぞ」と眉をひそめて熱弁を振るってきた。そういえば九州場所後にも聞いたが、萩ノ海という力士は透也の憧れの存在だった。

そんなに熱くなるのかとたじろぎつつも、篤は武藤さんに早くその話をしたくてたまらなかった。武藤さんは今日、取組がある。今、勢いのある人から評価されているのだから、きっと今日も大丈夫だろう。

じゃあそろそろ帰るわ、と下駄を高らかに鳴らす透也に、篤はいい話聞かせてくれてありがとうと礼を言って別れた。

武藤さんは、幕下上位五番の取組のうち二番目に登場した。すでに十両土俵入りも終わり、会場の熱気は高まっていた。このあと始まる十両の取組に備え、土俵下には水付《みずつ》け担当の呼出が控えている。これまでの幕下の取組とは雰囲気が異なる上位五番は、十両の地位が近い者たち同士の戦いなのだと、つくづく思い知らされる。

仕切りを重ねる武藤さんの、筋肉で覆われた肩が見える。日頃の稽古の賜物《たまもの》であるその後ろ姿は、頼もしくもあった。

行司の軍配が返ると、武藤さんは低く鋭く当たった。

しかし、相手の方がさらに低かった。頭で当たって体をはね返すように押し上げると、武藤さんの上体がのけぞってしまった。

そこですかさず、相手が左にさっと動いてさらに胸を突くと、武藤さんは土俵に這うように、ばったり倒れてしまった。

何もできなかった呆気ない相撲に、篤は首をひねりそうになった。いつもの武藤さんは負けてもどこかしら見どころをつくるので、こんな相撲で敗れることは珍しい。

それでも武藤さんは、いつものようにきっちりと礼をして土俵を下り、花道の奥へと消えて行った。

初日の仕事を終え、部屋に帰るとちゃんこ場に武藤さんの姿はなかった。

「あれ、もしかして武藤さんもうトレーニングしに行ったんですか」

「ああ、なんかちゃんこ食べたらすぐトレーニングルームに籠ってた」

食器を洗っていた宮川さんが顔を上げずに答える。今日の取組が消化不良だったたぶん、早く後れを取り戻したいのだろう。用意されていた鶏塩ちゃんこをよそっていると、坂口さんが部屋の隅でスマートフォンをいじっているのが見えた。

「坂口さんは一緒にトレーニングしなくていいんですか」と尋ねると、坂口さんは「んー」と生返事をして「今ちょっと手が離せないから、あとで行く。食べてすぐ運動するとよくないって言うし、善治みたいに根詰めてやったらあんま意味ないと思うんだよな」とけだるげに答えた。手が離せないといっても、おそらく携帯ゲームをもう少しで攻略できそうとか、そういうことだろう。

坂口さんはしばらく「あー！」だの「よしっ！」だの叫んでは指先をぴこぴこと動かし、一時間ほど経ってようやく、トレーニングルームへ向かって行った。

そんな坂口さんだが、翌日の取組ではきっちりと白星を挙げた。立ち合いで相手を弾き飛ばすような、圧勝ともいえる相撲で、衛星放送の解説では「今場所、期待できるんじゃないでしょうか」

と言われていた。そのことにも、すっかり気をよくしたようだった。

　三日目からは、前相撲が始まった。今場所は、宮川さんも再出世をかけて前相撲の土俵に上がる。自分が呼び上げるよりも先に、兄弟子が土俵に上がるのは不思議な感じがした。

　昨日は「半年ぶりに本場所出るとか、やべーな。緊張してきた」と弱気になっていた宮川さんも、土俵下でじっと目を瞑って出番を待っていた。宮川さんの右膝はまだぶ厚いサポーターで覆われているが、今は四股や摺り足をゆっくりこなせるほど、回復しつつある。場所前は小早川さん相手に相撲を取って、感覚を取り戻すための稽古も重ねてきたので、前相撲ではあるが復帰の一番を白星で飾ることができた。


　初日、二日目と、幕下以下の力士は二日間にわたって場所の最初の相撲を取る。朝霧部屋では、武藤さんが唯一黒星発進だった。初日に透也から、武藤さんが大関候補に褒められていたとの情報を得ていたが、篤は未だにそのことを伝えられていなかった。初日、武藤さんは消灯時間ぎりぎりまでトレーニングルームから出てこなかった。その次の日は、一緒に皿洗いを担当していたので、話しかける機会はあった。しかし、近寄っただけで神経を尖らせていることがわかったので、結局口をつぐんでしまった。早く皿を洗ってトレーニングをするんだと言いたげな目をしていたが、実際この日も早々に食器を片付け、その後ずっとトレーニングルームに籠っていた。武藤さんがひたむきに稽古やトレーニングを重ねていることは知っているが、坂口さんが言うようにそんなに根詰めなくても、と篤も思う。「俺には才能がない」と言っているが、大関候補が褒めていたのだから、自信を持ってもいいのではないか。差し出がましいことは承知の上だが、武藤さんにそう伝えたかった。

三日目も、武藤さんは幕下上位五番の取組に登場した。やはり遠目に見ても均整のとれた体つきだ。今日こそは勝てるだろうと、篤は花道から土俵を見守っていた。

しかし、はっけよーいの声がかかり、立ち合いで踏み込んだ瞬間、武藤さんがバランスを崩したように大きくつんのめった。その隙をついて叩《はた》き込まれ、腹に土がべったりとついた。

まさか、二番続けて呆気ない相撲で敗れるとは。篤はこの光景がにわかに信じがたかった。立ち合いで崩れたのを見る限り、エナメルのペンキで描かれた仕切り線に足を滑らせたのかもしれない。そうだとしたら、なんとも不運な一番だ。

花道を下がるとき、武藤さんの顔がはっきり見えた。いつものように無表情であることに変わりはないが、今日は目を伏せて引き上げてきた。普段ならばたとえ負けても、武藤さんはまっすぐ前を向いて帰っていく。いつもと違う様子に、篤は今日も例の話ができないことを悟った。

信じられないことに、黒星はなおも続いた。三番目の相撲は相手の変化についていけずに引き落とされ、四番目は、相手を押していったとき両脇が空いてしまい、そこを捕まえられて寄り切られた。五番目の相撲では、右を差して相手を土俵際まで寄り詰めたところまではよかったが、蛇の目のぎりぎりのところで踏ん張っていた相手がくるりと腰をひねり、武藤さんをうっちゃった。花道から見ていた篤は、相手の足が先に出ていたのではないかと思ったが、物言《ものい》いがつくこともなかった。しかも、四番目と五番目の相撲は幕下上位五番の取組ではなく、対戦相手も幕下十五枚目より下の番付の力士だったらしい。まさかの五連敗に、黒星を喫した相手も格下。今日はまだ見せ場があったものの、今場所は相撲内容が充実していない。毎日真面目に稽古をこなして基本に忠実な相撲を取り、成績もおおむね安定している武藤さんからは考えられないような、負の連鎖が続いていた。

今場所も気合を入れて稽古を重ねてきたはずなのに、どうしてこんなに歯車が嚙み合わないのだろう。篤には不思議で仕方なかった。

対照的に絶好調なのが、坂口さんだった。いずれの相撲も立ち合いでしっかり当たれていて、相手のまわしをすばやく取っていた。解説で言われた「今場所期待できる」との言葉通り順調に白星を重ね、五連勝と星を伸ばしていた。

真っ黒な丸と、真っ白な丸。まったく異なる成績が隣同士に並ぶ朝霧部屋の星取表は、まるでオセロのようだ。しかし星取表では、黒が白にひっくり返ることは決してない。せめてあと二番、どうにか勝ってくれ。篤は祈ることしかできなかった。


そんな矢先、「柴崎《しばさき》さんが明日部屋に来る」と師匠から告げられた。

嫌な予感がした。柴崎は、朝霧部屋の後援会に入っている司法書士だ。坂口さんの母校の監督と知り合いで、時々部屋にもやって来る。貴重な後援者のはずだが、困ったことに柴崎は酒癖がよろしくない。酒を出すと、毎回誰かが絡まれる。篤も以前「呼出なら普段から大きな声で喋ったらどうだ。そんなにぼそぼそ喋ってたら、いざ本番で声が出ないんじゃないか」としつこく物申された。よりによってこんな場所中に、と一気に気が重くなる。柏木さんたちも「あのおっさん来るのか……」とげんなりした顔をしていた。

翌日、仕事を終え部屋に戻ると、がははと豪快に笑う声が聞こえてきた。もう柴崎が来ているらしい。ゆっくりとちゃんこ場のドアを開けると、師匠と坂口さんに挟まれ、談笑する柴崎の姿があった。客が来ているので、兄弟子たちもちゃんこが終わってもすぐ自由時間というわけにはいかず、給仕をしたり話し相手になったりと、全員がその場に残っていた。

柴崎の前には空になった椀と、ウーロン茶が半分まで入ったグラスが置かれていた。酒は出していないようだが、坂口さんに向かって話しかける柴崎の顔は赤らんでいた。もしかしたら、どこかで一杯引っ掛けてから部屋に来たのかもしれない。厄介なことになりそうだと思ったが、篤は苦々しい顔をつくりそうになるのをこらえて自分のぶんのちゃんこを椀によそった。

篤の姿を見て一度は、おーお疲れさんと手を挙げた柴崎だが、すぐ坂口さんの方に向き直った。どうやら、坂口さんが今場所絶好調なことを褒めているらしい。

「いやー、さすが翔太だ。今場所五連勝だろ？　ひょっとしたら幕下優勝でもするんじゃないか」

大声で言って、柴崎が坂口さんの肩をぽんと軽く叩く。馴れ馴れしい仕草だが、坂口さんも褒められて悪い気はしないようで「ああ、ありがとうございます。ここまで来たら優勝したいっすね」と調子を合わせている。師匠も「おい調子に乗るな」と坂口さんに苦言を呈しているが、その口調は普段よりも和やかだった。

篤はわれ関せずといった体でいつもの醤油ちゃんこを口に運んだが、柴崎の大声はどうしても耳に入ってくる。

「翔太ならできる。中卒とは違って高校で鍛えられてるから、やっぱり実力が違うよ」

そう聞こえてきたとき、篤はキャベツと油揚げを箸でつまもうとしていた手を止めた。顔を上げると、さきほどはにこやかに笑っていた師匠も坂口さんも、一瞬真顔になった。その場にいた兄弟子たちも、全員柴崎の方を向いた。そんな変化に気づいていないらしく、柴崎は構わず持論を展開し始めた。

「昔は中卒でも強い力士がたくさんいたけれど、今じゃ上の番付にいくのは高卒か大卒の力士ばかりだろう。最近中卒で関取になるのも、よほどセンスのある一握りの力士だけだ。だからさ、本当は善治くんよりも翔太の方が有望だって俺は思うよ。善治くんも幕下上位だと全然勝てないじゃないか。その点、翔太は高校の試合でプレッシャーにも慣れてるだろうし、これからはとんとん拍子で上がっていくと思うんだよな」

そう言ってビールでも呷《あお》るかのようにウーロン茶を飲み干す柴崎を、坂口さんはこわばった顔で見ていた。一方、武藤さんはうつむいていて、その表情を確認することはできない。

「善治くんも幕下上位だと全然勝てない」って、武藤さんはここ数場所、勝ち越しを続けて自己最高位まで来たんだよ。今場所はたまたま不調なだけだ。普段ちゃんと武藤さんの相撲見てんのかよ。

篤も軽く睨みつけたが、当然柴崎は篤のことなど見ていなかった。

「それに、善治くんは華《はな》が足りないんだよな。相撲も地味だし、顔も覚えにくいし。翔太は体が大きいから、目立っていいんじゃないか。ほら今、丸っこくて人気の力士もいるだろ」

相撲に関係のない容姿のことまで持ち出され、部屋の空気がいっそう凍り付いた。ただ、柴崎だけが楽しそうに話を続けていた。

もう出て行けよおっさん。てか、どういう仕事なのかわかんねえけど、これでよく司法書士やってられるな。

篤の苛立ちが募りに募ったとき、師匠が重々しく口を開いた。

「柴崎さん、悪いが今日はもう帰ってくれ」

眉間に皺を寄せる師匠の真意に気づいていないのか、柴崎は「ああ、すんません。じゃあ、残念だけど今日はこのへんで」とへらへら笑って、何事もなかったかのように部屋を出て行った。

柴崎が帰ったあと、小早川さんは「もうあいつ出禁《できん》だろ」と怒り、宮川さんや柏木さんも「あれはひどいよな」と言い合っていた。師匠は苦虫を噛み潰したような顔で「すまん」とひと言、武藤さんに詫びた。武藤さんは「いえ」と短い返事をして、柴崎の使っていた食器を下げた。師匠が「柴崎さんへの対応は今後考えさせてもらう」と、むっつりと言って自室に戻ったときには、武藤さんもいつの間にかちゃんこ場から姿を消していた。きっとまたトレーニングルームに籠ったのだろう。坂口さんが、大きくため息をついた。

「柴崎さん、監督と知り合いだからってあれはねえわ。俺だって善治のことディスられてまで、褒められたくねえよ」

今日の皿洗いは篤と坂口さんが当番だったが、皿を洗っている間、坂口さんは柴崎への文句を口にし続けていた。どうやら坂口さん自身も柴崎のことが好きではないようだ。

「それにしても武藤さん、最近、見てて気の毒になるくらい不運なこと続きますよね。なんかに取り憑《つ》かれてるみたいに、五連敗してますし」

篤がそう言うと、坂口さんは、

「そうなんだよな。あいつ今、必死になってトレーニングやってるけど、たぶんやり過ぎで疲れがたまってるんじゃないか。で、取組で余計空回ってる気がする」

と冷静に分析した。その言葉に、篤もああ、と頷く。坂口さんはトレーニングをするときはしっかり体を動かすが、休むときはちゃんと休んでいる。普段ならばゲームをしていたらサボっているように見えたかもしれないが、今場所は絶好調なので、妙に説得力がある。

「武藤さんもこのままじゃよくないっすよね」

どうしたものか、と篤が武藤さんを案じると坂口さんは突然、

「いい考えがある。俺に任せろ」と不敵な笑みを見せた。

「お前も来い」と言うのでついていくと、坂口さんはトレーニングルームのドアノブをひねった。ドアが開くなり、短く息を吐きながら、両手に持ったダンベルを左右交互に持ち上げる武藤さんの後ろ姿が見えた。武藤さんもドアが開く音に気づいただろうけれども、こちらを振り返らなかった。武藤さんがいったん下げた右手をもう一度上げようとしたとき、坂口さんがトレーニングルームの入り口にあるスイッチに手を伸ばし、電気を消した。周囲が一瞬にして真っ暗になる。予期せぬことに驚いたようで、わっと大きな声があがった。すたすたと足音が近づいてきて、武藤さんが入り口のところまで来たのがわかった。

「坂口さん、何するんですか」

いつもの、感情を抑えたような声だったが、その言葉には「邪魔しないでください」というニュアンスがはっきり含まれていた。

次第に暗闇に目が慣れてきたところで、坂口さんがふたたび電気をつけた。突然飛び込んできた光の強さに、篤は一瞬、目を瞑った。武藤さんも目を細めているが、眩《まぶ》しいのか、顔をしかめているのかわからない。ただ、坂口さんだけが涼しい顔をしていた。

トレーニング中に電気を消すという暴挙に出たことから、普段の坂口さんとは違う気配を感じ取ったらしい。何しに来たんですかと今度はぞんざいな口調で武藤さんが尋ねた。いつになく荒っぽい口の利き方で、武藤さんが焦っていることが、篤にも手に取るようにわかった。

「何しにって、お前を止めに来た。もうお前、今日はトレーニング禁止な」

坂口さんは隙をついて、武藤さんが両手に持ったままのダンベルを奪って高々と掲げた。ダンベルを取り返そうにも、坂口さんより身長の低い武藤さんには届かなかった。

「俺今場所全然ダメなんですよ？　なんで止めようとするんですか」

ダンベルを取り戻すのを諦めた武藤さんが突っかかっても、坂口さんは飄々《ひょうひょう》としたままだった。

「お前、負けが続いているからってトレーニングやり過ぎなんだよ。そんな意固地になってやったって、何も意味ねーよ。たまには休め」

ってかこのダンベル重いな、と坂口さんはやっと腕を下ろした。

「でも、こんな連敗してるのにトレーニングサボるわけには……」

武藤さんがまだ文句を言いたげに食い下がると、坂口さんは大げさにあーあとため息をついた。

「ヤケクソでトレーニングするのがいいってんなら、今場所のお前はもうとっくに勝ってるだろ。それに、お前いつだったか将志に、『兄弟子の俺の言うこと聞いてちゃんと休め』って言ってたよな。将志には偉そうなこと言っておいて、兄弟子である俺の、休めっていう命令は聞けないんだ？」

そう言われて、武藤さんはばつが悪そうに口をつぐんだ。その様子を見た坂口さんはにやりとして、わかったならついて来いと背を向けた。武藤さんも観念したようにトレーニングルームを出る。俺はどうするべきだろうかと迷ったけれど、ここで残るのも変なので結局ついていくことにした。

坂口さんが向かった先は、コンビニだった。アイスやら炭酸飲料やらをカゴに放り込み、善治と篤は何か食いたいもんある？　と聞いてきた。篤と武藤さんが首を横に振ると、坂口さんはあっそ、と少しつまらなそうに呟いて、さらにアイスモナカやカルピスウォーターを買い込んだ。今日のところは俺の奢りだから、と会計を終えた坂口さんが次に向かったのは、部屋の近くの公園だった。

去年、篤が呼び上げの練習をしようと訪れた場所だ。ここに来るのは久しぶりだったが、相変わらず散歩をする者すらいなくて閑散としている。

ブランコの向かい側に、ベンチが一メートル間隔で並んでいたのでそこに腰かけた。左から坂口さん、武藤さん、篤の順だ。自然と坂口さんと武藤さんが隣同士になった。

「善治から好きなの取って」

坂口さんがコンビニのレジ袋を武藤さんに渡すと、武藤さんはコーヒー味の棒付きアイスとカルピスウォーターを手に取った。あ、篤は俺に譲れよ、と坂口さんが先に選んだのは、ソーダ味のアイスにミルクティー。以前ここで坂口さんに出くわしたときも、同じものを口にしていた。どうやら坂口さんはこの組み合わせが好きらしい。

篤が残ったアイスモナカとコーラを手に取ったとき、武藤さんが「俺、買い食いって入門してから初めてです」と呟いた。

「ウソだろ？　お前、真面目か」

よほど驚いたのか、坂口さんが即座に聞き返した。

「本当です。ついでにカルピス飲むのも、思い出せないくらい久しぶりです」

「まあ、あんま買い食いすると師匠とかにも怒られるしな。俺はちょいちょいここに来て、コンビニで買ったもん食ってたけど。な、篤」

話を振られ、篤も「ああ、はい」と頷く。以前の、悪びれもせず買い食いをしていた様子からして、おそらく坂口さんはコンビニの常連でもあったのだろう。

これは独り言だけど、と前置きして坂口さんがさらに言葉を続ける。

「この頃はずっと善治とトレーニングしてたから、俺も買い食いは久しぶりだよ。善治とトレーニングするようになって、俺もまた幕下で勝ち越せるようになったし、本当に良かったと思ってる。でも、久々に公園に来てアイスとか食うと、うまいなあ」

坂口さんの声は、独り言にしては大きかった。

武藤さんがカルピスウォーターに口をつけてからアイスを一口齧り、「本当ですね。うまいです」と言った。

「だろ」坂口さんが得意げに返事をした途端、しゃくりと軽やかな音がした。篤の位置からはよく見えないが、坂口さんもアイスにかぶりついたようだ。

「ってかお前、コーヒーのアイスにカルピスって組み合わせ変じゃね？」

「そんなことないっすよ。案外いけます」

篤もモナカを割って口に放り込んだが、二人の言う通りだ。久しぶりに夜の公園に来た非日常感も手伝ってか、やけにおいしく感じる。

全員がアイスを食べ終えた頃、武藤さんがふいに「あの、坂口さん」と口火を切った。今度はさきほどよりも、いくらか遠慮がちな声音だった。

「俺、場所前に雑誌載ったじゃないですか。雑誌に取り上げられるなんて初めてだったから、親や親戚、知り合いも結構みんな見てて。すごいじゃないか、とか、関取になったらサインくれとか、いつも以上に言われたんですよ。それがプレッシャーになってて、場所前からトレーニングの量増やしてたんですけど、勝てなくて。もっとやんなきゃ、と思ってさらにトレーニングしたんですけど、あの部屋に籠ってダンベルを上げてる間、なんで勝てないんだろうとか、次も負けたらどうしようとか、考えてしまっていたんです。でも、今日ここに来て、だいぶ気が紛れました」

だから、連れ出してくれてありがとうございます、と武藤さんが坂口さんに向かって頭を下げる。

「な、俺の言った通りだろ？」

そう言う坂口さんの声はやはり誇らしげだった。

「ってかお前、真面目すぎるんだよ。周りがプレッシャーかけるようなこと言っても、半分はてきとーに聞いときゃいいんだよ。あと、負けてるからって、そんな考えすぎんな」

それがなかなか難しいんですよ、と言うと武藤さんは黙り込んだ。急に武藤さんが黙ったので、篤も坂口さんも、武藤さんの次の言葉を待った。ややあってから、武藤さんはふたたび「あの」と口を開いた。

「さっき柴崎さんが言ったことは、別に間違ってないと思うんです。俺は大した実績もなければ、体格だって別に普通だし。それに、坂口さんみたいに才能があるわけでもないので、決して有望なんて言われるような力士ではないんです。だから」

武藤さんが言い淀んだ瞬間、篤は心の中でああ、と頷いた。あんなに「才能がない」と気にしていたのは、坂口さんと自分を比べていたからだったのか。以前この公園に来たとき、坂口さんが「部屋頭」である武藤さんに焦りを抱いていたことを知った。しかしその武藤さんも、坂口さんを羨むことがあったのか。

篤は納得しかけていたが、坂口さんは「え、ちょっと待て」と早口で割って入ってきた。

「なに。才能あるって、俺が？　お前、俺のことそんな風に思ってたの？」

武藤さんもその反応は予想していなかったのか、「へっ？」と上ずった声をあげた。武藤さんがこんな反応を示すのは、かなり珍しい。

「だって坂口さん言ってたじゃないですか。俺が入門して一年目の頃、なんで坂口さんはそんなに強いんですかって聞いたら、『俺には才能があるから』って。で、雑誌にも載ってましたけど、そのあと『お前は俺と違って、天才でもないだろ。もし俺みたいに強くなりたいなら、ひたすら稽古することだな』って言ってくれましたよね」

最後は語尾が上がっていた。まるで確かめるような口調だった。

ところが坂口さんは「え、マジ？　俺、そんな流れで稽古しろって言ってたの？　全然、覚えてねえわ」とけろりと言い放った。

「えっ」篤と武藤さんの声が重なる。

「だからお前、一人でトレーニングとか始めたの？　マジかー、そんなこと言わなきゃよかったな。そしたら俺、あんなに焦ることもなかったのに」

坂口さんは冗談っぽく独り言を言っていたが、篤はただ、呆気にとられていた。だってあの雑誌には、あたかも感動的なエピソードのように書かれていた。まさか坂口さんが冗談で口にした言葉に、武藤さんが突き動かされていたとは。隣を窺うと、武藤さんはまるで石にでもなってしまったかのように、身じろぎもせず、黙って坂口さんの方を向いていた。その表情は確認できないが、きっと篤以上に唖然とした顔をしているのだろう。篤ですら衝撃を受けた事実を六年越しに知ったのだから、動揺しないはずがない。

坂口さんも、さすがに絶句したままの武藤さんを見て悪いと思ったのだろう。「ごめんごめん。俺が適当なこと言ったばっかりに」と頭を掻いた。

「でもさ、俺だってほんとに才能ねえの。まあ俺は人よりでかいし、高校でやってきたこともだいぶ身になってるよ。だけど俺より体格に恵まれた奴も、大学とかですげえ実績持ってる奴も、いくらでもいる。上を見て才能がどうたら言ったってキリがねえよ。そんなん気にした方が負けだ」

まるで武藤さんに言い聞かせるように、坂口さんがはっきりと言い切った。

「……そうですね」

少し間があいて、武藤さんが返事をした。その声は、この公園に来る前よりもずっと、穏やかだった。

「でも俺は本気で、坂口さんは才能あるって思ってました。立ち合いの圧がめちゃくちゃ強かったり、体が柔らかかったり、俺にはないものをたくさん持っているので」

まさか褒められると思っていなかったのか、坂口さんも「あ、ああ。そうだな」と普段よりぎこちなく答え、それからコホンとわざとらしく咳をした。

「まあ才能があるかどうかはさておき、兄弟子の番付追い越して、二年も部屋頭やってる奴をさ、凡人って言うのも変じゃん？『自分には才能がない』ってお前は言うけどさ、必死で稽古とトレーニングやって幕下上位まで来れたのは、誇ってもいいことなんじゃねえの」

坂口さんの言う通りだ。今日の坂口さんはやたらいいことを言う。篤が感心していると、坂口さんは「あと」と少しぶっきらぼうな口調で付け足した。

「俺もお前にちょっと嫉妬してたときもあったけどさ。お前、普通につえーし、俺よりよっぽど真面目で、そう簡単に敵う相手じゃねえって、この数ヶ月でよくわかった。『才能ある』っていうこの俺が認めてやってるんだからさ、もっとどーんと構えてろって」

武藤さんは黙ってその言葉を聞いていたけれど、やがて姿勢を正し、「ありがとうございます」とまた一礼した。

「……なんか俺、次は大丈夫だって気がしてきました」

武藤さんがそう呟くと、坂口さんは「だろ？　俺のおかげだな」と恩着せがましいことを言ってきた。

二人の空気がほぐれるのを感じ、篤も「あの、そういえば」と切り出した。言うなら今しかない。

「白波部屋に仲いい力士がいるんですけど、そいつが言うには萩ノ海関も武藤さんのこと褒めてたらしいです。基礎がしっかりしてるとか、根性がありそうだとか」

「え、そうなの？」「うっそ、マジで？」二人とも、驚いてすぐに食いついてきた。

「そんなすごい人が俺のこと褒めてたとか、励みになるわ。教えてくれてありがとう」

「善治、さっき俺が話したときより感激してねえか？　でも、いいなー。俺も今度出稽古連れてってもらって、萩ノ海関の前でめっちゃアピールしよ」

口々に言いあう武藤さんと坂口さんを見て、篤は安心する。武藤さんも、肩の力が抜けたようでよかった。坂口さんも「任せろ」と言っただけのことはある。やはり、いざというときに頼れる兄弟子だ。

ふいに、武藤さんが「あ」と我に返ったような声をあげた。

「そういえば、そろそろ門限じゃないですか」

公園の時計を見るとすでに門限の五分前の、二十一時五十五分を指していた。

全員が慌てて立ち上がる。駆け足で朝霧部屋へと戻り、なんとか門限の一分前に間に合った。部屋に着いたときはみな息が切れていたが、武藤さんも坂口さんも笑っていた。武藤さんが屈託なく笑うのを見るのは、久しぶりだった。


翌日、武藤さんの六番目の相撲があった。この日も武藤さんは、ぴしっと腕を伸ばして塵手水を切っていた。いつもと同じ所作でも、今場所のこれまで相撲を取ってきたどの日より、堂々として見えた。

軍配が返り、立ち合いで当たり勝つと、下から突き上げるようにして相手の体を起こし、後退していく相手をそのまま土俵の外に押し切った。ようやく、武藤さんらしい相撲で勝てた。篤は思わず両こぶしを握った。しかし当の本人は、待ちわびていた白星を挙げても決して表情を崩さず、早足で花道を通り過ぎて行った。ああ、これでこそ武藤さんだ。篤も胸がすくような思いで、武藤さんを見送った。


その日の晩、叔父から電話があった。大部屋で漫画を読んでいるところに電話がかかってきたので、廊下に移動して電話に出た。

「いやー、今日もお疲れさん。篤、だんだん声が出るようになってきたな。いいことだ。兄弟子の春昇さんも、ようやく初日が出てよかったな」

叔父はたまたま仕事が休みで、一日中インターネットで相撲を観ていたらしい。

「あ、はい。ありがとうございます」

「今場所も、千秋楽の祝賀会行くからよろしくな。師匠や兄弟子の皆さんにも、また挨拶したいし」

初場所の千秋楽祝賀会に参加して以来、兄弟子たちの星取表をつけるのが場所中の叔父の日課になったそうだ。叔父の一押しは武藤さんで、「実直そうなところが師匠に似ている」と言っていた。

「ところで篤」

叔父が急にトーンダウンした。篤も思わず身構える。

「最近、兄さんたちと連絡取ってるか」

兄さん「たち」だから、おそらく篤の父と母のことを言っているのだろう。

「……いえ、取ってないです」

「そうか……まあ、千秋楽は楽しみにしてるよ。じゃあ、元気でな」

そう言って、叔父は電話を切った。

篤が返事をしてから叔父が話し出すまで、一瞬の間があった。叔父は言葉を探しているようだった。きっと、両親について何か言おうとしていたのだろう。

篤はふいに、直之さんから、両親に会ってみてはどうかと提案されたことを思い出した。あのときは顔を合わせるなんて考えられなかったが、直之さんの言葉は、夏休みが終わるのに手付かずのままの宿題のように、ずっと心に引っかかっていた。

引っかかってはいたものの実家に帰ることも、電話をかけることも踏ん切りがつかないまま、今日まで両親のことは考えないようにしていた。

実際、篤は宿題を提出しない子どもだった。しかし、宿題をしていないことへの後ろめたさは当然あって、夏休み最終日は毎年気もそぞろだった。どうせ間に合わないからと宿題を片付けることは諦めて、ただ九月が来ないようにと願っていた。そんな子ども時代だった。

俺、昔と何も変わってねえな。

大部屋に戻るともう就寝時間になっていたが、この日は珍しく、なかなか寝付くことができなかった。


夏場所も残すところあと二日となった。

休憩中、飲み物を買おうと通路に出ると、突然着物の袖を摑まれた。驚いて振り返ろうとしたがそれより先に「おい下手くそ」と低い声がした。その呼び方と声には心当たりがあった。ゆっくり振り返るとそこには、髪を赤茶色に染めた光太郎が立っていた。光太郎の横には、ワンピースを着た化粧の濃い、若い女性がぴたりと寄り添っている。

なぜあいつがここに。

何も言えず固まっていると、舌打ちが聞こえた。

「なんだよ。幽霊見たような顔しやがって。相変わらずお前は失礼な奴だな」

もしかして、わざわざ嫌味を言いに来たのか。篤がこわばった顔をしているのが気にくわなかったらしく、光太郎は「言っとくけど今日は普通に相撲観に来ただけだからな」と眉をひそめて説明してきた。

それから横にいた女性に「お前は席に戻っとけよ」と声をかける。女性が去り、篤もその場を離れようとしたが、また着物の袖を引っ張られた。

「お前、どうせ大した仕事もしてなくて暇だろ。だったらちょっと来い」


連れて来られたのは二階の喫煙所だった。ふいに、煙草の煙を吹きかけられた記憶がよみがえる。また何か言われるのではないか。警戒していたが、しばらく沈黙が続いた。

生暖かい風が吹き力士幟《のぼり》がぱたぱたと揺れたとき、ようやく光太郎が口を開いた。

「お前辞めないんだな。下手くそのくせに」

以前と変わらない嫌味な口調にむっとして、「辞めませんよ」と言い返した。

「ほんとかよ。直之みたいにわーきゃー言われてる奴がいたら、バカらしくなってくるだろ」

光太郎は、信じられないとでも言うように目を見開いた。

「バカらしくなんてなりません。声援浴びるためにやってるわけじゃないので」

「じゃあ、なんでお前は呼出やってんの？」

そう聞かれて、答えに詰まった。元々自ら望んだ仕事ではなかったし、うまくやっていける自信もなかった。なのになぜ、一年間この仕事を続けられたのだろう。

実家にいなくて済むから。とりあえず職があった方がいいから。単純にお金がもらえるから。

入門前の動機は、今となってはどれも違う。代わりに、さまざまな記憶が脳内を駆け巡っていった。

進さんの力強い声と、温かいてのひら。小さいのに頼もしい、直之さんの背中。怪我をしても、勝てなくても土俵に上がり続ける兄弟子たち。それから泣きそうになったアミの顔も、なぜか浮かんできた。

「なんでって……わかりません。でも、今辞めたらたぶん後悔すると思うんです」

篤の答えを聞くと光太郎は、けっと短く声を漏らした。

「はー。何そのいい子ぶった回答。直之もそうだったけど、やっぱお前うぜーわ」

ひるむものかと、奥歯に力を入れる。しかし次に光太郎から発せられたのは思いがけない言葉だった。

「うぜーけど、まあ俺よりよっぽど偉いわ。俺もお前らみたいに志《こころざし》？　っていうやつを持ってたら、辞めずに済んだのかもな。もう遅いけど」

今度は篤が目を見開く番だった。ふと、喫煙所に来たのに光太郎が煙草を吸っていないことに気づく。そもそも、今は煙草の匂いもしない。

「次は俺も、そう簡単に仕事辞めねえから。あいつらのためにも」

あいつら？　首をかしげると、わかんねーのかよ頭悪《わり》いなと、光太郎がまた舌打ちをした。

「子どもが生まれるんだよ」

思わず、えっと聞き返した。さきほどの女性はたしかにゆったりめのワンピースを着ていたが、お腹は目立っていなかったので全然わからなかった。もしかして、光太郎が煙草を吸わないのは彼女とお腹の子どものためか。

「もうあいつを困らせるわけにもいかねえしな」

どうやらあの女性は、光太郎に平手打ちされたという恋人のようだ。あんなことがあっても、光太郎と一緒にいることを選んだのか。

「まあせいぜい頑張れよ、下手くそ」

光太郎が背を向けようとする。憎らしいはずなのに、ここで別れてはいけないような気がした。

「あの」

光太郎の足が止まる。呼び止めたものの、どんな言葉をかけたらいいかわからなかった。なんだよと顔をしかめられ、慌てて口を開く。

「今って何の仕事されてるんですか」

もっと他に言うべきことがあるだろう。とんちんかんな台詞しか出てこなかった自分に呆れてしまう。案の定、はあ？　と怪訝な顔をされた。

「教えねーよ。どうせ達樹あたりにチクるんだろ」

そんなことしませんと否定すると、必死で顔伏せて入ったんだからな、俺が来たこと誰にも言うなよと念を押された。

そういえば今いる喫煙所も人が少ない。わざわざ人目を避けてまで、篤と話をしたかったのだろうか。

「まあ真っ当に働いてるってことだけは教えてやるよ。じゃあな」

光太郎がまた背を向け、来た道をたどる。今度は引き留めなかったが、喫煙所の出口に差しかかったところで光太郎が突然振り返った。

「一つ言い忘れた。お前、ちょっとは呼び上げがマシになったな。まだ、全っ然下手くそだけど」

それだけ言い残し、光太郎はあっという間に去っていった。


喫煙所から戻ろうとしたとき、売店に群がる客の中に、見覚えのある横顔を見つけた。アミだ。どういうわけか、今日は知っている人によく出会う。

力士の四股名と似顔絵が入ったトートバッグを吟味する彼女は、篤に気づいていない。

一度アミとDMのやり取りをしただけで、篤もツイッターのアカウントを放置していたし、アミのアカウントも相変わらず静まり返ったままだ。

真剣に選んでいるから、話しかけない方が無難だろうか。そもそも、ここは気づかないふりをした方がいいのだろうか。

そんな考えがちらついたが、さきほど声をかけてきた光太郎の顔が頭に浮かんだ。

あの光太郎でさえ、篤と向き合おうとしていた。だから篤も、逃げるわけにはいかない。

思い切って「あの」と話しかける。アミは振り返ると、目と口を同時に大きく開いた。それから、手に持っていたトートバッグを瞬時に陳列台へと戻した。顔がこわばっているようにも見えたが、今ちょっといいですかと尋ねると、小さく頷いた。

売店から離れ、相撲案内所付近へと移動する。ここなら比較的、人通りが少なかった。

「この前は、本当に申し訳ありませんでした」

どんなにそっけない態度を取られてもいい。もう俺を応援してくれなくてもいい。

自分に言い聞かせていたはずなのに、いざアミを前にすると膝が震えた。

それでも篤は深々と頭を下げた。

三拍ほど間があいて、「……私の方こそごめんなさい」と、か細い声が降ってきた。その語尾は震えていた。

訳もわからず顔を上げると、アミが目を伏せ、唇を噛んでいた。

どうしてこの人が申し訳なさそうな顔をするんだ。嫌な思いをさせたのは俺の方なのに。

「そんな、謝らないでください」

うろたえている篤をよそに、アミは「いえ」と首を小さく横に振った。それから、

「言い訳みたいになってしまうんですけど……」とためらいがちに言葉を続けた。

「あ、はい」

篤が悪いことに変わりはないが、ここはアミの話を聞かなければいけない気がした。

「あの人……サクラさんとは元々SNSで知り合ったんです。テレビで特集しているのを観て、大相撲に興味を持って。ツイッターで情報収集してたらあの人がフォローしてくれて、観戦にも誘ってくれました。詳しくなかった私に色々教えてくれたり、出待ちに誘ってくれたり、いつの間にか、観戦よりもサクラさんといることの方が楽しくなっていて。誘われるがままに、何度も一緒に観戦していたんです。でも、サクラさんは仲のいいフォロワーさんが多かったから、そのうち私のことを相手にしなくなるんじゃないかと思って……話を合わせるために、ずっとサクラさんと同じ人を応援してました。だから秋場所のときも、サクラさんが篤さんのことかわいいって言っているのに同調してしまって……結果、篤さんを嫌な気分にさせてしまいました。本当に、申し訳ありませんでした」

今度はアミが頭を下げた。

事実を知り、篤は愕然《がくぜん》とした。この人は何も悪くないじゃないか。なのに、俺は勘違いでひどいことをしてしまった。頭の中が罪悪感で埋めつくされ、言葉を失っているとアミが顔を上げ、「でも」と続けた。その目は、まっすぐ篤に向けられていた。

「篤さんを見て初めて、誰かをちゃんと応援したいと思ったんです」

え？　と発した声は、ずいぶん調子はずれになった。

そんな誰かの考えを変えるような力、俺は持っていない。

「えっと……どうしてですか」

篤が尋ねると、アミは困ったように眉を下げた。

「篤さんのことを初めてちゃんと認識したのが秋場所の二日目で……えっと、その日」

「俺が四股名間違えた日ですね」

言いにくそうにしているのも無理はない。アミは「そうです」と頷いた。

「それで、怒られてるところを見てしまったんですけど……私だったら絶対、怒られた時点で心が折れていると思うんです。でも後日篤さんを見たら、あの日のことはなかったみたいに堂々と呼び上げをされていて、本当に立派だなって感動して」

そんな理由で俺のこと応援してくれたのかと、ますます申し訳なくなってきた。

大きな失敗をした翌日も、きちんと土俵に上がる。そんなの当たり前のことだ。怒られただけで何もかも投げ出せるような甘い世界ではないと、この一年で篤は身をもって知った。

しかし情けないことに、篤は黙ってアミの言葉を聞いているだけだった。

「私は今まで必死になって何かに取り組んだこともなければ、将来何がしたいかもわからなくて。あのときはちょうど、来年就活なのにこのままじゃダメだって悩んでいた時期で……すごいな、私もああならなきゃって思ったんです」

篤だって、ずっとやりたいこともなく、何もかも簡単に諦めて生きてきた。それを知ったら、アミもがっかりするだろうか。

……俺は、あなたの思うような立派な人間ではないです。

そう言おうとしたのに、声にならなかった。ひどいことを言ったにもかかわらず、篤を見て感動したと語ったアミに、かける言葉ではないような気がした。

「そんな」

「あの……ありがとうございます」

今はただ、礼の言葉をひねり出すだけで精いっぱいだった。

そんな篤の心の内は知らないアミは、ここにきてようやく笑った。


アミの言葉は、澱《おり》となって胸の底に残り続けていた。部屋に戻り、いつものように呼び上げの練習をしていても、いまいち調子が上がらなかった。早めに練習を切り上げると、またアミのことを考えた。

あの人はどうも、俺のことを買いかぶっている。俺は元々不真面目だし、そもそも呼出になったのも、家を出るためだし。そんな人間、立派なはずがない。

初めて自分をちゃんと応援してくれた人だからつい見栄を張ってしまったが、彼女を騙しているようなやましさは消えなかった。

……あの人、今日なんかつぶやいてるかな。

確かめようとスマートフォンに手を伸ばしたとき、場所前に直之さんと会った日のことを思い出した。

DMでアミに謝罪を入れたあの日、直之さんは篤に、両親と一度会うべきだと言っていた。両親と会うのも話をするのも、あのときは到底考えられなかった。しかし篤を仰ぎ見るアミを思い浮かべると、親を避け続けている自分がひどく非情な人間に思えてきた。彼女はこれからも篤を応援してくれるようだが、このままではきっと、アミとまともに顔を合わせられない。

せめて一度、実家に電話してみようか。ワンコールだけ鳴らして、電話に出なかったらすぐ切るとか。出たとしても、ひと言かふた言話すだけにするとか。それくらいだったら、なんとかできるかもしれない。

心の奥にしまった宿題にようやく手を付ける気になったのに、予防線を張ることばかり考えていたのは、やはり不安が大きいからだった。

もし電話をするならいつがいいかと、念のためスケジュールアプリを起動させる。二十四日に直之さんと透也と遊ぶ予定が入っている他は、明日の二十二日に「千秋楽」と書かれているだけだった。その「千秋楽」の文字の上にある日付を見て、あれ？　と引っかかった。五月二十二日。その日、何かあった気がする。誰かの誕生日？　いや違う。

そこまで考えて、突然、頭の中で何かが閃《ひらめ》いた。

——お父さん、お母さん、結婚記念日おめでとう。

幼い頃の自分の声がよみがえる。そうだ、五月二十二日は両親の結婚記念日だ。ある年お祝いと称し、道端に咲いていた花を集めて渡した。たしか、篤が小学校に上がったぐらいのときのことだ。

今この瞬間まで思い出すこともなかったが、途端に当時の両親の声が、自動的に脳内で再生されていった。

――ありがとう。篤は優しいなあ。お前がいてくれて、お父さんとお母さんは幸せだよ。
――本当に。篤は私たちの宝物ね。

あのとき、両親はそう言っていた。自分なりにお祝いをしようとしてくれたことが嬉しかったのだと、後日改めて言われたので、覚えている。

すると今度は堰《せき》を切ったように、幼い頃の、両親との思い出が脳内を駆け巡っていった。五歳の誕生日、母と一緒に苺のショートケーキを作ったものの、スポンジが固くやたら大きいケーキができてしまい、大晦日まで失敗したケーキを食べる羽目になったこと。小学二年生の夏、家族で箱根《はこね》に温泉旅行に行き、のぼせた篤を父が必死になってうちわであおいでいたこと。取るに足らない記憶だけれど、たしかに篤も両親に愛されていたのだと感じる瞬間ばかりだった。今日の今日まで、すっかり忘れていた。いや、思い出さないようにしていただけかもしれない。

篤も昔は、頑張ってひらがなを練習したり、足し算や引き算の問題を解いたりしていた。そうすると両親が喜ぶことがわかっていたから。両親が喜ぶと、篤も嬉しかった。なのに、いつの間にか篤は机に向かわなくなっていた。両親は「宿題やったの」「勉強しないと立派な大人になれないぞ」と声を荒らげることが多くなった。それから高校を中退するまで、少しずつ歯車が噛み合わなくなっていった。

ああ、と小さくため息のような声が漏れる。山岸さんと志帆さんが結婚すると言ったときの、あの幸福に満ちた空気。両親との間に不和が生じて家を出てしまったが、あの空気を、両親と篤で共有していた瞬間があったのだ。

――実家を避け続けてたら家族との思い出が苦しいもののままで終わって、昔の楽しかった時間がなかったことになってしまう気がして……。

――このままだったら、親御さんもお前も後悔すると思うんだよ。

コーヒーショップで直之さんが言っていた言葉を思い出す。

やはり、今のまま実家を避け続けるわけにはいかない。アミのこととは関係なしに、とにかく一度、両親と話をしなければならない。

千秋楽の日、実家に電話をかけてみよう。ワンコールではなくて、何度か鳴らしてみよう。もし出たら、ひと言ふた言ではなく、頑張ってもう少し言葉を探してみよう。

そう心に決めた。

今場所の朝霧部屋勢は、おしなべて好調だった。坂口さんは六番目の相撲で敗れたものの、六勝一敗の好成績。柏木さんは四勝三敗と二場所続けての勝ち越しで、来場所はおそらく三段目の二十枚目くらいまで番付が上がる。小早川さんも四勝三敗で勝ち越し、宮川さんも前相撲で三連勝して、無事に再出世を果たした。ただ一人、武藤さんだけが二勝五敗と負け越したが、最後の一番は、相手の当たりを受け止めるやいなや、右の腕をすくって投げる完勝だった。来場所番付が下がるのは避けられないが、「必ず巻き返す」ときっぱり宣言していた。

勝ち越した力士が多いと、千秋楽の祝賀会は盛り上がる。参加者数はいつもと変わらないが、客が力士たちに向かって口々に「いやー、よかったな！」と陽気に話しかけるものだから、会場の温度も心なしか上がっている気がする。

客や兄弟子たちがわいわいやっている中、ふいに背後から「篤！」と呼び止められた。声の主は、もちろん叔父だ。叔父はまた師匠とも会話し、一押しの武藤さんにも酒を注いでもらったようで、すっかり上機嫌だった。

「実は今日も千秋楽観に行ってな。いやーすごかったなあ、横綱の、あの圧巻の相撲。さすが、全勝優勝するだけあるな。あ、もちろんちゃんと、篤が登場するところから観てたぞ。今日はまずまずの出来だったんじゃないか」

「ああ、ありがとうございます」

篤が頭を下げると、しみじみと余韻に浸っていた叔父が、急に真剣な顔つきになった。

「なあ篤。いきなりで悪いんだが、ちょっと会わせたい人がいるんだ」

その言い方に、まさかと思った。よく見ると、そばのテーブルでビュッフェの料理を貪っている中年三人組に隠れ、こちらに背を向け、不自然なほど頑《かたく》なに動こうとしない影が二つあった。そしてその二つの影は、忘れようとしても忘れられるはずのないものであった。

「兄さんたち、もういいよ」

影がゆっくりと振り返る。一年ぶりに見る、父と母の姿だった。

「久しぶりだな」

父が抑えた声で言い、母は無言で目を泳がせていた。家を出る前に頭を丸めたとはいえ、坊主頭もスーツ姿も、実家にいたときにはほとんど見せたことがなかった。見慣れない息子の姿に戸惑っているのかもしれない。

父は濃いグレーのスーツ、母は黒のワンピースと正装で決めていて、それだけで、覚悟を固めて宇都宮から出てきていることがわかった。

しかし一年ぶりに見る両親は、白髪も、目尻と口元の皺も確実に増えていて、背も少し小さく見えた。

俺の両親って、こんなんだったっけ。

ここ三年はまともに顔を合わせることがなかったから、記憶の中の、少し若い姿のまま、イメージが更新されていなかったのかもしれない。

「……いつまでも、篤と兄さんたちが疎遠なままだったらいけないと思って、初場所のあと、篤のことを話したんだ。そしたら、兄さんが篤はどうだったかって、ずいぶん詳しく聞き返してきて。そんなに気になるんだったら、場所に行ってみたら？　って誘って……今日は兄さんたちと一緒に観ていたんだ」

篤と両親がほとんど黙っているのに対し、叔父は一人ぺらぺら喋っていた。その言葉を聞いているうち、なぜか息が苦しくなった。

今までずっと無視していたのに、結局は俺のこと気にしてたのかよ。

驚きでも怒りでも、安堵でもない。この感情の名前を、篤は知らなかった。どんな顔をしていいかわからず、ただ突っ立っていると、父が先に沈黙を破った。

「お前、ちゃんとやってるみたいだな。安心した。あと、お前あんなにでかい声出せるんだな。知らなかったよ」

そう言われても、ああ、と曖昧な返事しかできなかった。電話をかけようと決心したのに、いざ両親を前にすると何も言葉が出てこない。

困って篤も目を泳がせると、母がうつむいて肩を震わせていた。

え、と思わず口にすると、肩を震わせたまま、母は声を絞り出した。

「篤、ごめん。私たち、ずっと篤に冷たい態度を取っていて」

それから嗚咽のような声が漏れてきて、母はハンカチで目と口を覆った。先場所、小早川さんがそうしていたみたいに。

なんで泣くんだよ。今、この場にいる誰も泣いてないだろ。

内心うろたえながらも、篤はふと気づいた。

ここにいる人間のほとんどが、笑っている。みんな、無事に千秋楽を迎えられたことを喜んでいるかのように、晴れ晴れとした顔をしていた。

そうか。相撲ってこんな、人の心を動かせるんだ。なんか俺、すげえ世界で生きてるんだな。

相変わらず何と言っていいかわからなかったけれど、思いつくままに、篤は言葉を続けた。

「えっと……俺だって全然、父さんと母さんの、理想の息子じゃなかったし。勉強もできない……っていうか、してなかったし、根性もなくて高校中退までして。親不孝だったと、自分でも思う」

久しぶりに、父さん、母さんという単語を口にした。そういえば、きちんと両親と口を利くのは、本当に久しぶりだ。

「でも、呼出になったことは、後悔していないんだ。俺はまだ失敗も多いけど、これからもこの世界で頑張っていきたい」

気づけば父も叔父も、ハンカチを握りしめていた母も、篤の顔をじっと見ていたので、急に恥ずかしくなってくる。目を逸らそうとすると、父がまた口を開いた。

「お前が自主的に何かしたいっていうの、初めて聞いた気がするな」

え？

父を見ると、その口元は少し笑っているようだった。

「昔、野球やりたいって言ってたこともあるけど、そのときとは全然目が違うよ。な？」

そう母に同意を求め、母も声を出さず頷く。それから父は「いい大学に行くとか、本当はどうでもよかったかもしれないな」と小声で付け加えた。

「お前がやりたいこと見つけて頑張ってるのを見たら、俺たちが間違っていたってようやく気づいて。お前にはずっと、俺たちの考えを押し付けていて、申し訳なかった」

その言葉を合図にしたように、両親が揃って頭を下げる。申し訳ないと言われると、余計に戸惑う。やはり篤には「ええ」だの「ああ」だの、間抜けな声しか出せなかった。

面食らいつつ自分を情けなく思うと、またあの日の直之さんの話を思い出した。おそらく直之さんとは違い、自分は両親の前できちんと振る舞えていないが、これだけは言わないといけない気がした。

「……じゃあまた、相撲観に来たら」

気まずさと恥ずかしさで、ぶっきらぼうな言い方になってしまった。

ややあって両親も「そうだな」「そうだね」と返事をした。

「また、観に来たいってちょうど、お父さんとも話していたところだったの。篤が頑張っているところを見たいからって」

母の涙はもう止まっていた。ハンカチで目をぬぐっていたため、目元のファンデーションが少し落ちて、さきほどよりも皺が深く見えた。それにしても篤が高校をやめたときといい、篤が思っている以上に、母はよく泣く人なのかもしれない。

父も「まあ、呼出にリストラはないもんな。頑張ったら定年まで安定して勤めあげることもできるし。案外、いい職業かもしれないな」と急に現実的なことを言う。

公務員目線のその言葉がおかしくて、少し笑ってしまった。数年ぶりに、両親の前で笑った気がする。篤が笑ったのを見て両親もほっとしたのか、わずかにその頬が緩んだ。叔父に至っては両親よりよっぽど安心したのか、大きく頷いていた。

両親は帰りの新幹線の時間が迫っていたらしい。恒例の三本締めで祝賀会が終了すると、師匠たちに軽く挨拶し、篤にも「じゃあ元気で」と声をかけ、せわしなく帰っていった。

両親と顔を合わせていた時間はわずか三十分程度だったが、やたらと疲れた。それでも今まで胸の奥にしまい込んでいたわだかまりが、少し消えた気がした。

今、伝えるべきことは伝えた。それから、今度こそは自分から連絡してみよう。まだ時間はかかるかもしれないが、もうちょっと両親と向き合ってみよう。

心の中で呟きながら、篤はだんだん小さくなる両親の後ろ姿を見送った。

名古屋場所

さきほど聞いた手本と、今自分の手から繰り出される太鼓の音は、明らかに違う。トトントントン、と叩いているはずなのに手本のような軽快さはなく、そのリズムは桴《ばち》を滑らかに捌《さば》けず四苦八苦していることがわかるほどぎこちない。桴を叩きつけたときに鳴る音も、心なしか手本よりも低い気がする。最初は口ずさんで手本のリズムを頭に入れたが、楽譜もなく聞いて覚えるしかないので、今叩いている節回しも正しいのか自信がなくなってくる。

進さんがそばで腕を組んで聞いている中、篤は必死で太鼓を叩いていた。「そうじゃない」と言いたげな痛い視線を背中に浴びて、桴を握る手に余計に力が入る。

案の定、太鼓を叩き終わった直後、「力入れすぎだ。もっと手首をひねるようにして打たないと軽い音は出ないぞ」と指摘された。

本場所と巡業がどちらもない二月と六月は、若手の裏方が自らの技術を磨く期間である。行司は硯に向かって相撲字を何枚も書き連ね、床山は研修を受けて大銀杏を結う練習をする。呼出はこの期間に太鼓の稽古を行う。その稽古で、篤は進さんから付きっきりの指導を受けていた。稽古は基本、国技館の支度部屋で、先輩呼出とマンツーマンか、もしくは一人で行う。今支度部屋にいるのも篤と進さんの二人だけで、場所中と違って明け荷《あに》も並べられていないその空間は、やたらと広く感じた。

「いいか、俺がもう一回叩くから、手の動きもちゃんと見とけよ」

今度は進さんが桴を握る。動かし方が染みついているかのように、進さんは滑らかに太鼓を叩いていく。見とけよ、と言われてもそう簡単に真似《まね》できるものではない。結局、稽古が終わるまで「そこ、もう一回真ん中を叩く」とか「胴はもっと優しく叩け」など、太鼓を叩いては注意されることを繰り返した。

稽古が終わり太鼓をしまうときになって、太鼓に刻まれた、削られたような跡や細かい傷が目に留まった。

「どうした、動き止まってるぞ」

進さんに肩を叩かれ、あ、はいと気の抜けた返事をしてしまった。

「なんか、この太鼓結構傷がついてるなーと思って」

進さんも「そうだな、年季入ってるし」と頷いた。

「俺も昔は、よく寄せ太鼓や跳ね太鼓を櫓の上で叩いたもんだよ。何回も櫓にのぼったけど、朝一で太鼓を叩くと、これから今日の取組が始まるって気が引き締まったし、打ち出し後に叩けば、明日に向けて気合が入った。呼び上げと違って太鼓は土俵の進行とは関係ないけれど、やっぱり太鼓の音を聞くと、気分が高まるんだよな。たぶん、俺だけじゃなくて相撲の関係者、相撲を好きでいてくれている人はみんな、そう思っているはずだ」

思い出に浸るかのように、進さんはしみじみと太鼓の傷に見入っていた。

「だからお前みたいな若い呼出にも、太鼓の音を受け継いでいってほしい。この太鼓はとにかく、相撲に欠かすことができないものだからな」

そう言われて、篤は進さんの手を見た。それから、自分の手も。

篤はまだ寄せ太鼓を完璧に叩きこなすことができない。新米の呼出が太鼓の叩き方を習得し、跳ね太鼓まで叩けるようになるまでにはおよそ五年はかかるそうだ。篤が角界に伝わる太鼓の叩き方を身に付け、その音を受け継ぐなど、まだまだ先の話だ。

篤の手と、淀みなく太鼓の音を響かせる進さんの手は、まったく違う。篤の手にはまだ、太鼓の節が染みついていない。

けれどもいつか、進さんのように太鼓を叩きこなせるようになりたい。ならなければいけない。呼出として生きていくためには。気が遠くなるような目標だが、ようやく篤にもそんな覚悟ができ始めたところだった。


梅雨明けが宣言されていないのが嘘のように、六月末の名古屋は晴れの日が続いていた。そんな中、朝霧部屋でも名古屋場所に向けての稽古が始まった。

今場所、部屋頭は武藤さんから坂口さんに交代となった。東幕下十一枚目と初めて幕下十五枚目以内に入り、およそ二年ぶりに部屋頭になった坂口さんは、満足げに番付表を眺めていた。自己最高位でもあるため、筋力アップに余念がなく、いつになく真面目にトレーニングに励んでいた。しかし稽古場では相変わらず、三十番近く相撲を取っても、ほとんど武藤さんに押し出されたり寄り切られたりしている。

その武藤さんは東幕下十七枚目と、今場所は十五枚目以内に残れなかった。先場所は呆気なく崩れてしまうことが多かったので、下半身を強化するべく四股を見直したそうだ。篤には違いがよくわからないが、足を上げる時間が少し長くなったような気がする。四股を踏む回数も五百回に増やし、土俵の隅で汗を滴らせながら、黙々と足を上げては下ろしている。

柏木さんも、少しずつだが坂口さんに勝てる回数が増えてきた。武藤さんには勝てないが、立ち合いで当たり勝つこともあるので、師匠からも「いいぞ、その立ち合いでいけ」と、時々褒められている。お決まりのようにぶつかり稽古で武藤さんに真っ黒にされるので、押す力もついてきたようだ。

宮川さんは膝が八割方回復しているようで、四股も摺り足も、問題なくこなす。この頃はようやく柏木さんとも相撲を取れるようになってきた。今場所は入門して一年目以来の序ノ口の番付となる。だが番付発表の日、番付表をひたすら折りながら、「やっぱ普通に場所出られるっていいな」とぽつりと呟いているのが聞こえた。隣にいた篤にしか聞こえないような音量だったが、宮川さんがそう思っていることが嬉しく、篤も番付表を折る手をてきぱきと動かした。

小早川さんはちゃんこ番のため、相変わらず基礎運動をしたら土俵を離れる。暑さ厳しい稽古場から冷房のがんがん効いた部屋に戻るので、坂口さんたちからは「ずるい」と言われていた。しかし、「おめーら、ちゃんこ場に立って鍋かき回し続けるの、どれだけ暑いかわかってねえだろ」と小早川さんが一喝したので、坂口さんたちは即座に「すみません！」と謝っていた。ただ、最近小早川さんは夏バテ防止のちゃんこを作るために試行錯誤していて、ちゃんこ場に立っている時間が以前より長くなっているのは否めない。

兄弟子たちはそれぞれ、番付を上げたり下げたり、力をつけたり取り戻したりしていたが、みな一様に、暑さに顔をしかめながら稽古に取り組んでいた。

七月に入ると、気温が三十度を超える日が続いた。ときには三十五度以上の猛暑日もあった。

それに名古屋場所の朝霧部屋は、稽古場が屋外にある。日差しをよけるための屋根はついているが、案の定、外に出ると、これでもかというほど熱を含んだ空気が、体じゅうのありとあらゆる皮膚を刺激してきた。

　麦わら帽子を被り、じっと立って稽古を眺めている篤ですら、しょっちゅうタオルで汗を拭かなければやっていられないので、朝の七時半から十時半まで、三時間も屋外で体を動かしつづけている兄弟子たちは暑くて仕方ないだろう。土俵には大型の水筒が用意され、適宜水分補給をして熱中症対策はしているが、稽古が終わった直後の兄弟子たちの顔は、いつも真っ赤だ。そのため、兄弟子たちはすぐさま稽古場に備わっている洗い場で水を浴び始める。ホースノズルで勢いよく汗や土を流す姿は涼しげで、少しだけ羨ましくもあった。

　しかし、いざ「いいっすね、水浴び」と篤が声をかけると、そのとき水を浴びていた坂口さんが「じゃあ、試してみる？」といたずらっぽく言い、ホースを向けてきた。ふいに襲ってきた水の冷たさに篤は悲鳴を上げたが、兄弟子たちがみな笑っていたので、結局は篤もつられて笑った。


　最近は、両親から連絡が来ることも多くなっていた。

　夏場所のあと、直之さんに両親と会って話ができたことを伝えると、「おお、よかったじゃん」と喜んでいた。それから「そのうち結構な頻度で連絡が来ると思うよ」と言っていたが、本当にその言葉通りになった。夏場所後は一ヶ月で二回しかやり取りをしていなかったが、この頃は一週間に二、三回のペースでＬＩＮＥが来る。

　どうやら母は天気予報で名古屋の気温をチェックしているらしく、熱中症には気をつけるようにとよく言ってくる。父も最近、相撲について勉強し始めたらしい。ただ、『呼出っていつの時代からいたんだ？』とすぐ答えられないことを聞いてくるので、少し困る。そのたびに相撲について調べるので篤自身も勉強になるが、どんどん知識を吸収しようとする姿勢に、そのうち自分や叔父よりも相撲に詳しくなるのでは、とすら思う。

昨日送られてきた両親のメッセージは、どちらも最後は「頑張れ」と締めくくられていた。両親とのやり取りはまだぎこちないが、篤は少しこそばゆい気持ちで両親に返信を送った。


土俵築が始まった日も、真夏日だった。当然、会場内も尋常ではないほど暑かった。そんな中、土を叩いて駆け回るのだから、汗をかく量は他の場所の比ではない。みなTシャツの袖をまくり上げ、とめどなく流れてくる汗を拭いながら、ひたすら土を固めていった。

土俵築の作業がいったん休憩となると、直之さんが飯一緒に食おうぜと誘ってきた。名古屋場所の会場となる体育館は、周囲に城はあるものの、すぐ近くに飲食店は少ない。食中毒が怖く、食べるものを持ってきていなかったので、二人は体育館に併設されたレストランに入った。考えることはみな同じなのか、レストランは食事と涼《りょう》を求めに来た呼出たちでいっぱいだった。

冷やし担々麵、冷やしきしめんの食券をそれぞれ買い、大人しく隅の席に着くと、ちょうどレストランに入ってきたばかりの達樹が、よっと声をかけ隣の席に座ってきた。

直之さんがテーブルを動かそうとしたので、篤も手伝って達樹のテーブルと合体させる。

「お疲れ。この辺食うとこなくて困るよな」

直之さんが話しかけると、達樹は「ですよねー。でもこの辺に飲食店たくさん出して、新しく観光スポットつくる計画があるらしいっすよ」と耳寄りな情報を提供してくれた。

「え、マジで？　だったらめちゃくちゃ助かる」

「この前ニュースになってたんですよ。たしか再来年くらいにできるって」

情報通の達樹は、新しい商業施設のことまで網羅しているのかと妙に感心していると、あっ、そういえばと達樹が突然声を落とした。篤もつい、耳をそばだてる。

「ここだけの話なんですけど。今度、呼出の新弟子が入るらしいっすよ」

「えっ、マジっすか」

思わず篤は叫んでいた。

何人か兄弟子が振り返ったので、達樹が「ここだけの話なんだから、でかい声出すな」と顔をしかめた。

「だってそれ、本当っすか」

「本当だよ。嘘ついてどうすんだよ」達樹はさらに眉間に皺を寄せた。

「光太郎さんが辞めて今、欠員出てるし。さっそく来場所あたり見習いで入ってくるらしいよ」

周囲に聞こえないように、達樹は声をひそめて言う。

直之さんが「へえー。じゃあ、篤ももう兄弟子じゃん」と楽しそうに相づちを打つと、ちょうど料理ができたとの放送があり、揃って注文した品を取りに行った。

直之さんがきしめんを、達樹が味噌ラーメンをすすっている間、二人は名古屋の行きつけの店の話で盛り上がっていた。しかし篤の頭はずっと、呼出の新弟子が入ってくるということでいっぱいだった。しばらくボーッとしていたのだろう。「お前のうまそうじゃん。ちょっとちょうだい」と達樹に冷やし担々麺を食べられ、篤はようやく我に返った。

十五時前に一日の作業が終わると、直之さんが「喉渇いたし、ちょっとひと休みしてから帰らねえ?」と今度はお茶に誘ってきた。篤もすっかり喉が渇いていたので、誘われるがまま、隣の駅近くにある喫茶店に入った。

ところが注文したアイスコーヒーが運ばれてくるやいなや、「達樹が言ってた話だけど。お前、新弟子が入ってくるのが不安なんだろ」と言い当てられ、ぎくりとした。

どうやらその話をするつもりで、お茶に誘ったらしい。午後の篤は、何度か手が止まってしまい、たびたび注意を受けていた。ここ数場所は、そのように注意されることはなかったので、直之さんが異変に気づくのも無理はない。

「……ああ、はい。そうっすね」

またみっともないことをしてしまった、と思ったが仕方なく白状した。

その新弟子は、呼び上げや土俵築、太鼓なんかも、そのうち自分より上手くこなすかもしれないと不安になり、思考とともに、手も止まっていた。

篤の返事を聞くと、直之さんは小さくため息をついた。

「なんでお前はそんなに自信なさげなんだよ。この一年で、お前は充分変わったよ。だって、ほら」

そう言って直之さんは手を伸ばして、篤の腕を軽く叩く。上腕には小さな力瘤がついていた。思い返せば一年前の篤の腕は枝のように細くて、ひたすらにまっすぐな線を描いていた。

「その腕だって、土俵築ちゃんとやってきたからじゃん。呼び上げだってたまに調子外すけど、声も太くなってきたし。太鼓も、テンポゆっくりめになるけど必死になって叩いてるって、進さんから聞いたぞ」

「……なんか、褒められてる気がしません」

「ああ、ごめんごめん」

直之さんが、仕切り直すようにアイスコーヒーを一口飲んだ。

「お前は怒られることも失敗することもたくさんあったけどさ、一年間、逃げずにやってきただろ。ちゃんと、お前は頑張ってたよ。近くで見てきた俺が言うんだから、間違いない」

そうきっぱりと言われて、思わず直之さんの顔をまじまじと見た。直之さんは一瞬、何だよと渋い顔をしたが、話を続けた。

「まだできないことも多いかもしれないけど、この一年、真面目にやってきただけでも充分偉いじゃん。今みたいに不安になるのも、お前がこの仕事に真剣になってる証拠だよ。たとえ新弟子がめちゃくちゃできる奴でもさ、大丈夫。お前なら、これからもちゃんとやっていける」

お前なら、ちゃんとやっていける。

今しがたかけられた言葉が、耳の奥で響く。

同い年なのに仕事ができて、しかも頼りがいのある直之さんみたいになりたいと、ずっと思ってきた。まだ目標は達成できないかもしれないが、その直之さん本人から認められ、胸がすっと軽くなるのがわかった。

……そっか。こんな俺でも、大丈夫なんだな。

直之さんは急に真顔になって、もう二度とこんなこと言わねえからな、とストローを咥《くわ》え、黙ってアイスコーヒーを吸い上げた。

「あの……ありがとうございます」

それでも篤が深々と頭を下げると、直之さんは少しだけ笑ってみせた。

名古屋場所前日の土俵祭でも、最後に触れ太鼓の番があった。

担いでいる太鼓を、兄弟子がトトントトントトンと打ち鳴らす音を、篤も一緒に歩きながら聞いていた。先月練習したのと同じ節回しのはずなのに、篤が叩いていた音とは違った。軽やかで、何の引っかかりもなく聞こえる。

耳元でその音を聞きながら、明日からいよいよ土俵上の戦いが幕を開けるのだと実感した。最後に力強くトトン、と音が鳴り、土俵祭が終わった。

土俵祭の帰り、名古屋城の石垣をバックに赤や緑、橙《だいだい》と色とりどりの力士幟がはためいているのが見えた。その幟に囲まれるようにして、呼出が太鼓を叩くための櫓が組まれている。

去年、篤が初めて呼出として土俵に上がったのも、この名古屋場所だった。研修の期間があったとはいえ、当時は相撲のことは何もわかっていなかった。わかっていなかったけれど、青空に鮮やかな彩りを添える幟や、空に向かってそびえる櫓は粋で気高く、美しかった。

そして今、一年が経って同じ景色を見ている。

来年この景色を見るとき、俺はどうなっているのだろう。新しく入ってきた呼出に対して、ちゃんと「兄弟子」らしくいられるだろうか。できる仕事は増えているだろうか。朝霧部屋からは、関取が誕生しているだろうか。

一年後はまだわからないことだらけだ。

それでも、もう不安に思わなかった。

名古屋場所の初日、序ノ口で宮川さんの取組があった。この一年間、朝霧部屋には序ノ口力士がいなかったので、部屋の兄弟子を呼び上げるのは初めてだった。

ひがーあああーーしいいいいーーー　いわむううーーーらあああーーー

にいいいしいいいーーーー　みやあーーがああーーわああーーー
西に向き直ったときにちらりと宮川さんを見ると、ぱちぱちとまばたきを繰り返していた。先場所、前相撲で復帰を果たしたとはいえ、以前のように七番相撲を取るとなると、やはり緊張の度合いも違うのだろう。東方から登場した対戦相手はざんばら髪ではなく、太く黒々とした髷が頭の上にのっていた。それなりに土俵経験のある力士のようだ。
箒で俵の周りを掃いていても、ぎくしゃくとした手つきで塵手水を切る宮川さんの姿が目に入ると、篤まで緊張しそうになってくる。俵周りを掃き終え、土俵を下りて見守ったが、足がついていかなかったのか、宮川さんは立ち合い後すぐに引き落とされてしまった。両手をついた宮川さんはすぐさま上体を起こし、礼をして土俵を下りた。負けはしたものの、ほんの数秒で決着がついたこともあり、怪我をした右膝には影響はなさそうだ。右膝のサポーターはまだ取れないけれど、花道を下がる足取りはしっかりしていた。
その後も取組は続き、序ノ口は残り数番となった。
ひがーああーーしいいいーーー　まつがああーーたああけええーー
にいいいしいいいーーーー　ゆうううーーだああーーーいいいーーー
勇大《ゆうだい》という四股名を、呼びにくいなと思いながらも力いっぱい呼び上げた瞬間、「ゆうだーい！」と若い女性の叫び声が聞こえた。それから、もう少し上の年代らしき女性や幼い男の子、中年男性と、老若男女が勇大へ声援を送った。これほど多くの声が乱れ飛ぶことは、客の入りが少ない序ノ口の取組では珍しい。それに、勇大という四股名を篤は初めて聞いた。どんな奴だろうと好奇心で西方を見ると、ちょうど勇大が土俵の上がり段に足をかけたところだった。
でかっ。

篤は思わず心の中で呟いた。身長百九十センチはありそうで、かといって太りすぎでもない。胸板が厚く肩にも腿にもしっかり筋肉がついている、均整のとれた体つきをしていた。それによく見ると男前だった。色白で涼しげな目元、すらりと通った鼻筋に形の整った小さな口。まるで歌舞伎役者のようだ。これならあちこちから声援を浴びるのも無理はない。ただ右足には、ふくらはぎの真ん中から膝を覆いつくすように、ぶ厚いサポーターが付けられていた。膝の怪我を抱えているようだ。しかし行司の軍配が返るやいなや、勇大はほんのひと突きで、対戦相手である体の細い、ざんばら髪の新弟子を吹っ飛ばした。体格も力の強さも、序ノ口の力士とは持っているものが全然違う。怪我で番付を下げた力士のようだが、元は高い位置にいたのだろう。幕下だろうか。勇大が花道を下がるときも客席からは惜しみない拍手が送られた。

自分の番が終わり、控室に戻ろうとした途中、アミが通路の向こうから歩いてくるのが見えた。このところ、ほぼ毎場所アミと顔を合わせている。これほど頻繁に来るなんて、彼女も相当熱心だ。アミも篤に気づいたようで、こちらへ向かってきて、お疲れさまですと挨拶をした。

「あ、どうも。早いですね。まだ九時過ぎなのに」

先場所に比べ、篤も多少心にゆとりが生まれたのだろう。ようやく、アミに対してまともな口を利けたような気がする。アミは一瞬、驚いたように目を見開いたけれど、すぐさま顔をほころばせた。

「篤さんの呼び上げを聞くなら絶対遅刻はできないと思って、開場と同時に来ちゃいました。呼び上げ、最初から最後まで聞いてたんですけど、また上達されたって感じがしました。そんな成長を見られて、ファンとしてすごく嬉しいです」

にこりとした表情を崩さぬまま畳みかけられ、つい半歩ほど後ずさる。

応援してくれるのはありがたいし、多少は自然に会話できるようになったが、正面切って褒められるのは未だに慣れない。

思わず目を泳がせたとき、アミの左手に取組表が握られていることに気づいた。

今日行われるすべての取組を記したその紙には、すでにいくつもの皺が寄っていた。おそらく序ノ口の取組中、何度も確認していたのだろう。

アミも篤の視線に気づいたのか「篤さんの呼び上げを聞き始めてから、序ノ口も真剣に観るようになったんです」と取組表をぱさりと広げた。

「前はお喋りに夢中になっててちゃんと観ていなかったんですけど、注目してみたら序ノ口も面白くて。細い新弟子さんでも最後まで勝負を諦めないところを見ると感動するんです。誰かと一緒に観戦するのはそれはそれで楽しかったけれど、今日みたいに一人で観に来ても充分楽しくて。もっと大相撲が好きになった気がします」

たしかにサクラの後ろではにかんでいたときよりも、今の方がずっといきいきとして見える。それに、アミも以前と比べて饒舌《じょうぜつ》になった。なんか楽しそうでいいなと他人事《ひとごと》のように思っていると、アミが「そういえば」と続けた。

「朝の太鼓も、実はちゃんと聞いたことがなくて。でも今朝あの音を聞いたとき、すごくわくわくしたんです。ああ、これから場所が始まるんだって。だから今日はもう、来た時点で楽しかったんです。こんな楽しみ方を知らなかったの、ちょっともったいなかったなって今は思います」

そのいつになく弾んだ声に、篤はあっと短く叫びそうになった。

たしか先日の太鼓の稽古で、進さんも言っていた。関係者やファンは、太鼓の音を聞けば気分が高まるはずだと。

それから、初めて寄せ太鼓を聞いた九州場所の初日、兄弟子たちがいつもより引き締まった顔をしていたことも思い出した。

あのときの兄弟子たちは、初日だから改まっているのではなくて、おそらく太鼓の音を聞き、自らを奮い立たせていたのだろう。

櫓の上の太鼓は、取組前と、初日から十四日目までの取組後に叩かれる。それはただ、本場所が行われているという知らせに過ぎないが、太鼓の軽やかな音を聞き、楽しむ人もいれば、気合を入れる人もいる。

進さんの言う通り、俺たち協会員にとってもファンにとっても、あの太鼓は、相撲には欠かせないものなんだ。だったら俺も、早く叩けるようにならないとな。

呼び上げだけではなく、今度は太鼓もしっかり教えてもらおうなどと考えていると、なぜかアミが目を伏せていることに気がついた。しかも、ほんのちょっと前まで楽しそうに話をしていたのが嘘みたいに、今はぴたりと黙り込んでいる。いきなりどうしたんだろうか。

心配になり、具合でも悪いんですかと聞こうとしたとき、アミがためらいがちに口を開いた。

「でもせっかくこの楽しさがわかってきたのに、しばらくは観戦に来られないんです」

えっ、と素っ頓狂な声が出そうになった。しばらく来られないって、どういうことだ？

わけがわからず固まっている篤をよそに、アミがこれからも頑張ってください、応援してますと頭を下げた。

「……えっと、その。何かあったんですか」

つっかえながら問いかけると、アミはさっと顔を上げた。

「私にもようやく、目標ができて。その目標を叶えるために、まずは頑張って勉強して、資格を取らないといけないんです」

だから今後は勉強に集中しようと思うんです、と続けたが、篤はまだ、ぽかんとしていた。

だってたしか二ヶ月前は、何がしたいのかわからないって言ってなかったか。

「ちなみにその目標って何なんですか」戸惑いつつ聞いてみると、すぐに返事があった。

「社会福祉士です」

「はあ」

聞いてみたものの、社会福祉士と言われてもまったくぴんとこない。つくづく俺は世間知らずだよなあと、心の中で苦笑いをする。

「元々大学で福祉の勉強はしているので。簡単に取れる資格じゃないし、なんとなく学生生活を送ってきた私にできる仕事なのかな、とも思うんですけど……とにかく今は、頑張ってみたいんです」

謙遜はしていたが、アミの口調は今までに聞いたことがないほどきっぱりとしていた。それってどんな仕事なんですかと聞き返すのも憚《はばか》られ、篤はとりあえずわかったふりをして頷いた。

なんか大変そうですね、とごまかすように相づちを打つと、アミは「目標ができて、今毎日が充実してるので、そんなに大変ではないです」と首を横に振った。

「それに篤さんを見て、私も誰かを支える仕事がしたいって思ったんです。なかなか篤さんみたいにはなれないかもしれないけれど、いつか必ず、誰かの役に立てる社会福祉士になってみせます」

以前と同じ、尊敬のまなざしを向けられ、篤はますます困惑した。

いやその、社会福祉士とやらと俺が結びつくのはおかしくないか？　俺はまだ、「誰かを支える」と言えるほど、立派なことはできていないのに。

篤も首を横に振ろうとしたが、それは適切な反応ではないと瞬時に悟った。観戦に来られなくなるという話を切り出したときは名残惜しそうだったが、アミはいつの間にか、迷いのないすっきりとした表情に変わっていた。その顔を見て、本気なのだとわかった。たとえ不器用でも、ここは彼女の背中を押すような言葉をかけるべきだという気がした。

「頑張ってください」？

いや、違う。少し考え込んで、やっと最適な答えが見つかった。

「……お互い、頑張りましょう」

篤がゆっくり口にすると、アミも大きく頷いた。

「はい。夢が叶ったら、また絶対観戦に来ます。だから私も、篤さんに負けないように頑張ります」

力強い声を聞き、なんか俺の方が負けそうだなと、情けないことを思う。

そういえばアミの苗字も住んでいる街の名前も、篤は知らない。まして社会福祉士になるために彼女がどんな勉強をしているかなんて、まったくわからない。彼女には彼女の生活があり、知り得ないことはいくらでもあるのだと、今さらながら気づく。

お互い知っているようで知らない間柄なのに、今こうして励まし合っているのは、傍《はた》から見れば珍妙な光景かもしれない。

それでもアミがふたたび相撲を観に来たときに、ちゃんと成長した姿を見せたいと、素直に思えた。

一年後か、あるいはもう少し先か。わからないけれど、そのときには今より上達した呼び上げや太鼓を、アミにも聞いてもらいたい。そして観に来てよかったと、今日みたいに喜んでほしい。
そこまではアミに言わなかったが、篤にも一つ、新たな目標ができた。

最初の相撲は黒星だったものの、宮川さんは三日目以降、順調に白星を重ねた。あっという間に勝ち越しを決め、さらに星を伸ばして五勝目を挙げた。怪我をする前は序二段の真ん中あたりの番付だったが、自己最高位は三段目の西七十二枚目だ。ざんばら髪や小さい髷の、駆け出しの力士が相手だと、やはり地力が違うらしい。今まで、宮川さんが勝って引き上げてくるときは、花道の奥でこぶしを突き合わせるのがお決まりだった。序ノ口で登場する今場所は、それができないのは残念だったけれど、星を伸ばしていくにつれて顔色が良くなり、徐々に自信に満ちていく宮川さんを見ると、篤も安心した。

名古屋場所、篤の周りの力士はみなおおむね好調だった。東幕下十一枚目で、自己最高位だった坂口さんは早々に負け越してしまったが、武藤さんも柏木さんもすでに勝ち越しを決めていて、小早川さんも三勝目を挙げていた。

中でも、目を瞠《みは》ったのは透也だった。いくらか体が大きくなっていた先場所は、いきなり三連勝してこのまま初めての勝ち越しなるかと思われたが、そこから四連敗。最後の相撲を見たときは篤も土俵下で、あーと顔をしかめたが、それでも今場所はさらに腹回りが太くなっていて、細身ではあるが力士らしい風格が備わっていた。聞くと、今までは丼二杯で音《ね》を上げていたのが、最近になって丼三杯食べられるようになってきたらしい。取組でもちゃんと足が運べていて、相手を押す力も強くなっているように見えた。最初の相撲に勝ち、その後二連敗したが、立て直して三つ白星を重ね、ついに入門して初めての勝ち越しを果たした。勝ち越しを決めた一番では、立ち合い後すぐ相手の両前まわしを摑んで堂々と寄り切った。これで来場所はいよいよ序二段だ。その日の晩、透也におめでとうとメッセージを送ると、礼の後に『来場所篤に四股名を呼んでもらえないのが残念だけど、序二段でも頑張る』と添えられた返信がきた。

だから、俺の呼び上げにこだわってないで序二段上がれることを喜べよ。

透也の返信を見て篤は苦笑いをしたが、ふいに呼出の新弟子が入ってくるという話を思い出した。新弟子が入って、俺も序二段で呼び上げるようになったら、また透也の四股名を呼ぶこともあるだろうか。あるといいな。でも、俺の出番よりもあとに登場するくらい、番付を上げてほしい。くれぐれも、負け越してまた序ノ口に戻ることはないように。

そんな願いを込めて、篤は透也への返信を打ち込んだ。

場所が終盤に入ると、各段優勝の行方がもっぱら話題の中心となる。序ノ口では一昨日、勇大がほんの一瞬で相手を仰向けに押し倒し、ただ一人、六戦全勝を保った。「さすが」と感心する兄弟子たちから聞いた話だが、勇大は元々十両だったらしい。どうりで強いはずだ。勇大は、膝の大怪我で昨年の名古屋場所から休場を続けていた。今場所は一年ぶりの復帰だということ、さらには関取経験者が序ノ口で相撲を取るのは非常に珍しいということで、大きな注目を集めているそうだ。

十三日目から千秋楽にかけて、幕下以下の力士は最後の相撲を取るが、十三日目は往々にして、好成績同士の取組が組まれることが多い。現在五勝一敗と、好調の宮川さんもご多分に漏れず十三日目に最後の相撲があった。

ひがあああーーしいいいいーーーー　ほううーじょおおーううーーー

にいいいいーーしいいいいーーーー　みやあああーーがあああーーわあああーー

初日こそ、緊張で表情も所作も硬くなっていた宮川さんだが、今日はやけにさっぱりとした顔つきで、淡々と塵手水を切っていた。

行司がはっけよーいと声をかけると、宮川さんは相手を突き起こしてから左を深く差し、そのまま休まず攻め続けて相手を寄り切った。これで六勝目。復帰の場所にして、堂々たる成績だ。土俵を下りるとき目が合ったが、篤と視線がぶつかった瞬間、宮川さんはにやりと口の端を持ち上げた。篤も一瞬、宮川さんと同じ表情をして、次の一番を呼び上げるべく土俵に上がった。

自分の呼び上げる番が終わって、そういえば全勝なのに勇大の取組なかったな、と気づいた。しかし、序ノ口で他に全勝がいないから序二段で組まれているのか、とすぐに思い直した。

控室で水分を補給し、場内に戻ろうとしたとき、花道の奥に記者たちによる人だかりができているのが見えた。

ああ、きっと囲まれているのは序ノ口優勝を決めた勇大だろうな。

そう思いながら通路を歩いて行くと、観客の中年の男二人組が向こう側からやってきて、興奮した声をあげた。音量調節がうまくできていないらしく、二人はやたらと声が大きかった。

「いやー。まさか勇大が負けるとはなあ」

勇大が負けた？　ぎょっとして、篤は思わず立ち止まる。

「あの勝った林田って……へえ、大学中退してるんだ。高校でも相撲部主将だって。強いんだな」

二人の中年も立ち止まり、通路の真ん中でスマートフォンを覗き込んでいた。

林田って、たしか柏木さんのライバルだよな。勇大に勝ったのか、すげえな。

めまぐるしく入ってきた情報を篤はなかなか処理しきれず、勇大が六勝一敗になり、序ノ口優勝が今日で決まらなかったという事実を認識できずにいた。

次の瞬間、客が発した言葉に、ふたたび歩き出そうとしていた篤の足が止まった。

「でも、これで序ノ口は優勝決定戦？　勇大以外は誰が勝ってる？」

「ちょっと待てよ……勇大以外はみんなぱっとしないな。いても五勝二敗とか。あっ。一人、六勝がいる。えーっと、朝霧部屋の宮川だって」


部屋に戻ると、案の定宮川さんが大声で叫んでのたうち回っていた。

「なんだよ俺せっかく六番勝ったのに！　いきなり千秋楽に決定戦とか聞いてねえよ、しかも相手が勇大って、そんなのありかよおおーー!!」

宮川さんは患部である膝を痛めないように、仰向けになって上体だけじたばたさせている。近所迷惑になりかねない大きさで思いっきり声を発するので、小早川さんからは「うるせーな、グダグダ言ってんじゃねえよ」と叱られていた。

坂口さんは、「いつだったかお前、関取経験者と対戦してみたいとか言ってたじゃん。よかったな、実現して」とにやにやしながら宮川さんを見下ろしていた。「それとこれとは話が違います!!」と抗議しても、「関取経験者はつえーぞ、覚悟しとけよ」となおも面白そうに脅しにかかっている。

柏木さんは「林田も七戦全勝で、序二段も決定戦かよ。しかも勇大に勝ったことでニュースになってるし。ちくしょー」と、宮川さんのことはそっちのけで、林田のニュース記事を読んでは活躍を悔しがっている。今朝篤が見かけた人だかりの先にいたのはどうやら林田だったようで、勇大に勝ったことで報道陣から取材を受け、その華々しい経歴から、早くもまとめ記事ができていた。ちなみに序ノ口だった先場所は大卒の同期に負けて優勝を逃したので、今回ほど注目は集めなかったようだ。

「おめー、同期が決定戦出るっていうのに、林田の方が気になるのかよ」

坂口さんの脅しに怯《おび》えていたかと思うと、宮川さんが軽く柏木さんを睨んだ。

「いや、凌平さんのことはもちろん気になりますよ？　でも、林田のこと気にするなっていう方が無理です」と肩をすくめて宮川さんをかわす柏木さんは、「でも俺も勝ち越してるし、仮に林田が優勝しても来場所は俺より番付上にいかないからセーフ」と呟いて、また記事とのにらめっこに戻った。

周囲の反応が芳しくないことにがっかりしたのか、最終的に宮川さんは「うちで一番関取経験者と対戦してると思うんですけど、なんか緊張しない方法ってないですか？」と武藤さんに泣きついた。

もっとも、「ないな。あったら俺が知りたいよ。まあとにかく頑張れ」といなされ、本当に泣きそうな顔になっていた。

「そういえば、決定戦ってことは満員の中で相撲取れるじゃないですか。いいなー」と、記事を読み終えた柏木さんが顔をあげる。それを聞いた坂口さんも、「決定戦だとテレビに映るから、お母さんにも見てもらえるぞ」と発破をかけ始めた。お母さんという単語を出され宮川さんは、「そうか、そうっすよね」と俄然《がぜん》やる気を出したように、勢いよく身を起こした。

十両以下の各段優勝決定戦は、千秋楽の十両の取組のあとに行われる。その時間帯にはほとんど客席が埋まっているので、たとえ下位力士の取組でも、観客は大いに沸く。

そして決定戦に登場する呼出は、当日に決まる。その格に該当する呼出全員の、千秋楽での呼び上げを聞いた上で選出するのが慣例となっている。

篤も一度、序ノ口の優勝決定戦を見たことがある。去年の九州場所で行われたその一番では、直之さんが呼び上げを行った。

あのときの一番を思い出しながら、篤は明後日の優勝決定戦を想像した。

満員に近い場内。わあわあと響く客の歓声。堂々とした足取りで土俵に上がる勇大。そして勇大に、一世一代の覚悟でぶつかっていく宮川さん。その宮川さんの四股名を呼び上げるのは……。

ふと直之さんの姿が思い浮かびそうになり、篤は首を横に振った。

直之さんの方が、上手いに決まっている。それでも、いつも近くで見ていて、復帰の様子も見守ってきた宮川さんの四股名を、他の誰かが呼び上げるなんて嫌だった。

俺、宮川さんが出る決定戦で呼び上げをしたい。

そんな心の声が聞こえてきて、篤は自分自身に驚いた。今までの篤なら、どうせ無理だとはなから諦めていたことだろう。

宮川さんは、ちょっと俺四股踏んでくるわと姿を消し、また周囲からマザコンと結論づけられていた。

稽古場へ降りていく宮川さんの足音を聞き、篤はもう一度決意を新たにした。

十四日目の打ち出し後、篤は進さんから「お前声の調子よさそうだな」と声をかけられた。進さんが呼び上げのことで褒めるのは珍しいので、着物をしまおうとしていた手が止まった。篤自身、調子がいいかどうか自分では判別できなかったが、思いあたる節ならある。初場所で熱を出して休場してから、就寝時もマスクを着用するなど、体調に気をつけるようになった。最近になってようやく体調管理がうまくできるようになったところだった。それと、明日に向けてしっかり呼び上げをしようと、いつも以上に気合が入っていた。

「ありがとうございます。あの、千秋楽でいい呼び上げをするにはどうしたらいいですかね」

褒め言葉だけでなくアドバイスもほしくて聞いてみると、進さんは「いいぞ、そうやって質問してくるの」と笑った。

「そうだな、すぐさま呼び上げが上手くなる魔法のような方法なんてないからな……ここまで来たら、最後まで体調に気をつけることと、あとは気持ちだけだな」

その答えに、篤は少し拍子抜けする。体調管理と気持ちを強く持つこと。それだけならもうやっている。そうではなくて、進さんのようなベテランならではの、千秋楽の臨み方を聞きたかったのに。不服そうな顔に気づいたのか、進さんはひと言「お前ならできるよ」と言い残して帰って行った。


明日の千秋楽は宮川さんが序ノ口の優勝決定戦に進出するものの、朝霧部屋の他の弟子たちは全員、最後の相撲を取り終えていた。取組がなく部屋に残っていた武藤さんたちによると、今日の宮川さんは真剣に稽古に取り組んでいたらしい。四股を黙々と踏み、武藤さんに頼んで胸を借り、いつものプロレス動画は封印して、勇大の十両時代の取組を何度も観ていたという。やはり、決定戦に出る以上は勝ちたいようだ。

ちゃんこを食べ終え、片付けをしていると、師匠が宿舎に帰ってきた。

ガラガラと引き戸が開いた瞬間、いつものようにだらだらしていた兄弟子たちが一斉に背筋を伸ばした。

「お疲れさんでございます」とみなが頭を下げる中、師匠は全員に向かって、「おう、みんなちょっと座れ」と集合をかけた。毎回、場所が終わるごとに師匠は一人一人に声をかけているが、今場所は全員相撲を取り終えていることもあって、今、弟子たちにひと言伝えるつもりらしい。

兄弟子たちもそれを理解したのか、師匠から向かって右側から、今場所の番付順に正座で並んだ。篤も宮川さんの左隣の、一番端の位置に座った。

「まず、翔太」師匠に呼ばれ、坂口さんがはいと返事をする。

「お前、前半ひどかったなー。体重増やし過ぎで、立ち合いが遅くなっている。あれじゃあ上位では通用しない。後半は重さを生かせたから、まだよかった。毎日トレーニングしてるのかもしれないけど、もうちょっと痩せろ。それから……」

坂口さんは二勝五敗と大きく負け越したため、師匠の話は長く続いた。一番遠い位置に座っているので篤には見えないが、おそらく坂口さんは渋い顔をしながら聞いていたことだろう。初めての幕下上位で大苦戦し、「十五枚目以内ってみんな化けもんだな」と真っ青になっていたが、四連敗したあとは二勝一敗と白星ももぎ取ったので、師匠の苦言は期待の表れでもあるようだった。

「それから、善治。お前は番付下げていたから、この地位では勝つのが当たり前かもしれないが、それでも六勝は立派だ。ただ、来場所はもっと攻めていかないと、今場所のようには星を積めない」

武藤さんもそれなりに長く言葉をかけてもらい、「はい」と繰り返しながら、師匠の話を聞いていた。宮川さんと同じく六勝一敗と好成績だったので、来場所は大きく番付を上げ、また朝霧部屋の部屋頭に復帰する。もしかすると、自己最高位も更新するかもしれない。番付を戻した来場所は、いつも以上に真価を問われるだろう。

「将志、お前はまず、新幕下おめでとう」

そう声をかけられると、柏木さんは「ありがとうございます」とはきはきした口調で答えた。三段目の二十枚目で、今日五勝二敗と星を伸ばし、来場所の幕下昇進を確実にした。来月二十歳の誕生日を迎えるが、ようやく幕下に上がることで、お正月にしたためた「二十歳で関取」の目標に少し近づいた。

「それで前から考えていたんだが、幕下に昇進したら改名してみないか」

師匠が突然提案し、柏木さんは「改名ですか？」と素っ頓狂な声をあげた。

師匠は「案は考えてあるんだ」と、傍らに置いていた鞄《かばん》から、短冊状の札を取り出した。そこに書かれていた四股名は「能登昇」。

「のとのぼり、と読む。のぼる、の字が二つ入っていて縁起がいいだろう」と師匠は得意げに語った。一方の柏木さんは「のとのぼり……ちょっと、言いづらいですね」と、新しい四股名案に戸惑い気味だ。しかし戸惑う反面、その声はどこか嬉しそうだった。

「健次は……毎回言っているけど、お前は本業も頑張れ。いつも四勝三敗か、三勝四敗しか見てない気がするぞ。でもあれだ、この前食べたミネストローネ風のちゃんこってやつはうまかったな。邪道だと思っていたけど、案外いける」

「ありがとうございます」

結局三勝四敗で負け越した小早川さんだったが、最後は毎回ちゃんこの話になる。相撲の内容よりも、ちゃんこを褒められた方が小早川さんの食いつきもよい。山岸さんの味を受け継ぐのはもちろんのこと、夏バテ防止の献立を考え始めたのをきっかけに、最近の小早川さんは創作ちゃんこに凝っている。師匠に「本業も頑張れ」と言われるのも無理はない。

「凌平は、今場所は復帰の場所で不安もあっただろうが、よく六番勝った。明日はもう、思い切っていけ。相手が元十両だからとか、余計なことは何も考えるな」

明日優勝決定戦を控える宮川さんに対しては、師匠は短い激励に留めた。相手が強い分、「思い切っていけ」と言うしかないのだろう。

「最後は篤」

はい、と篤は姿勢を正す。

「お前は、最後まで気持ちを切らすことなくやれ。前にも言ったけど、呼出だって『心』が一番大事だからな」

進さんと言っていることが同じだ。入門して二場所目、篤が力士の四股名を間違えたときも師匠は心技体の「心」の大切さを説いた。進さんのみならず師匠にも言われると、自分が思っている以上に気持ちを強く持つことが大事なのだという気がしてきた。

「話は以上だ。凌平と篤は、明日しっかりやれよ」

師匠がそう言い放って、その場は解散となった。あぐらをかいていた師匠がすっと立ち上がったのに対し、弟子たちは全員正座だったので、みな足がしびれたと悲痛な声をあげ、やっとのことで立ち上がった。

いよいよ名古屋場所は千秋楽を迎えた。泣いても笑っても今場所は今日で最後だ、と篤はいつもより気合を入れてたっつけ袴のひもを締めた。今日を最善の状態で迎えられるよう、昨日は喉にいいという蜂蜜の飴を舐めた。それから呼び上げの練習は早めに切り上げ、普段より早く床についた。

「今日、お前にしては覇気《はき》があるじゃん。何かいいことでもあった?」

開口一番、達樹にもそう言われた。俺、そんなに普段覇気がないと思われてるのかと篤は思わず苦笑いをした。

まあ今日で終わりって思うと嬉しくなるわな、と隣で着替え始めるやいなや、ふいに達樹が「今回の決定戦の呼び上げも直之さんなのかな」と呟いた。篤も声を抑え、「どうでしょうね」と返す。「俺も一回決定戦の呼び上げしてみたいけどなー。あの満員の中でやるんだもん、憧れる」達樹がそう言ってほどなく、直之さんも出勤してきた。篤と達樹を見るなり「おー、おはよー」と無邪気に手を振る直之さんは、いつもと変わらなかった。

朝の準備が終わり、序ノ口の取組が始まるまでの間、篤はとにかく今は一番一番に集中しよう、と自分に言い聞かせた。進さんも師匠も、気持ちが大切だと言っていた。いつもならば、千秋楽は「やっと今日で終わりだ」と思っていたが、今日はそんなことは頭に浮かばなかった。今の自分にとって、一番いい呼び上げができるように。ただそれだけを考え、土俵に上がった。

目線を上げ、白扇を広げる。それから、大きく息を吸い込む。

ひがあああしいいいーーーー　いずみいいさあああとおおおおーーーーにいいいいしいいいーーーー　とりいいいーーごおおおえええーーーーー

第一声から、思っていた以上に声が出た。まるで、ぽんと誰かに背中を押されたみたいに。その声を一番後ろの客席まで届けるつもりで、篤は息が続く限り、めいっぱい声を伸ばしていった。

土俵上の取組は着々と進んでいき、直之さんが呼び上げを行う番になった。

直之さんは扇子と同じ、白色の着物にたっつけ袴を合わせていた。呼出たちは毎日違う色の着物を着用するが、直之さんにはこの着物が一番よく似合う。

直之さんは背筋をまっすぐに伸ばして東側を向いた。

ひがあああーーーしいいいいーーー　たんばにいいいーーーーしいいいーーきいいいーーー
にいいいいしいいいいいーーーー　ぶんんごおおーーなあああーみいいいいーーー
直之さんが声を発した瞬間、場内の空気がほんのわずかに揺れた。

いつもの、場内の隅まで響くような直之さんの声だ。さきほどまでお喋りをしている客がちらほらいたが、直之さんが呼び上げた途端に客たちの声が止み、太くまっすぐな声がよけいに反響して聞こえた。

「やっぱ、うめえな。たぶん今回の決定戦も直之さんだな」

隣で聞いていた達樹も悔しそうに舌を巻く。篤もただ、頷くしかなかった。


休憩に入る前、篤は審判部を担当している強面《こわもて》の親方に呼び出された。もしかして、審判交代のときに不手際があったのだろうか。心当たりもなく、不安に顔を歪《ゆが》めながら親方の元へ行くと、そこで発せられた言葉に、篤は自分の耳を疑った。

「……すみません、もう一回聞いていいですか」

聞き返されて苛立ったのか、親方は「だから、序ノ口の決定戦の呼出はお前に頼んだ」と早口で言い直す。色黒で眼光が鋭い親方なだけに、早口でものを言うだけで威圧感があり、今しがた聞いた内容と併せて脳内のヒューズが飛びそうになった。てのひらにも汗が滲む。

俺が決定戦の呼出？

直之さんが抜群に上手いのに、なぜ。いや、直之さんに限らず達樹とか他の兄弟子もいるのに、何で俺なんだ？

「えっと、その、どうしてですか」

念願が叶ったものの理解が追いつかず、たどたどしい話し方になった。

篤がすんなり引き受けないので、親方は面倒くさそうに、「どうしてって、そう決まったものは決まったんだ。それとも、やりたくないのか」と逆に聞き返してきた。

反射的に、篤は首を横に振っていた。

「じゃあ決まりだ。十両の取組が終わったら出番だからな、間違えないように」

親方が決定戦の段取を説明し始めたので、篤は必死で耳を傾けた。


十両の取組がすべて終わり、土俵がまっさらに掃き整えられた。カン、カン、カン、と甲高い拍子木の音が場内に鳴り響く。徐々に緊張が高まっていたが、一拍ずつ鳴らされるその音が余計に緊張を煽り、全身が心臓になったみたいに、心拍音が篤の体を支配していた。

「ここで十両以下は各段優勝力士の表彰式でありますが、序二段と序ノ口に同点者がありますので、優勝決定戦といたします」

流暢《りゅうちょう》なアナウンスが流れると、歓声と拍手が会場中から一気に湧き上がった。篤がぎくしゃくと向正面の白房《しろぶさ》下に移動すると、ぐるりと周りを取り囲む客席が目に入った。

千秋楽を迎えた名古屋場所の会場は、四方のマス席はもちろんのこと、三階の椅子席に至るまで、ほとんど席が埋まっていた。朝一番、篤が呼び上げを行ったときとは比べ物にならない客の入りだ。目を凝らすと、観客たちは一様に、熱くなる瞬間を待ちわびるかのように手を叩き、期待を込めたまなざしで土俵を見下ろしていた。

やっぱり、俺には荷が重すぎる。

心臓が強く鳴るばかりか、急に足がすくんだ。

白扇を持つ手までもが大きく震え始めたとき、「はじめに、序ノ口の優勝決定戦を行います」と東方の花道から勇大と宮川さん、序ノ口格の若い行司が入場してきた。全員揃って東の花道から入場することになっているが、宮川さんは西方で相撲を取る。宮川さんが向正面を横切って移動しようとしたとき、篤に気づいたらしく、はっと目を大きく見開いた。一瞬、こくんと小さく頷いて篤に目配せをする。そしてすぐさま真剣な顔つきになり、西方へと向かっていった。

宮川さんの、腹を決めたようなその顔を見た瞬間、真っ白になりかけていた脳が冷静さを取り戻した。ふたたび進さんと師匠の言葉がよみがえる。それから、この前喫茶店で直之さんが言ってくれたことも。

自分の役割は、これから戦う二人のために四股名を呼ぶことだ。いい呼び上げをすること、ただそれだけ考えればいい。大丈夫、俺ならできる。

そう何度も、篤は自分に言い聞かせた。

拍子木がまた鳴った。いよいよ決戦のときだと言わんばかりに、だんだん打ち鳴らされるテンポが速くなる。白扇を握り直して息を大きく吸い、篤は土俵に上がった。

土俵上の照明が、頭のてっぺんや首筋に当たって熱い。それにも構わず、篤は扇をぱっと開き、東方を向いた。

客たちがわあわあと声援を送り、騒がしかった場内に、静寂が訪れた。

ひがあああーーーしいいいいーーーー　ゆううううーーーだああいいいいーーーー
踵を返して西方に向き直り、扇をまっすぐ、顔の前に掲げた。もう一度息を、思いきり吸う。

にいいいいいーーーーしいいいーーー　みやあああーーーがあああわあああーーー

声を出し切った瞬間、会場はふたたび大きな声援と拍手の渦に呑み込まれた。その声と音の大きさに、さきほどよりもずっと、熱気が高まっているのがわかった。

今度は扇を箒に持ち替え、土俵のまわりを掃いていく。手を動かすたび、「ゆうだーい！」「ゆうだーーい!!」の歓声が飛ぶ。篤は勇大と宮川さんに背を向けた。箒を動かすことに集中するため、宮川さんの方は見なかった。土俵をちょうど半周したところで、行司のアナウンスが入った。

「東方、勇大。西方、宮川。呼出は篤。行司、木村宗太朗《きむらそうたろう》。序ノ口優勝決定戦であります」

客席から乱れ飛ぶ声と拍手が、うねるように響く。観客の声と拍手を全身で浴び、土俵を掃き終えると篤は土俵を下り、西方の花道の奥へと移動した。勇大と宮川さんは、まだ蹲踞《そんきょ》をしていた。

両者が同時に、片手を土俵につけたのを確認すると、行司は足を大きく開き、軍配を縦にかざした。

勇大が左手を土俵につける。宮川さんも、ゆっくりと右手をおろした。

はっけよーい！

勢いよく行司の声がかかった瞬間、土俵上の光景がスローモーションで見えた。

宮川さんが重心を低くして立ち上がる。勢いをつけて、鋭く踏み込んで勇大にぶつかっていく。

篤が宮川さんの相撲を見た中で、おそらく一番低く、すばやい立ち合いだった。

しかし勇大の方がずっと低く、速かった。

勇大の両手が、宮川さんの胸に突き刺さる。そのまま腕を伸ばし、思い切り突っ張った。

そのひと突きで宮川さんの両足が、大きく後ろへ下がる。あっという間に土俵際に追い込まれてしまった。

宮川さんが両足に力を込めて踏ん張るよりも先に、勇大の腕がまた伸びた。胸の真ん中にもう一度重い突っ張りを受け、宮川さんの右のかかとが土俵を割った。

客席から、大きな拍手と甲高い声が一斉に湧き上がる。行司の軍配が返ってから、ほんの十秒程度の出来事だった。

宮川さんはただちに円の内側に戻り、一礼して土俵を下りた。所作を行っている時間も含めると、宮川さんが土俵に立っていたのはおよそ二分くらいだ。しかしその二分間は、篤が今まで見たどんな取組よりも長く感じた。

勝ち名乗りを受けた勇大は、四方から温かい拍手と声援を受けていた。二分間で場内に響いたのは勇大への応援ばかりで、少なくとも篤には、宮川さんへの拍手や声援は確認できなかった。

花道の奥に篤の姿を見つけると、宮川さんは口を動かした。声には出さなかったけれど、何と言っているのか、篤にはわかった。「つえーな」だ。

篤が小さく頷くと、宮川さんは苦笑してみせた。負けた直後に宮川さんが笑うのを、篤は初めて見た。負けたはずなのに、その顔は晴れ晴れとしていた。力を出し切った人の顔だった。

勇大、やっぱ格が違うな。ああいう人は、人気も実力も、何もかも持ってんだな。

ここにいる客の多くは、きっと数年後も、勇大が序ノ口で復活優勝を遂げたことは覚えているはずだ。一方で、そのときの対戦相手が朝霧部屋の宮川だということまで覚えている人は、ほとんどいないだろう。

でも。篤は心の中で呟く。

俺は勇大と宮川さんが大舞台で戦ったこと、そしてその一番の呼び上げを、自分が担当したことは、何年経っても絶対忘れない。宮川さんも、今日の晴れ舞台は一生、忘れないだろう。

土俵上ではもう序二段の優勝決定戦が始まっていた。

柏木さんのライバルである林田が、先場所敗れた同期生の大卒力士に叩《はた》き込みで勝ち、序二段優勝を決めた。

千秋楽の仕事をすべて終え呼出の控室に戻ると、すでに進さんも戻っていて着替え始めていた。

「お疲れ」進さんの目が、何か言いたげに光っていた。決定戦の呼び上げについて話があるのだと、直感でわかった。

お疲れさまですと篤が返すのとほぼ同時に、

「お前、声を張りあげればいいってもんじゃないぞ。ああいう声の出し方だったら、そのうち喉痛めるから。まだまだだな」と進さんが渋い顔をした。

「まだまだ」な自覚はあるのだが、正直に言えば、せっかく大舞台に立ったのだから多少褒められやしないかと期待していた。厳しい指摘に、思わず唇を噛む。

篤の表情の変化をすぐに読み取ったのか、進さんはにやりとして、こう付け加えた。

「でも、今日の呼び上げは、お前が担当するのが一番よかったと思う」

……お前が一番よかった?

決定戦の呼出に抜擢《ばつてき》されたのは光栄なことだったが、篤自身、まだ選ばれたことに納得しきれていなかったので、驚いて身を乗りだしそうになった。

「えっ、ほんとですか。どうしてそう思うんですか。宮川さんが俺の兄弟子だからですか」

矢継ぎ早に質問をすると、進さんは肩をすくめた。

「それはあんまり関係ないと思うけど。まあ、上手さでいったら、お前は他の若手には敵わないよ。でも、今日のお前はいつもと明らかに違った」

どういうことだ？　まだきょとんとしている篤に、進さんは説明を続ける。

「お前が普段通りの呼び上げをしていたら、今日の決定戦も直之だったと思う。でも、今日の直之はいつもと同じ、百パーセントの状態に過ぎなかった。それに対して今日のお前は、いつも以上の力を出せた。百二十パーセントだったってことだ。俺も呼び上げを聞いていて、お前が一番、今日にかける思いが強いと感じた」

進さんの話を聞いて、ああと頷く。とにかく、今日はいい呼び上げをすることだけを考えて立っていた。それが功を奏したのか。

「まあ、喉を痛めずでかい声出す方法もちゃんとあるから。呼び上げもまだまだ練習しろよ。それから今後、太鼓や水付けの仕事もしてもらわないといけないし、覚えることは他にもたくさんあるぞ。ちゃんと全部教えるから、ついてこいよ」

そう付け加えて、進さんはじゃあ今度は巡業で、とさっさと帰り支度をして去っていった。

本当に、この世界は毎回勉強することばっかりだな。

でも、学校で習ってきたことと違って、こんな勉強なら嫌ではなかった。

進さんと入れ違いに、今度は直之さんが控室に入ってきた。直之さんは千秋楽までファン対応で忙しいらしい。

「お疲れさまです」

いつものように挨拶をすると、直之さんは「お疲れ」と篤を一瞥したきり黙って、着物を脱ぎ始めた。一度、本気で怒らせたことがあるだけに、このそっけない態度に心臓が冷える。もしかして、俺が今日優勝決定戦の呼び上げをしたことで怒っているのか。

直之さん、と話しかけてみると、「お前祝賀会出なくていいの。早く帰ったら」とこちらに背を向けたまま、冷たい声を返してきた。

これは本格的にまずい。明後日も直之さんと透也と三人で遊ぶ約束をしているのに、透也にはどうやって説明しよう。直之さんが不機嫌なようなので仕方なくすごすごと退散する。

せっかくいい形で場所を終えられたのに。暗澹《あんたん》たる思いで体育館を出て、部屋の祝賀会に行くため地下鉄の駅を目指す。櫓の前まで来たところで、後ろからバタバタと走る音が近づいてきて、「お疲れ」と後ろから肩を叩かれた。

「うわっ」

驚いて飛び上がりそうになると、息を切らしながら直之さんが「そんな驚くなって」と笑った。さっきまで怒っていたのに、今度は何だ。

呆然としていると、さすがに申し訳なさそうな顔で、「ごめんごめん、さっき怒ってたのは冗談」と両手を合わせてきた。

「もう、びっくりさせないでくださいよ」

本気で困惑したので少し強めに抗議すると、直之さんは、

「ごめんって。まあ、ちょっと羨ましい気持ちもあってさ。あー、俺も決定戦で呼び上げしたかったー！　次はぜってー俺が呼び上げ担当する！」とわざと明るい声を出した。

そういうことか。格下の自分が決定戦の呼び上げをしたことで後ろめたさもあったのだが、こうも堂々と宣戦布告されると気が抜けて、笑ってしまう。

もしかしたらそんな冗談を仕掛けるのも、篤と気まずくならないための作戦だったのかもしれない。

「そうですね。俺はまだ全然直之さんには敵わないんで。でも敵わないなりに、俺も頑張りますか

ら」

直之さんにはきっと、いつまで経っても敵わない。それでも、もう「どうせ俺なんて」とは思わなかった。

篤の返事を聞いた直之さんは一瞬、目を丸くして、「何だよ、やっぱお前変わったな」とまた篤の肩を叩いた。


直之さんは、今度は俺が決定戦で呼び上げをすると宣言していたが、またあの場に立ちたいのは、篤も同じだった。

いつになく緊張したが、自分が声を発し、満員の客がぴたりと静まり返ったあの瞬間。力士の四股名を呼び上げたことで、高まる会場の熱気。それらの感覚は、篤の脳をしびれさせた。もう一度、満員の中で呼び上げをしたい。次は今よりも上達した状態で。もちろんそのときには土俵築も太鼓も、もっとしっかりこなせるようになっていたい。

いつか、光太郎に聞かれたことを思い出す。

どうして呼出を続けているのか。

あのときはうまく答えられなかったが、今ならわかる。

俺、呼出の仕事が好きだ。仕事だけじゃない。直之さんや進さん、部屋の兄弟子や師匠、おかみさん、透也……呼出になってから出会った人たちが、みんな好きなんだ。

もし光太郎が聞いたら鼻で笑うかもしれないが、これが紛れもない答えだった。

そういえばお前、祝賀会行かなくていいの、とふたたび指摘され、篤は我に返る。

「あっ、そうでした。ってか、祝賀会出るのは直之さんも同じじゃないっすか」

直之さんもこれ以上遅れたらまずいと思ったらしく、

「まあな。そろそろ移動するか。お前も栄《さかえ》で乗り換えだろ。一緒に行こうぜ」と、早足で駅の方へと歩きだした。

ちょっと待ってくださいと駆けだそうとしたとき、空に向かってそびえ立つ櫓が目に入った。

この櫓の上で、いつもの太鼓が叩かれる。

場所が終わってこれから一週間の休みに入るが、この休みが終われば、すぐ巡業が始まる。二十日前後の日程だから、巡業から戻ればもう秋場所の番付発表だ。目まぐるしく毎日が過ぎるうち、また次の場所になり、この太鼓が打ち鳴らされる日々がやってくる。

そう思うと、今は鳴らない太鼓の音が聞こえてくるような気がした。

トトントントンと頭の中で響く音につられるように、弾んだ足取りで、篤は直之さんを追いかけた。

【初出】「小説すばる」2020年12月号（抄録）
第33回小説すばる新人賞受賞作

単行本化にあたり、加筆・修正を行いました。

【装幀】アルビレオ
【装画】おとないちあき

鈴村ふみ（すずむら・ふみ）

1995年、鳥取県米子市生まれ。境港市在住。立命館大学文学部卒業。

櫓《やぐら》太《だい》鼓《こ》がきこえる

2021年2月28日　第1刷発行
2021年6月30日　第2刷発行

著　者　鈴村《すずむら》ふみ

発行者　徳永　真

発行所　株式会社集英社
〒101-8050　東京都千代田区一ツ橋2-5-10
電話　03-3230-6100（編集部）
03-3230-6080（読者係）
03-3230-6393（販売部）書店専用

印刷所　凸版印刷株式会社

製本所　株式会社ブックアート

ISBN978-4-08-771744-0　C0093
定価はカバーに表示してあります。